CUANDO TE HABLEN DE AMOR

MÓNICA LAVÍN

CUANDO TE HABLEN DE AMOR

 Planeta

Diseño de portada: Estudio la fe ciega / Domingo Martínez
Imagen de portada: © Shutterstock / Mayer George

© 2017, Mónica Lavín
c/o Schavelzon Graham Agencia Literaria
www.schavelzongraham.com

Derechos reservados

© 2017, Editorial Planeta Mexicana, S.A. de C.V.
Bajo el sello editorial PLANETA M.R.
Avenida Presidente Masarik núm. 111, Piso 2
Colonia Polanco V Sección
Delegación Miguel Hidalgo
C.P. 11560, Ciudad de México
www.planetadelibros.com.mx

Primera edición en formato epub: agosto de 2017
ISBN: 978-607-07-4243-9

Primera edición en formato impreso: agosto de 2017
Primera reimpresión: enero de 2018
ISBN: 978-607-07-4226-2

Esta obra se realizó con apoyo del Fondo Nacional para la Cultura y las Artes,
a través del Sistema Nacional de Creadores.

Impreso en los talleres de Litográfica Ingramex, S.A. de C.V.
Centeno núm. 162, colonia Granjas Esmeralda, Ciudad de México
Impreso y hecho en México – *Printed and made in Mexico*

Para Charo y Miguel Ángel, mis padres

Para Emilia y María, mis hijas

Un novio y novia
son figuras,
más pequeñas que un pulgar
y un pequeño cálculo
qué breve
el pasaje entre
la muerte y la vida.

JEROME ROTHENBERG
(Traducción de Heriberto Yépez)

1

—Abuela, me voy a casar.

La abuela Irina dejó sobre la mesa el vaso con refresco mientras Maya atendía con ansiedad ese compás de espera. Después hundió el rostro entre las manos y se echó a llorar. La pulsera de plata que usaba siempre se agitaba protegiendo el rostro convulso. Maya, sentada a su lado en la terraza, entre las azaleas que florecían gran parte del año y las buganvilias que en otoño eran más guindas que nunca, no había sospechado esa reacción. La abuela Irina estaba contenta con el noviazgo de ella y Julio, por lo menos siempre se había expresado muy elogiosamente de aquel abogado joven y educado. No es que llevaran mucho tiempo de conocerse, pero Julio había asistido a los ritos de familia ese último año. Se había añadido con naturalidad y eso, Maya lo sabía, no era fácil en su familia, tan abierta en apariencia al mundo, tan celosa, sin embargo, de sus maneras. Abría puertas pero no el corazón, no del todo.

—¿Abuela? —Maya estiró la mano hacia los hombros de la abuela. Aquellas lágrimas no parecían un gesto de emoción, no como el de su madre, quien lloró mientras la abrazaba y sonreía como si ella misma fuera a casarse. Había reaccionado con júbilo, era una botella de champán recién descorchada que seguía derramándose dorada, risueña; una madre de una hija que se casaría. Pero la abuela, a quien siempre confiaba Maya sus inseguridades, sus temores e inapetencias, el desbarajuste que era a veces vivir con sus padres divorciados, ahora se alejaba como un caracol enconchado y no tenía ni gestos ni palabras de aliento.

—¿Estás bien, abuela? —Se preocupó Maya al verla salir de entre sus manos, descompuesta.

La abuela Irina tomó las manos de Maya y sonrió arrepentida.

—Lo siento, Maya. Tengo tres hijos, uno de ellos casado tres veces. Los tres viven solos.

Maya la miró con rabia, a ella qué le importaba el destino de su madre y sus tíos. Por qué le escamoteaba la noticia con el expediente de la familia Inclán: a ella, que le había costado tanto abrirse a una relación sin el temor de aburrirse o de sentirse asfixiada. Necesitaba el apoyo de la abuela y no esa reacción amarga.

—No vayas a la boda si no quieres.

La abuela encendió un cigarro, convidó otro a la nieta y por un rato, compartiendo la manera en que las manos de ambas alejaban y acercaban la boquilla, se quedaron en silencio. Maya no alcanzaba a entender. Había considerado a su abuela Irina como la más consistente de aquella familia; era el ancla. Alguna vez pensó en vivir con ella. Si sus abuelos se lo hubieran propuesto, no lo habría dudado. Una casa en orden, la alacena, los clósets, los cajones. Una casa con luz. Las tardes para el café y la conversación.

—Creí que Julio te caía bien.

Irina salía de su arrebato; Maya vio cómo se incorporaba a la normalidad entre macetas de azaleas que entraban a su vista gastada. Intentaba encontrar el optimismo con que confortar a su nieta de treinta años, pero le costaba disimular. La noticia de Maya le había echado encima las bodas que diseñara, así se lo dijo. Una boda es una puesta en escena: la primera y la segunda en el jardín de su antigua casa, la tercera en un hotel, la cuarta en otra ciudad, la quinta en una playa. Pedazos de ella que habían celebrado el deseo de los otros de compartir la vida con alguien.

—Julio es estupendo, Maya. Inteligente, guapo y tiene sentido del humor.

Maya se sirvió una cerveza y vertió refresco en el vaso vacío de la abuela. Los miércoles comían juntas, aprovechaban que el abuelo se iba con sus amigos a jugar dominó. Irina miró el reloj, advirtió que la comida estaría lista muy pronto.

—Sólo lo saben mamá, papá y mi hermano —aclaró Maya.

—¿Y cuándo será la boda, querida? —Sonrió la abuela, alejando el sordo abismo del desencanto para tranquilidad de Maya.

—En junio, abuela, justo a tiempo para que nos vayamos a Filadelfia.

De haber reaccionado de otra manera, Maya le hubiera dicho que no era que pensara indispensable una boda, que la entendía, eso de casarse para descasarse no tenía sentido. Que conocía pocas parejas de larga duración, y sobre todo de duración cariñosa: sus abuelos podían pasar de la más dulce atención del uno por el otro a lo ríspido e incómodo. Si la abuela hubiera preguntado dónde, cuándo, cómo, con ese entusiasmo que la caracterizaba, con esa sonrisa con la que salía como Chaplin —decía su madre— de cualquier dolor y desaguisado, se estarían riendo porque quién sabe cómo se vestiría la futura suegra siendo tan cursi como era, porque sería un lío juntar a los cónyuges que ya no lo eran: sus tres tías, exmujeres de su tío Gonzalo; a su tío Vicente, padre del primo Vicente, y al exnovio de su tía, que había sido tan atento con Maya cuando quería estudiar psicología y la puso en contacto con investigadores que podían ser faros en su camino. Le hubiera dicho a la abuela que era una pesadilla pensar en esa boda que reunía afectos imposibles, que si fuera por ella, con sus amigos bastaba para brindar y largarse. Porque la única razón de esa ceremonia civil —pues lo religioso no era un asunto por considerar ni para Julio ni para ella, ni para los padres de ambos— era que sería más sustanciosa la beca para que los dos estudiaran en el extranjero. Y que sólo había aceptado soltar la caballada porque lo que él quería estudiar coincidía con la especialidad que le llamaba la atención a ella, y porque, su madre y ella lo sabían, quería tener hijos en algún momento y más valía pronto que nunca. Su abuela, que se casó a los veintidós años, difícilmente la entendería, a los treinta años con una maestría concluida se es joven en pausa, una *nerd* que va para solterona, o para el archivo de *pude haber dado mi brazo a torcer* en el renglón de los sentimientos, el que más le costaba trabajo. Menciones honoríficas y becas caracterizaban su empeño académico, era brillante y comprometida, pero eso no bastaba. Y en Julio había encontrado el cómplice para su humor ácido, su necesidad de soledad y de socializar, un cómplice suave y muy inteligente. El primer hombre que admiraba. Cuatro años mayor que ella, sereno y travieso, callado; no podía ser mejor. Aunque se preguntaba si todos los divorciados, su padre y su madre, sus tíos y tías, no habían pensado de la misma forma cuando se casaron.

La voz de la cocinera la obligó a dejar la banca de la duda; a dejar clavada la incertidumbre en el color rabioso de las buganvilias, que se disolvió en el grito que dio la abuela cuando aquella ardilla cruzó cerca del barandal.

—Son las ratas de los árboles —dijo Maya.

—Antes no las veías por las casas ni las calles, sólo en los Viveros de Coyoacán.

—No las pienso invitar a la boda —dijo Maya.

—¿Tu boda será de día? —preguntó la abuela, porque así le gustaban a ella.

—De tarde, creo —contestó Maya sin entusiasmo mientras seguía a su abuela hacia el comedor.

La abuela se dio la vuelta y la abrazó.

—Será una boda preciosa. Y tú, la novia más guapa.

Maya dejó que su abuela la apretara, haciendo un esfuerzo para que no le salieran las lágrimas en ese momento. No sabía que casarse fragilizaba, que era el preludio de un cambio de vida, sobre todo ahora que se iría al extranjero. Por ejemplo, dejaría de venir los miércoles a comer con su abuela. Buscó una manera de zafarse de la tristeza.

—¿Me ayudarás a escoger el vestido?

—Por supuesto.

Y las dos siguieron hacia la mesa, donde la vajilla blanca sobre el lino color salmón las esperaba.

2

Eugenia mordisqueaba un sándwich de salmón en el diván. Los espejos al frente la repetían en trozos: los pies cuidados en la primera luna del hexágono hacían juego con lo mullido del sillón, con la espesura nacarada de la alfombra. Eugenia se estiró completa e intentó seguir con el emparedado, se miró de lado mientras comía como si figurara en una escena donde ella no era ella. Hasta el rosado del salmón hacía juego con el vestidor de la tienda. No se hartaba de comer aquellas lajas sobre el pan, las tenían ahí para convidar a los clientes con una copa de espumoso; triangulitos a la inglesa. ¿Té o vino? Afuera estaban los sillones y la mesa donde la familia y las amigas de la novia se sentaban. Evitaban la presencia de los hombres, no servían para estos menesteres de paciencia y detalle femenino, y la tradición consideraba que no debían ver el vestido de novia antes de la boda, sólo pagarlo. Era raro que el suegro de la novia se apersonara, pero ocurría cuando era quien se ocupaba del gasto; quería ver qué clase de prenda costaba tanto. Había que capotear a los clientes. En realidad esto no era un negocio simple, era un trabajo de diplomacia y faena, más parecido al toreo que a la dulzura del pastel de novios. Ya su padre le decía, cuando empezó el negocio y la veía cansada, que si no tenía quién la hiciera fuerte con los clientes. Sí, mujeres bien plantadas, jóvenes de buen trato que ella formaba y estaban allí mientras se casaban ellas mismas, o que gozaban el trabajo hasta que el tedio o la ambición las llevaban a otro lado. Aun así, ella tenía que capotear. Su opinión tenía el peso de la experiencia, por lo menos así lo transmitía; cuando los clientes dudaban, ella conseguía la decisión. Excepto Nohemí, la más fiel y diestra, que insistía en que Eugenia debía salir a comer como todas y no quedarse ahí como era su costumbre, todas eran volátiles, incapaces de poner en su sitio de manera cordial a la madre nerviosa o dominante, a la hija desesperada, a la hermana metiche, a la abuela mordaz. «Aquello es una verdadera terapia, papá». «De algo te servirá haber estudiado Arquitectura», le contestaba el señor Román cuando vivía, «a los clientes hay que convencerlos de las bondades del proyecto». Había comprado la casa y hecho la inversión para que Eugenia la remodelara e instalara Tu Día, de modo que su hija consentida tuviera un quehacer, un entretenimiento y una manera de ganarse la vida, porque él no iba a ser eterno y las herencias tampoco y hay que tener algo en qué poner la cabeza. Temía que fuera en la conmiseración, en la lástima de sí misma, en el *ya me quedé sola*.

El pan de caja que usaba en los canapés era fresco y los hacía ligeros, marcaban su distancia con los secos que sacaba en el recreo del colegio. Por más que su madre se esmeraba en que ella, única mujer de cinco hermanos, llevara una lonchera coqueta, con divisiones para la fruta, la galleta, el sándwich y el agua, aquello nunca era apetitoso: pan seco, jamón oreado, caliente. No le gustaba. Lo canjeaba por lo que alguna de las Benavides, cuya madre había muerto, compraba en la cafetería. Prefería dinero. «Dame, mamá, para la cafetería», pero no, Eugenia no debía verse desatendida. Nunca un dobladillo descosido, mal peinada o con los zapatos raspados. Los ojos le lagrimeaban con el gel y el restirado, el cuello le escocía con la medalla de la comunión siempre pendiendo.

Eugenia se volvió a contemplar en el espejo del vestidor: el pelo esparcido sobre el tapiz color crema del diván, suelto, espeso, teñido de color marrón para disimular las canas; si la vieran su madre o las monjas del colegio. «Componte, Eugenia. Perderás a la clientela si te tiras como una gata melosa, si las migas se te caen cuando comes, si te andas mirando el escote a ver qué ves, a ver qué ven». Los hombres no son frecuentes en ese espacio donde ellas luchan por entrar en el vestido ceñido, por apretarse el corsé, por colocarse los tirantes, el vuelo, la cola que arrastra o que pesa. Ahí entran los hombres cuando ella decide. Eugenia rio y se miró de soslayo en la luna opuesta a la de los pies. La piel cuidada, cremosa: las novias siempre lucen sonrosadas y rozagantes. Si se quiere vender esa ficción, esa producción donde los novios son los protagonistas, ella tiene que poner el ejemplo. La dieta, el gimnasio que odia; mejor la alberca, pero estropea el pelo y la piel; podría correr, pero hace frío o asaltan. El sexo es buen ejercicio, pero los desposados engordan: si es cotidiano aburre, y si es de cuando en cuando no es método gimnástico. Se sentó y se miró en la segunda luna del hexágono: pasar de los cincuenta y mantener el aspecto a raya es mucho trabajo. El plato de ensalada en la mesilla de cristal. Comer lechuga le parece estado de sitio. Al final el chocolate: chupado al principio, luego a mordidas para sentir las avellanas entre los dientes, lo dulce y lo pedregoso de la barra. No hay chocolates en las bomboneras de cristal; los vestidos albos, espumosos, acabarían con huellas grasosas y oscuras. Guarda el chocolate en el cajón de su mesa de trabajo en la oficina. La tienda cierra de dos a cuatro, como si fuera provincia, aunque eso le da un estilo, una exclusividad, como si no hubiera que andarse partiendo el lomo para lograr la venta. En Tu Día la dueña siempre está para ocuparse y la venta es por cita.

Cuando no era para verse con alguien en algún restaurante, prefería quedarse en el lugar. El vestidor daba a una pared ajardinada: nadie podía mirar el espacio donde gordas y flaquitas se volvían princesas efímeras. Dio un trago al cava y se puso de pie. En la tercera luna se estiró la falda, se bajó la blusa para cubrir la cintura y lanzó la cabeza hacia el piso para que el pelo se le abultara al incorporarse. Aquella costumbre liberadora se le instaló en el bachillerato cuando su madre dejó de gobernar sus peinados. Miró su celular, que vibraba. Desde la cuarta luna observó los platos sucios. Se calzó los tacones, recogió los restos y corrió al baño a lavarse los dientes. Eran las tres de la tarde, tenían una hora escasa. Se apresuró a bajar la escalinata y abrirle a Germán.

3

—Te adelantaste —le dijo Maya a Julio al abrir la puerta del coche. No era lo que quería decirle porque la hora era la correcta, no podría haber estado con nadie que no respetara aquella sencilla operación de convivencia: llegar a tiempo. Julio recibió las palabras con una sonrisa que indicaba que la conocía.

—Espero para que acabes de estar lista.

Lo dejó entrar con pesar, arrastrando los calcetines por la duela de la casa. Él llevaba el *blazer* que usaba los días de ver a clientes en el despacho; ella tendría que vestirse mejor que con aquellos pantalones vaqueros verde menta.

—Si quieres nos quedamos —dijo él, observando el desgano de su novia.

—No —dijo tajante Maya.

Quería haber ido al café con sus amigas, eso era lo que de verdad le apetecía. Algo en el esternón, como una piedra estancada, le indicaba que necesitaba desahogarse y no con Julio, pues el asunto tenía que ver con él. A Estefanía y a Almendra podía contarles que su abuela Irina le había dado un vuelco a su dudosa decisión de casarse, que con su respuesta poco entusiasta había subrayado sus propios temores.

—Regálame una cervecita mientras —pidió Julio.

Contempló su cabeza en el respaldo del sillón mientras avanzaba hacia él con la botella en la mano; a Julio le gustaba beber de la botella. Dilató el paso, al fin que sus pies encalcetinados no delataban que se acercaba. Imaginó las veces que esto sucedería a partir de que vivieran juntos. Los días en que no querría hablar con él, pero como llegaría más tarde y aunque ella estaría escribiendo algún artículo, preparando una clase o estudiando, lo acompañaría con la cerveza y con la plática cuando no siempre tendría ganas de ello, pues vivirían en otro lado donde no habría amigos ni familia y estarían condenados a hablar, dormir, comer, verse uno al otro casi en exclusiva. No podría salir corriendo con las amigas, con su madre, su padre, Vicente, sus abuelos o Stef, o a platicar con el de la tiendita donde compraba cigarros; lo más probable era que no comprara tabaco, que hiciera amigos en los portales fríos donde todos salían a fumar, o que Julio y ella fumaran en la recámara como desquiciados porque era su territorio libre y soberano.

—¿La fuiste a fermentar? —bromeó Julio.

Maya le entregó la cerveza con brusquedad, como si hubiera sido sorprendida en pensamientos indebidos.

—¿Qué andas pensando, Larga?

«Son míos», se dijo mientras subía la escalera, «los pensamientos son mi territorio». Le decía Larga por alta, porque cuando se conocieron fue hacia ella pues su cabeza sobresalía del grupo que la rodeaba, y él también era alto. Habían hablado del «gen egoísta» y su mecanismo disfrazado de enamoramiento. «No importa si vivimos allá, acá, juntos, solos», se seguía consolando Maya mientras sacaba del clóset la falda y los *leggings*, «las personas se escogen por algo, por la descendencia con que aseguran la continuidad de lo mejor de sí mismos». Cuando conoció a Julio, quien le habló de esa teoría, Maya había pensado que era una forma muy brutal de seducirla o de quererla llevar a la cama. Luego comprendió que no, que quería conocer su forma de mirar el mundo porque era parte de su constatación de la teoría de Dawkins: uno elige a otro con el fin de perpetuar la especie para que se conserve ese *pool* de genes, los fisonómicos y los intelectuales, y le pareció interesante que usara esas palabras y no cursilerías de otro tipo. Maya sacó los zapatos, el suéter, la bolsa negra y blanca. Se pintó la raya de los ojos, que eran garzos como los de su abuela, y emparejó su rostro con un poco de maquillaje; apenas un poco de *lipstick* que resaltaba en su piel aperlada. Se miró en el espejo: era increíble que el cambio en el exterior salvara el naufragio del ánimo. Le gustó verse bien. Bajó la escalera haciendo ruido, era un gen ruidoso, vistoso, deseoso ya de que sus pensamientos no la atormentaran más ni la acorralaran, de compartir alguna parte de ellos para aligerarse, para que él la acompañara en su miedo, aunque ni siquiera reconocía el sentimiento: ella sólo quería salvarse, como en un cuento de Carver que una vez leyó donde el personaje sale de casa, aliviada de dejar al marido con su desempleo en el sillón del que no se ha movido en meses, pintándose los labios como triunfo colorido.

—Vamos, Egoísta —le indicó a Julio.

Así lo empezó a llamar desde la segunda vez que se vieron en un café de la Roma y él llegó con su *blazer* azul marino, inusualmente formal para los chicos que ella frecuentaba, y le contó de Dawkins, de su trabajo, y escuchó el interés de ella por temas de psicología infantil y su gusto por los libros de cuentos —no soportaba los excesos de las novelas—, por la música trasnochada que escuchaban sus padres pero que a ella le seguía gustando, que si The Who y Los Kinks, y él se rio porque no los conocía pero estaba dispuesto, lo suyo era el *blues* y odiaba la música ranchera y la balada contemporánea, si acaso lo grupero, pero que no le pusieran un disco de Alejandro Fernández. Coincidieron en la música de Café Tacuba y en algunos gustos de comida como la pasta y los camarones, y luego sólo se rieron y hasta estuvieron en silencio largo rato, y quizás ese silencio confortable fue el que le indicó a Maya que era un hombre distinto a los que conocía. Por eso aceptó la tercera y la cuarta cita, y le gustó que el beso llegara a la quinta y comprobar que lo del «gen egoísta» no era una estrategia para el sexo inmediato: no fue inmediato y en cambio fue ceremonial, una cena en el departamento de su primo, que había salido aquel fin de semana. Porque aunque Maya se decía práctica y objetiva, era una mujer romántica, lo que explicaba lo quebrada que se sentía ante la reacción de su abuela aquel día.

En el restaurante italiano, que repetían porque el espagueti Nero era su favorito, cuando Julio preguntó si ya había contado en casa sus planes, confesó que estaba desconcertada por las palabras de la abuela.

—Los demás estuvieron muy contentos; mamá, como adolescente, ya quería saber qué vestido se pondría. A mi papá le hablé y dijo que cuándo íbamos a celebrarlo, y mi hermano, por Skype, brindó por nosotros desde Nueva York. Le late mucho y vendrá a la boda.

Cada quien por su lado había dado la noticia, porque era preciso organizar todo lo antes posible: el plazo para solicitar becas estaba por terminar, el matrimonio civil era urgente si se querían ir juntos al extranjero. No había tiempo de planear la petición de manera formal, y a la familia de Maya no le importaba como a la de Julio. Harían una comida después del civil, era todo lo que querían por el momento.

—¿O te gustaría casarte en la iglesia?

Maya se rio, le gustaban algunas iglesias que, aunque no era creyente, la hacían dudar, como la de la Soledad en Puebla. Le dio vueltas al martini que Julio había aconsejado se bebiera para relajarse. Tenía razón, dos tragos y era otra, se atrevió a decirle lo que más sobria hubiera reprimido.

—Pero sí quiero boda.

Julio la miró intrigado, le había costado que ella accediera.

—Nos casaremos en el juzgado.

—Boda, fiesta, yo de blanco.

—¿Quieres ser novia de blanco?

Julio era un hombre suave, complaciente dentro de lo posible.

—Déjame ver si entiendo, no quieres iglesia pero sí vestido de cola y ramo.

—Y partir un pastel con dos novios de azúcar —dijo divertida; ¿por qué iba a ser sólo para los otros lo que podía ser también para uno?—. Es mi oportunidad —dijo con un hipo atravesado.

Julio la miraba divertido.

—No te querías casar.

—Pero si me caso, pues que sea con toda la escenografía —espació las palabras—, no como simulacro.

Entonces Julio se puso de rodillas a su lado junto a la mesa.

—Larga, ¿se casaría usted con Egoísta?

Maya rio hasta que notó que los de las mesas contiguas los miraban.

—Julio, ya siéntate.

—Espere, no hemos hecho las cosas como deben de ser.

Enrolló una servilleta y trató de ponérsela en el dedo.

—Ah, no —dijo Maya despreciando la servilleta—, eso es de película chafa. Si va a ser como se debe, espero un anillo.

4

Eugenia miró por el retrovisor. El vigilante siempre estaba a su lado mientras cerraba el negocio, la acompañaba cuando subía al auto y luego ponía las cadenas que impedían estacionarse frente al local por la noche. El auto que venía detrás de ella parecía llevar su misma ruta, asunto que la previno; no es que fuera miedosa, pero en esta ciudad había que ser precavida. Había dado la vuelta a la izquierda en Insurgentes y lo descubrió por primera vez; alcanzó a ver el rostro de un hombre con anteojos. Fue cuando entró al empedrado y giró en uno de los callejones de Chimalistac que la presencia del mismo conductor detrás la alarmó: estaba por llegar a casa y él la seguía. Dudó entre detenerse o seguir adelante hacia el laberinto de callejones. Mientras decidía, mirando por el espejo y sintiendo que el auto se le pegaba más, se desprendió el anillo con la esmeralda que le había regalado su padre y lo dejó caer al piso. Conducía un Volvo, iba a una casa de Chimalistac, y si la vieron cerrar la tienda la sabían dueña del negocio, un objetivo jugoso. Empezó a sudar, sintió la boca seca. Presionó el control de la reja, que cedió con exasperante lentitud, y se atravesó a lo ancho de la calle para que el otro coche no pudiera colocarse detrás de ella; la puerta seguía abatiéndose cuando el hombre bajó del auto.

Eugenia apretó los dientes. Tocó el claxon para que la escuchara la sirvienta. El hombre caminó en su dirección, la reja iba mostrando el jardín y la casa tipo California que ella y el difunto habían comprado y transformado; tocó en la ventanilla para que Eugenia bajara el vidrio, ella lo ignoró y miró al frente, como si no lo hubiera advertido. Luego escuchó un ruido seco y sintió las briznas de cristal.

La luz entraba a cuentagotas por sus párpados hinchados. No alcanzaba a entender dónde estaba. Recordó el miedo, sus ojos urgiendo a las hojas de la puerta abrirse de una vez por todas. Reyna le contó después que fue el sonido penetrante del claxon el que la hizo reaccionar; vio la reja abierta y el auto a punto de entrar, pero no se movía y el sonido del claxon no paraba. Corrió alarmada hacia el auto. Eugenia estaba volcada sobre el volante, el vidrio roto. Nadie alrededor: parecía que el escándalo asustó al delincuente, pues su bolsa estaba en el auto. No respondía, entonces llamó a la señora Cruz, la hermana de su marido muerto —a quién más—, y dejó el recado. Pidió una ambulancia y se fueron al hospital. Ahí llegó la señora Aurora, la misma que hacía el recuento a Eugenia, que comprendió que no había muerto, que no había sido un disparo ese ruido seco en su memoria; ya había oído que usaban bujías para romper las ventanillas. Su cuñada, que le había dejado de hablar cuando su marido murió, ahora la atendía solícita.

—Tienes el pómulo roto. Un golpe brutal —le anunció Aurora con cierto placer—. No saben cómo quedará tu rostro, cuñada.

Eugenia quería defenderse, no era más su cuñada. Muerto Paolo, ¿por qué la llamaba cuñada? Muerto el muerto, ¿qué hacía ahí, apestando su habitación? ¿La querían asaltar?

—Tuviste suerte —siguió—. Las mujeres solas de noche son presa fácil. Tal vez es tiempo de que consideres cambiarte de casa.

Eugenia sintió una punzada que le recorría desde la mandíbula a la sien.

—¿Quieres un espejo?

Eugenia no contestó; en su rostro atrapado por las vendas sus ojos danzaron buscando el timbre para llamar a una enfermera.

—Pobrecita mía, te debe de doler mucho —casi se burlaba Aurora.

La enfermera preguntó si pasaba algo. Eugenia le pidió un espejo y cuando se lo dio dijo que quería estar sola.

—No estás en condiciones —dijo por respuesta Aurora Cruz.

La enfermera no se atrevió a intervenir, pero tampoco se marchó.

Eugenia sollozó cuando vio su ojo derecho como un lunar rojo sangre.

—Lo siento —insistió Aurora—. No sé si vayas a quedar bien.

La enfermera tomó la mano de Eugenia y le dijo que no se preocupara, que al rato llegaría el doctor. Nada más salió, Aurora arremetió:

—Estas muchachas, tan ignorantes.

5

Entrar a casa con sigilo era algo que Maya aprendió de adolescente, cuando mentía y decía a la mañana siguiente que había
llegado a una hora que no era la real. El amanecer era entonces el enemigo más temible; si la luz del alba rayaba la noche,
los autos encendían los motores y los pájaros comenzaban su
desperezo, su madre estaría vuelta loca, a punto de llamar a los
hospitales, a la policía. Por más que la esperara en vela, el sueño
la vencía de madrugada, pero la luz del día inevitablemente la
alertaba y constataba con horror que se había quedado dormida.
Maya conocía de sobra esos ciclos de sueño y vigilia que su madre abandonara hacía unos años; ahora era una hija mayor, con
un novio sensato que la había serenado en sus horarios, y si no,
al fin estaban juntos: bastaba con que dijera *dormimos acá o allá,*
mira que el alcoholímetro, estamos cansados, mañana llego. Sólo así el
amanecer había dejado de ser un contrincante para ella, que podía dormirse en las orillas de la noche volviéndose día con tal de
que avisara. Pero apenas cerró la puerta vino ese temor antiguo,
ese sigilo olvidado; fue la penumbra del salón lo que la alertó. La
recibieron la lámpara verdosa encendida sobre la cómoda de los
discos y el canto lejano que acompañaba la silueta de su madre en
el sofá de pana. Se acercó con cautela. De tan quieta, su madre

parecía dormida; ya de cerca la vio llevarse el vaso de vermut a la boca y sonreírle un tanto abstraída, como desde otra parte. A Maya le incomodaba reconocerle ese apapacho del alcohol al que recurría en algunas ocasiones.

—¿Quieres una copa? —indicó apenas levantando el vaso, dejando el peso del cuerpo abandonado al sofá y a la voz de Billie Holiday; una escena que se iba repitiendo.

—Ya sabes que no bebo, mamá —se defendió Maya, irritada.

—*Summertime, and the livin' is easy…* me gusta.

—Ya lo sé —dijo hosca. Su primer deseo fue despedirse y refugiarse en su habitación. Había sido un día de papeleo en la universidad: irse representaba una serie de trámites que barrían con su buen humor. Sin embargo, se le antojó abandonar su cansancio al lado de su madre y se sentó: intentaría que amainara la ira que le provocaba verla bebiendo a solas. Ella tenía amigos; la última pareja parecía desdibujarse. No la pasaba mal, pero tal vez verla en la penumbra le mostraba una fragilidad que no le agradaba. Nada más faltaba que empezara a llorar: lloraba con mucha facilidad. Respiró y miró su rostro. En realidad su madre escuchaba con deleite. Maya sospechaba los bordes peligrosos de esa melancolía, siempre tenían que ver con el pasado.

—Ay, mamá —aceptó con ternura su estado.

—Desde casa de tus abuelos me gustaba escuchar esta música. Sí, dirás que es triste, pero la tristeza no está mal.

Maya dejó que la voz la ocupara. Era tanto mejor que recopilar calificaciones, cartas, títulos, actas de nacimiento, comprobantes de ingresos, hacer pagos, llenar solicitudes de todo, becas, departamento, matrimonio. Soltó un suspiro como un muro:

—Qué cansado es casarse.

Su madre sonrió.

—Es como el parto, la parte complicada se olvida. Queda lo bueno. Y la cruda.

—Yo no bebo, mamá —insistió.

—De todos modos queda la cruda, hija.

Maya no entendió lo que quería decir. Suponía que oiría de nuevo el recuento de la boda; esta vez no le molestaría. La casa de los abuelos transformada, la jacaranda que hubo que podar para que el ramaje no estorbara el festejo: una casa preciosa que Maya casi no recordaba, con buganvilias, azaleas, varias terrazas y un alero con vigas. Y por qué no casarse ahí, después de ver tantos espacios en renta que eran impersonales y obligaban a que cada quien estuviera sentado con el que le tocó. Muy poco libre. Los abuelos dijeron que sí: sería en su casa. Tuvieron que poner un tinaco nuevo porque el agua escaseaba en aquella colonia de ricos y ni modo que se tapara el baño.

—Irina decidió que los hombres, que siempre son desastrosos, usaran el de la planta baja y las mujeres subieran al de tu tía y al mío, y así resultó estupendo, como una fiesta de casa que no parecía boda. Las tías de tu papá insistían en preguntar cuándo era la religiosa; cómo se les ocurría preguntar eso, si fui yo la que le dije a tu padre que había que casarnos.

—¿Tuviste cruda de preguntarle a papá que se casara contigo?

Maya quería escucharlo de nuevo, como cuando le pedía a ella o a su padre que le leyeran aquel cuento del oso y la lluvia una y otra vez, y no había cansancio en que las palabras dibujaran los ríos de agua entre las páginas. La palabra *cruda* no era la apropiada: no quería saber del desastre sino de un momento de su madre similar al suyo. La penumbra confortaba, como una antesala del sueño parecida a la de la infancia. Además, quería compartirle a su madre que de alguna manera había repetido la escena.

—Cómo crees. Estaba segura de que eso era lo que quería. No digo casarme, sino vivir juntos. Eso es lo obvio, como tú; si no, no estarías en estas. Quería el rito, el festejo, pasar bajo un arco donde una vida se quedaba atrás y empezaba otra.

—¿Y por qué no hacerlo en grande, con iglesia y todo?

Maya se imaginó a sus padres de la mano, corriendo y riéndose, dejando atrás a todos los invitados, a los abuelos, las mesas con las sobras, los manteles arrugados; corriendo, su madre quitándose los zapatos de raso blanco, papá la corbata que nunca aguantaba.

—No, no íbamos a misa, un cura no iba a ser la voz que nos cruzara bajo el arco.

—¿Cuál arco, mamá?

Su madre se puso un poco más de vermut sobre los hielos restantes.

—Mira, sólo salir de casa de tus abuelos para dormir de ahí en adelante en otro lado era cruzar un arco, y eso tan sencillo quería yo que fuera a lo grande, compartirlo. Eso son las bodas.

Pero Maya quería oír el resto de la historia, que se sabía de memoria.

—¿Y cómo le pediste matrimonio a papá?

Su madre fingió que nunca había contado aquello.

—Ya teníamos elegido el departamento donde viviríamos; habíamos pensado estrenar el año ahí, mudarnos después de las fiestas. Un día, no sé por qué razón, antes de que el año acabara, escuchábamos música en el sofá de casa de tu padre y yo dije: «Hay que casarnos». Él me miró, «Estás loca». «No, en serio, hay que casarnos». «¿Por qué?». «Porque quiero. Quiero una boda. Quiero una fiesta y un vestido bonito. Y tú de traje». «No me gustan los trajes», se defendió. «Pero es una boda». «Déjame pensarlo», contestó.

Detuvo el recuento y rio; Maya miró refrescarse su rostro un tanto seco, la risa siempre la volvía más joven.

—Tenía tu edad. Y tuve que esperar tres días a que tu padre me diera el sí.

—Qué payaso —disfrutaba Maya. Lo conocía y lo imaginaba.

—Al tercer día de mi propuesta fui a su casa, y como no contestaba a mi llamado subí a su recámara. Estaba sentado sobre la cama, casi en flor de loto, como meditando; ¿lo imaginas? Lo vi y lo primero que me dijo con aire severo fue: «Sí, nos vamos a casar». Me quedé petrificada en el dintel de la puerta, era como si hubiera estado mascullando la respuesta en esa posición durante setenta y dos horas.

—¿Qué hiciste? —irrumpió Maya, emocionada.

—Me abalancé sobre él, feliz; como una niña lo llené de besos. Y mírate a ti, si no fue bueno que nacieras.

—Aunque no se hubieran casado. —Maya gozó la historia de su origen.

Pero su madre se quedó quieta de nuevo y Maya imaginó el llanto a punto. Accionando la compuerta de emergencia de una presa, lanzó las palabras:

—No, mamá.

—La tristeza no está mal —insistió—, es el otro lado de la felicidad. No me gustan los puntos medios.

—Mamá...

—Sólo me metí en el álbum de mi vida. Y aquí estás tú para recordármelo, me gusta. Me gusta tener una vida acumulada.

Maya quiso salir corriendo, esta parte la ensombrecía. No quería confirmar que después de aquella petición de la mano de su padre las cosas hubieran acabado; «No mal», dice siempre su madre. Pero acabar es siempre cosa mala.

—Hasta mañana, mamá. —Se levantó deprisa.

—Será muy hermosa tu boda —dijo su madre.

Maya no respondió, se alejó de la voz desgarrada de Billie Holiday, se alejó del álbum de familia, se alejó de las dudas de por qué, para qué, de la posibilidad de arruinar el amor. Su madre cruzando el arco de la mano de su padre, risa y risa, fue lo único que se llevó a su habitación.

6

—¿Existe tu lado bueno? —bromeó Germán.

Eugenia se cubrió la cara con el satén del vestido arrugado sobre el diván.

—Me refiero a tu alma, tontuela —siguió Germán mientras le desprendía aquel pedazo de tela al que de pronto Eugenia se había aferrado como una niña.

Habían pasado ya algunas semanas del incidente pero la cicatriz del pómulo y la hinchazón eran visibles. Sin descubrirse totalmente el rostro, respondió:

—Los escritores siempre andan buscando el otro lado de las cosas.

—Somos mineros.

La mano suave y firme de Germán escaló por la rodilla de Eugenia, tendida a su lado; hizo leves filigranas que la tensaban con la promesa de llegar a la veta mineral.

—Deberías traer casco de protección. Mira lo que te puede suceder. —Eugenia intentó controlar la voz eclipsada por la excitación; el temor la había vuelto cínica después de aquel suceso inesperado—. Te pueden romper la cara.

Desde que salió del hospital intentó contactar a Germán, necesitaba que sus caricias la hermosearan, que su conversación le diera lógica a la incertidumbre. Al principio tardó en responder, estaba en su retiro de escritura en la casa que tenía en Tepoztlán o pasaba unos días con su novia, en esa añeja relación de ires y venires. Después de dos semanas de silencio se desesperó. No le quería contar por correo electrónico lo que había ocurrido: decidió tomarse una foto y adjuntarla, sin palabras. Germán respondió de inmediato y se citaron en casa de ella muy tarde para que la servidumbre ya estuviera dormida, nada de habladurías que lo comprometieran a él ni le dieran exclusividad con ella. Fue un encuentro sin sexo, Eugenia quería contar. Germán insistió en quedarse a pasar la noche, abrazándola: ella dijo que no, que se verían como siempre el jueves en Tu Día, a la hora de la comida. Desde el estreno de su viudez, Eugenia había optado por los amoríos: amantes ocasionales, no importaba que se traslaparan, y nunca en casa. No lo ocultaba al que estuviera en turno. Su lado oscuro era bastante transparente: eso le había dicho al escritor cuando un día cambiaron el vestidor por un hotel de la avenida Revolución. «Creía que los escritores podrían ser más sofisticados», dijo refiriéndose a las huellas reveladoras de la ocupación reciente de aquella habitación: un olor leve a cigarro, un cabello largo en la almohada, las gotas de agua condensadas en el espejo. «Los hoteles de cinco estrellas no son acicate para la escritura», se defendió Germán, «en cambio estos con garaje, que engullen el automóvil, dan mucho que imaginar».

Los espejos del vestidor nupcial los repetían en un rompecabezas de piel.

—Me gusta cómo se crispan tus omóplatos. Sé que estoy cerca, sobre todo cuando tus caderas se arrojan hacia el espejo y comienza el oleaje.

Germán podía verle la espalda mientras la veta secreta aceptaba la incursión de sus dedos. La descripción la excitaba, era como tener otro amante detrás; como ser vista y deseada por dos. La mano minera y el explorador del terreno. Entonces olvidaba, como ahora, las noches en vela, la sensación de que el tiempo la corroía sin oficio ni beneficio, la ausencia de su padre, y volvía, por ese breve espacio, al amante primero sin el dolor de haberlo perdido. Germán y sus sabias incursiones le robaban el presente y la abandonaban al placer con la irresponsabilidad de las primeras veces. Aquel paraíso olvidado surgía una y otra vez entre la lengua del escritor, que horadaba su ombligo y buscaba los pezones henchidos como quiotes de maguey. Ella podía espiar por el espejo su nuca clara y la manera en que se doblaba, afanado en complacerla; el borde de su pelo rizado y cenizo, aún sin canas. Cinco años menor que Eugenia, alardeaba del tinte que usaba y que a ella, siguiéndole la broma, le urgía. A Germán le gustaba su piel olivácea sobre el nacarado de los vestidos de novia, usar la suavidad de aquellas prendas para pasarla por sus senos, envolverla en un capullo apretado y destaparla como si fuera una mariposa o una niña, un regalo de los dioses; tantos juegos. Y aquí, de nuevo, el buscador del lado oscuro encontrando la llama inesperada de su vulva, volviéndola lava entre sus manos, arcilla entre sus labios, bebible: así Eugenia podía sentirse una novia pasajera, una larva. «Eso son las novias, tan envueltas», había bromeado un día; «no saben que perderán la inocencia, la ilusión del día único y último en que fueron princesas». «Suenas a melodrama», le reprochó Germán, pero ella no le contestó. Tenía un lado pedante, esa conciencia de la escritura que a veces no soltaba ni cuando se sentaba en el banco de terciopelo gris, la acomodaba sobre sus piernas, entrando en ella, y le contaba un cuento: «Érase una vez un príncipe que se encerró en una torre con la mujer más intrigante que había conocido…». «Hermosa», añadía ella con los ojos cerrados y los labios relajados. «Intrigante y hermosa, el príncipe gustaba de esos manjares». A veces Eugenia pedía saber el final, porque el cuento se prolongaba tanto como la potencia de Germán lo permitía, pero en la cúspide del placer cedía a los reclamos de su cuerpo y entre el oleaje de sus propios sonidos ahogaba la señal única y la precisa exclamación de quien ha puesto la bandera en el polo conquistado. El polo Eugenia.

Ahí estaba otra vez él con su miembro lacio por la fatiga, colocando la bandera. Eugenia conquistada. El ultraje del rostro olvidado. Un vestido más que habría que mandar a la tintorería. Las razones de la incertidumbre ahuyentadas. La voz de Germán restituyéndola al mundo de la luz:

—Eugenia, creo que llaman a la puerta.

7

Se citaron en la cantina. Los jueves había caracoles. A Maya le parecían repugnantes, casi vivos mientras su padre ensartaba uno con el palillo y lo extraía con paciencia médica. Menos mal que la espesa salsa roja lo cubría, porque Maya no podía evocar más que a las babosas del jardín a las que su hermano y ella ponían sal para que se retorcieran. Cuando era niña había visto a su abuela Felisa cuidar de un enjambre de babosas en una tinaja de lámina; las purgaba. «¿Las qué?», había preguntado intrigada. Les daba de comer avena todo un día para que su delgado intestino —«tracto», dijo su tío el zootecnista— quedara limpio; quién sabe qué cochinadas habrían estado comiendo. Maya no podía evitar preguntarse qué comían los caracoles que había que lim- piarlos. La vista de aquella vecindad de conchas grises y cuerpos reptantes en las paredes de la tinaja le había quitado también el gusto por la avena. Pero al abuelo y a su padre les gustaban los caracoles, y algunas cantinas, las que permitían la plática, donde el mesero los conocía y les adivinaba el trago, los complacía con la botana del día, rápida y bien servida. Maya apechugó, tenía que hablar con su abuelo, y su abuelo quería ver a su padre, que estaba en la Ciudad de México esa semana, así que fue natural que los tres se juntaran. «Puedes traer a Julio», había dicho el abuelo, que cuidaba la cortesía aunque no tuviera ganas. Maya lo había visto actuar ceremonioso con alguna de las mujeres de su tío, aunque en privado hablaba de sus maneras melosas y llanas. «No, abuelo, originalmente iríamos tú y yo, ¿recuerdas? Como cuando desayunábamos los miércoles».

Por un breve año sostuvieron la costumbre de verse temprano, pues Maya tomaba clases de portugués cerca de la casa de sus abuelos y él, madrugador al fin, dijo que era su invitada en el café Estrella. A ella sí que le gustaba ese café, los cuernitos eran del tamaño justo y el café cortado con el equilibrio preciso, ni muy oscuro ni muy blanco. Sin embargo, había cerrado y la vida de Maya ya no era relajada: clases, proyectos, Julio, sus amigas, y los amigos de Julio y ella. Un mundo. El abuelo, arrinconado: una vez al mes, si acaso, y a veces cada tres meses.

Pidieron tequilas; ella, cerveza. Puntuales como eran, se toparon en la entrada misma. Les dio risa. Exageraban.

—Así no nos tuvimos que esperar —bromeó su padre, que ya los esperaba en la mesa; siempre bromeaba. A Julio lo exasperaba, quizás porque a él también le gustaba bromear pero en privado, en conversaciones de dos. Maya sabía que faltaba que lo conociera bien, que estuvieran solos juntos. Ella no iba a procurar esa reunión, suficiente tenía con los hombres de su familia.

Que cómo estaba, que si nerviosa, que qué maravilla que se iban al extranjero, decía su abuelo. Ahora todos estudiaban doctorados, nadie trabajaba, añadió su padre.

—No hay trabajo —se defendió Maya.

—Los eternos estudiantes —dijo su padre.

—Vale la pena —argumentó el abuelo—, queda toda la vida para trabajar. Nos trae lo mismo, por favor —indicó al mesero sin explicarse.

—Me debe la apuesta —le dijo su padre al abuelo.

Le iban a equipos de futbol contrarios; se ponían al tanto, uno o dos recuerdos de cuando todos eran un mismo clan.

—¿Se acuerda de cuando el mesero tiró el vino en la falda de Ester en nuestra boda? —repasaba su padre. Maya había escuchado la anécdota: el mesero quiso limpiarle la ropa, rozó sus piernas y ella fue con el marido para que le reclamara, quería que la defendieran del abuso. Quería golpes. Pero su marido, muy listo, se acercó y algo le dijo al mesero que en realidad era otra cosa cuando luego se lo contó en privado: traiga otra copa, o dónde está el baño, con un poco de manoteo para despistar y dejar tranquila a su mujer.

Se rieron los tres porque aquello los llevaba a un día alegre, un día lejano que los había hecho familia, y el abuelo se guardó el por qué no siguieron juntos que siempre soltaba, por qué no cuidaste que mi hija se quedara a tu lado, y el padre de Maya su es imposible complacerla. Maya no quiso que siguieran en *La Hora Azul*, como llamaba la abuela a las evocaciones por un programa de radio de sus tiempos, así que interrumpió antes de que pidieran la tercera copa:

—A propósito de bodas, queremos hacer un brindis pequeño.

Los dos detuvieron sus tequilas, el caracol prensado en el palillo.

—Pero si yo les regalo el festejo —dijo el abuelo orgulloso—. ¿Ya vieron dónde?

—La abuela me dijo que en el San Ángel Inn. No me gusta.

—Es muy bonito, Maya. ¿Qué no te gusta?

—La comida.

—Tiene razón, no es lo mejor del lugar —intervino el padre.

El abuelo se violentó:

—¿Qué proponen?

Tres tequilas podían desatar alegrías pero también agriar conversaciones. Maya tenía que salir al quite:

—La abuela y yo estamos viendo otras posibilidades, haciendo listas.

Imposible volver a la idea de un brindis muy pequeño cuando causaba malestar la sola mención de que aquella exhacienda ajardinada no le hacía ilusión. Su padre se levantó al baño y Maya aprovechó para volver al origen mismo de la invitación a su abuelo.

—La abuela está muy tensa, no le gusta que me case.

El abuelo miró a lo lejos como si descubriera a alguien entre el bullicio de mediodía. Los ojos abultados, la frente amplia, aquella camisa verde claro que se le veía tan bien; un hombre guapo como delataban las fotos, un abuelo distinguido.

—A la abuela no le gustan muchas cosas —dijo abatido y se recompuso—. Pero es tu boda, claro que está contenta.

—No da muestras de ello. No como siempre hace con otros asuntos.

—No le des importancia. Tres bodas de tu tío la tienen cansada.

—¿Y a ti no? —preguntó Maya.

—Me preocupa que se quede solo. Que todos mis hijos se casen y descasen.

—¿Llego en mal momento? —dijo su padre cuando notó que estaban serios.

—Para nada —dijo el abuelo—, hablábamos precisamente de casarse y descasarse.

Maya quiso que la tierra se la tragara. Su padre intentó un viraje:

—Hay que festejar lo bueno —y dio un último trago a su tequila, haciendo señas al mesero para que trajera la cuenta—. Tengo que ir al dentista.

—Vas a anestesiar al dentista con tu aliento —dijo el abuelo, confianzudo.

Se rieron. El abuelo sacó el barco a flote: lo hacía siempre, como si estuviera acostumbrado a timonear la nave donde todos viajaban.

—Por esa próxima boda —le dijo a Maya y alzó el caballito. Lo corearon.

—No le aunque —dijo su padre para rematar. Todos entendieron, Maya también, que camino a casa iba pensando en aquella estampa del día de la boda de sus padres que su madre hacía poco le había revelado. Le contó que entró de pronto al estudio en penumbras y no lo vio al principio, pero luego descubrió al abuelo sentado junto al escritorio, las piernas cruzadas, una copa en la mesa, la mirada triste; aquella imagen la estrujó. Una tristeza sin compartir, bebida a solas: la hija se casaba, el éxodo comenzaba. No supo qué hacer. Y como si debiera darle a su vez la seguridad que él le daba a ella, le dijo «Voy a estar bien».

Maya le envidió haber tenido a su padre en casa; se quedó con las palabras y las trenzó con las de su padre. *No le aunque, voy a estar bien*, y se siguió tarareando en una insensata repetición: *No le aunque, voy a estar bien*, casi un rap. El rap de su boda. Qué carajos, que dejaran de sacar sus trapitos. Ella iba a estar bien.

8

—No debes tocar a la hora de la comida.

Celia enrojeció. Su orgullo le indicaba no dar un paso más adentro de la tienda, pero ya lo estaba haciendo para sorpresa de Eugenia.

—Es que traigo lo que buscaba. —Blandió una revista.

Eugenia pasó por el vestíbulo y tomó la rampa hacia su oficina, adonde Celia la siguió. Esperaba que Germán estuviera a resguardo, que fuera discreto.

—Tiene el zíper de la falda abierto —se atrevió Celia.

Eugenia se sintió descubierta, pero recuperó el control.

—Me iba a probar uno de los vestidos de damas, son de un nuevo proveedor. Gracias —disimuló.

Entraron a la oficina, pero Eugenia pensó que no era el mejor lugar; quería asegurarse de que Germán no apareciera de pronto, cruzando para salir hacia la calle. Sus horas de comida eran sagradas y no permitiría que Celia ni ninguna de las empleadas conocieran la razón.

—Mejor en los vestidores, tienen buena luz.

La condujo a la sala donde acababan de estar. Señaló en voz alta que le daba gusto verla, que si ya había pensado en volver a trabajar para ella; esperaba que oírla alertara a Germán. A veces era peligrosamente cínico, pero ella podía serlo más.

Escogió el sillón frente a los vestidores por donde las novias salían para que sus acompañantes las vieran. Se sentaron juntas lado a lado mientras Eugenia recorría con la vista el escenario. Germán podía estar en cualquier vestidor, o tal vez se había refugiado en el baño cuando escuchó que Eugenia abría la puerta y alguien entraba.

—Mire, señora Eugenia, en esta revista viene la boda de un rey español. —Con el dedo recorrió el nombre que deletreó—: Carlos II de España, el Hechizado. La cuentan muy bonito, sobre todo porque acá en el Zócalo nuestro la repitieron como si fuera de verdad. Fue hace mucho, no éramos México todavía, dice aquí.

Eugenia salió poco a poco de su letargo de caricias; las noticias del mundo que le traía Celia la devolvieron a su tarea concreta. Fue durante la Colonia, ¿a quién podía interesarle aquello? Coleccionaba información sobre bodas antiguas y excéntricas, o algún dato curioso que tuviera relevancia. Eso le había dado un sello a su negocio, ya fuera por el diseño de los vestidos o los accesorios, que emulaban algo concreto e histórico o vanguardista. La conversación que sostenía con la novia y su parentela podía derivar en la organización de la boda, y ella podía contactarlos con la persona ideal para ello.

La persona ideal era ella misma pero daba la cara una joven con muy buen aspecto, mucho mundo y ambición; le costaba poco y ganaba mucho. Había hecho socia a Nohemí, y con esa importancia la chica estaba entusiasmada. Dinero, dinero, dinero, algo había aprendido de su padre. «Hay que valerse solo, mijita, y como sea. Los buitres rondan. No hay que tener que pedir nunca ningún favor».

Le pareció ver un movimiento en la cortina.

—A ver. —Tomó la revista en sus manos y luego miró su reloj—. No podemos tardarnos mucho, abrimos en media hora y yo antes tengo algunas llamadas que hacer. —Le apuraba que

Germán estuviera fuera de la tienda antes de la llegada de las empleadas.

—Quiso mucho a su primera esposa, pero era muy feo y un poco tonto; no podía gobernar, por eso se casó con otra a la que le dejó el poder.

Celia estaba entusiasmada con su hallazgo, parecía una chiquilla cuando pasaba las páginas exaltada; era como si no tuviera años, un cuerpo sobrado y varios hermanos a su cuidado. Eugenia leyó por encima para despachar cuanto antes a la costurera: «Era 1691 y la boda de Carlos II con Mariana de Neoburgo se escenificó con toda pompa en el centro de la ciudad. Si la Nueva España no podía asistir a la boda, que la boda viniera acá. La descripción era esmerada y el devenir trágico. Empezó a llover de a poquito, el escenario a deslavarse, los vestidos, los sombreros, las capas se empaparon, la gente echó a correr. La lluvia duró siete días. Los gastos excesivos de esa boda produjeron, podía pensarse que era un sino fatal, aquella inundación de la ciudad. Una de las más terribles».

—No conocía esta historia. La leo luego con calma. ¿De dónde sacaste esta revista?, ¿es vieja?

Celia alisó su falda, nerviosa.

—Un hombre que vive arriba de la tienda colecciona libros y revistas. Todos los días entraba a nuestra bodega, donde guardaba el carro de súper con el que salía a la calle a vender y comprar. Mi marido le daba permiso.

Eugenia se empezaba a desesperar.

—Pasaron tres días y nada que el hombre venía por su carrito. Resulta que estaba sepultado entre sus libros y revistas: cuando mi esposo me mandó a averiguar qué pasaba, fui yo quien lo descubrió y traje auxilio. Por eso no he venido, seño Eugenia, lo he estado cuidando. Pero no me he olvidado de usted, seguiré haciendo sus composturas.

A Eugenia le interesó la posibilidad de que hubiera más historias de bodas bajo el cuidado del hombre sepultado, no tanto la tragedia.

—¿Y si vienes otro día y me cuentas con calma la historia de este hombre que rescataste? —dijo mirando el reloj.

Celia estaba sorprendida de que Eugenia la escuchara.

—Sólo puedo a esta hora, cuando cerramos la tienda en el centro para comer.

—Así que nuestros negocios no sólo se parecen en que vendemos vestidos de novia, aunque tu fuerte son los quince años, sino en los horarios —añadió con cierta ironía.

—Voy a buscar más en sus revistas —dijo Celia con un brillo en los ojos que intrigó a Eugenia.

Antes de que salieran del área de vestidores, Germán asomó el rostro por una cortina; Eugenia, que iba detrás de Celia, se pasó una mano por la frente, indicando que estaban a salvo. Cuando despidió a Celia en la puerta y subió deprisa, Germán ojeaba la revista. Eugenia adivinó su espalda bajo la camisa de lino, hasta los zapatos se había puesto.

—Suena interesante.

—Necesito bodas especiales para contrarrestar con lo monótono de las habituales.

—Me refiero a lo del hombre sepultado que esta mujer rescató.

—Ya, buscador de historias, apresúrate, que llegan las chicas y no puedes pasarte el día en los vestidores.

—Lo digo en serio, quiero saber más.

Germán besó los labios de Eugenia, que se habían vuelto fríos y tensos. Intentó una caricia sobre sus piernas.

—No, no. Tienes que irte.

Eugenia sabía que cuando se ponía tensa lo excitaba, y quizás ese era el gancho más poderoso con el escritor: su capacidad de transformarla, de derretir el hielo. Pero no había tiempo de abandonarse.

9

Irina dispuso la terraza de la casa para desayunar con sus hijas y su nieta: una mesa redonda, mantel de Toledo en blanco y azul, las buganvilias en un vaso que hacía las veces de florero contrastando. Maya se había encargado de recordarle la hora del desayuno a su madre antes de partir a casa de su abuela para ayudarla. No podía fallar a los preparativos, que Irina hacía con mucha antelación. La tía Lucía vendría desde San Miguel de Allende, adonde se había mudado algunos meses atrás para administrar un hotel *boutique*. Encontró muy divertida la idea del desayuno, aunque estaba distanciada de su hermana. Ahora que Maya tenía la madurez para ello, podía platicar de las razones con su abuela, pero le incomodaba oír sus opiniones. A Lucía le parecía que su hermana se había rendido y aceptado un mundo simplón: maestra de preparatoria, un sueldo modesto, un cuerpo abandonado, un departamento pequeño, reuniones con amigos, una vida de pocos viajes y lujos. Quizás lo que la irritaba más era que no se quejara, que la pasara bien. En el fondo no le creía, le parecía que actuaba la felicidad de la vida simple; lo había hecho mientras estuvo casada con Carlos y ahora viviendo con Maya, Rodrigo se había salvado yéndose a Nueva York. San Miguel de Allende le estaba dando un respiro económico, una casa hermosa, una vida social y una escuela para Vicente. Ese era el diagnóstico que la abuela podía hacer, intentando ser cuidadosa con Maya, dejando ver entre líneas cuán diferentes eran sus hijas; no podía inclinarse por el estilo de alguna aunque era claro para ella, que con Lucía tenía más que ver.

Lucía fue la primera en llegar a casa de sus padres, que no era la de su infancia sino un departamento de dos pisos práctico y moderno en el sur de la ciudad: elevador, portero, terraza en la parte alta y mucha luz. La cocina y el cuarto de lavado, muy bien equipados. Maya abrió la puerta con la jarra de café que llevaría a la terraza cuando sonó el timbre. Lucía se topó con el abuelo, que iba de salida, y se extrañó de que no se quedara.

—Es reunión de mujeres, ¿verdad, Maya?

—No sé adónde vas tú, tan guapo —se burló Lucía—. Espero verte más tarde.

Maya contempló a su abuelo: capoteaba la edad con elegancia y un suéter de un azul intenso.

—¿A qué hora te devuelves a San Miguel? —preguntó a su hija.

—Mañana por la mañana, tal vez me quede aquí o con mi hermana; depende de qué tan buena se ponga la pachanga con mi sobrina. —Le guiñó un ojo a Maya—. ¿A que tu madre no ha llegado?

Maya no hizo caso de la pregunta de rutina. La impuntualidad de su madre era un eslogan familiar, y aunque ella la padecía también sentía ganas de defenderla, pero desvió la conversación mientras avanzaban hacia la terraza. Preguntó por Vicente: sabía, porque él se lo había contado, que no le habló a su mamá durante una semana cuando se mudaron, y que su tía se esmeró en arreglar la recámara de su hijo de dieciséis años. Vicente venía a casa de su padre en el sur de la ciudad de cuando en cuando, y Maya y él se veían. Lo extrañaba, y mucho: con él podía soltar el cuerpo, emborracharse, dejar de cuidar a los demás. Le era más cercano que su propio hermano, tan esquivo, protegiéndose del juicio de los demás.

—Mamá, vaya escenario que nos tienes —dijo Lucía ante esa mesa hermosísima.

—¿Te gusta? —Recibió el beso Irina y luego miró a su hija—. Te ves estupenda.

—He adelgazado. —Mostró lo que le sobraba de los pantalones.

—¿Amores?

—Ay, mamá —respondió, y se sentó a tomar el café—. Espero que Patricia llegue a tiempo.

—Tal vez la detenga algún amor —bromeó Maya.

Lucía no captó la broma.

—No me digas que tenemos novio.

—Bueno, Maya sí. —Se rio Irina mientras servía el café.

—Claro, ¿es el chico que nos presentaste en Navidad, verdad? ¿Y tú cómo estás, mamá?

—Bien, aunque me ha dado por ver los álbumes de fotos y mirar las bodas de esta familia.

—Abuela… —la reprendió Maya cariñosamente.

Patricia apareció en la terraza; llevaba cuernitos en la canasta que la cocinera le había dado y unas rosas amarillas.

—Son las de la alegría. —Las recibió Irina y llamó a Eulalia para pedirle un jarrón y que empezara a hornear los chilaquiles. Miró el reloj.

—Esperé a los recién horneados en la panadería, mamá —se defendió Patricia.

—No tienes remedio, hermana —se quejó Lucía, aceptando la bandeja con fruta que le pasaba su sobrina.

—No hay prisa —calmó las aguas la abuela—, sólo para llegar a tiempo adonde el vestido de novia. Hice una cita, pensé que era bueno ir las cuatro.

Maya, sorprendida, aceptó la copa de mimosa que Eulalia traía en una bandeja; ni siquiera sabía qué tipo de ceremonia esperaba, mucho menos cuál era el vestido adecuado.

—Hay que brindar por la futura novia —se adelantó Irina, que había vuelto a ser la que Maya esperaba, y el «salud» hizo coro con el sol de la terraza.

10

Eugenia llegó cansada a casa. Se desplomó frente a la televisión con la copa de vino blanco en la mano amansada y lacia, olvidando el mundo, los pesares, el silencio que rompía la televisión; le gustaría que eso ocurriera más a menudo. Cuando veía a Germán, el cuerpo cansado le nublaba el pensamiento: lo físico era perentorio. Estaba en su casa, la misma que compartió con su difunto marido. Le gustaba mucho ese sillón de ante color topo. ¿Por qué se iba a mudar si su padre le había regalado la casa? Era de ella, con todo y la escalera de metal volado por donde rodó Paolo; era de ella con esos ventanales de piso a techo que se hundían en un jardín interior que ella había continuado con un jardín vertical: verdor y privacidad.

Nada más cerrar la puerta de metal tras de sí, acostumbraba quitarse los zapatos; luego se servía el vino fresco, un Grigio, ligero, adormecedor. Estuvo a punto de cambiar de bebida cuando aquel italiano insistió en ir a su casa porque no le bastaban las citas en el vestidor, en los restaurantes o en los hoteles: quería una vida doméstica compartida. Exagerado, guapo, vanidoso, encantador y golfo, Grigio era su apellido, como el vino, y logró su cometido en un mes. Ella llegaba de la tienda y él estaba descalzo en la sala leyendo, escuchando música, con la cena preparada, el vino en su punto, promesas de viaje a Nápoles, de donde era él; importaría aceite, dijo. A Nápoles, a ver a la tía Elba, que tenía una villa, y *vente, mi amor*, caricias, despertar y caricias, y a medianoche caricias, y en la ducha, y dormir a plomo y no pensar en el marido muerto ni en el otro ni en nada. Hasta que entró a casa una noche y notó un silencio largo, y sus tacones resonaron en el mármol burdo, casi picos sobre la piedra; «Grigio», llamó, porque así le decía. En días recientes había variado la ceremonia de irse desvistiendo desde el pie de la escalera y subir sin la falda, con la blusa desabotonada, los aretes en una mano y la copa en la otra: Grigio la esperaba en la sala con la botana y la música, y era quien la desvestía. Esta vez, en el garaje decidió quitarse la falda y sorprenderlo con su ropa interior, que siempre era esmerada. Entró a la sala intrigada por el silencio: no había platos con aceitunas ni las dos copas. Se asomó al jardín, donde la mesita de taca a veces era el escenario para el aperitivo. Fue entonces que advirtió la razón del eco: las paredes estaban desnudas. No estaban el Manuela Generali, el Irma Palacios sobre el muro opuesto ni el María José Lavín del nicho bajo la escalera, mucho menos el Pablo Amor del comedor. Dio un grito.

—Te debería dar miedo esa escalera.

Se quedó quieta, protegida por la penumbra y sin acertar a vestirse de nuevo o indignarse. Conocía la voz.

—Todavía tienes bonitas piernas —continuó la voz de su cuñada—. Si mi hermano no tenía malos gustos.

Eugenia se puso la falda.

—Te aconsejo que te vayas, voy a llamar a la policía. No tienes por qué entrar a mi casa. ¿Y mis cuadros?

Pero la voz se rio.

—A la policía ya la llamé yo.

Eugenia se detuvo de nuevo. Habían pasado cinco años juntos, cinco, y no tenía un solo recuerdo grato del esposo, nada que la hubiera dulcificado, glorificado, o dado potencia como mujer o como compañera. Una muerte en vida. Un hombre previsible y sin aristas juguetonas, conservador hasta para tocarla, mirarla o pasearla. Insulso.

—Sólo recuerdo una cosa de tu hermano —lanzó con rabia—, su cobardía frente a ti, su «hermana mayor», siempre apareciendo en casa. Como ahora, ¿qué haces aquí?

—Lo vieron salir con sus maletas —dijo Aurora desde la sala desnuda de cuadros.

—¿Me espías?

La voz no respondió.

—Te metes con cada golfo. Me llamaron de la caseta de policía. Deberías agradecerme, tú ya no estabas en la oficina.

A Eugenia le temblaba el mentón. Quería subir y verificar si aún estaban sus joyas resguardadas. Mientras Grigio vivió ahí, Aurora ni siquiera había hablado por teléfono.

—Tú lo espantaste.

—Sí, le dije la verdad, que mataste a tu marido.

Dudó que fuera esa la razón por la que Grigio no estaba, pero su cuñada era capaz de ello.

—Mejor te vas, Aurora.

Habían conversado de pie, en la sala. Aurora se dejó caer en el sillón naranja; toda vestida de negro parecía una oruga, gruesa, amarga, con una factura que echarle en cara.

—¿Qué hiciste con mis cuadros? ¿No te bastó con mandarme golpear?

—¿Tus cuadros? Es verdad, está un poco vacía la pared.

Entonces su cuñada torció la cara, los labios casi morados se le volvieron una mueca grotesca y comenzó a llorar; Eugenia la miró petrificada, habían discutido otras veces, pero esta nunca había sido su reacción. Aurora quería venganza, justicia por la muerte de su hermano, su único hermano, su único familiar; su aliado, su tesoro. Menor que ella, protegido por ella, quien le había presentado a Azucena, la chica ideal, la cuñada dócil, y acabó casándose con Eugenia, la devoradora. Eugenia, que tenía los favores de papi, la consentida, la rica perfecta. Su hermanito, amansado por aquella mujer que la había tratado siempre mal, alejando sus tardes de cine, sus viajes a Valle de Bravo, sus juegos de bridge, sus paseos a Hermosillo a ver a la parentela.

Fue a la cocina por otra copa de vino y se la acercó; Aurora la aceptó y Eugenia se sentó frente a ella sin acertar a decir nada. Sintió lástima de su destino solitario, tal vez porque algo tenía que ver con el suyo, y por un momento reconoció que, de poder vengarse a tiempo de viejos amores, tal vez lo habría hecho para que Paolo no pagara la factura. Pensó en preguntar «¿Cómo puedo ayudarte?», y en cambio dijo:

—¿Sigues en bienes raíces?

La mujer sacó un klínex y se sonó ostentosamente. Apenas asintió con la cabeza, como una niña desprotegida. Eugenia confirmó que tenía la misma nariz que su hermano, y que le desagradaba verla. Se turbó. Por un momento lo volvió a ver en el último escalón, en aquel recodo ancho, con la cara de lado, el perfil mudo, muerto. La nariz y la boca que ya no podía besar. Le dieron náuseas, debía comer algo. Se levantó por almendras, en el pasillo aún estaba un bajorrelieve de Paloma Torres.

—¿Escondiste los cuadros? —dijo con voz recompuesta y algo de ironía; ciertamente Aurora sabía qué había ocurrido y derivaba un extraño placer de ello—. ¿O se los llevó el gigoló? Te pueden acusar de autorrobo. ¿No estará el amante muerto en tu cama? Confiesa de una vez por todas. Porque esto no va a parar.

La mujer ya se ponía en pie y se le echaba encima como una oruga encendida, sacada de su letargo por esa ira perversa. Eugenia tropezó con el taburete, la escultura de un caballo etrusco le quedó a la mano; desde el suelo pateó a la oruga, la escultura en su mano, la tentación de un golpe seco, un *crack* atropellado, ella cayendo frente a la mesilla, la copa rota, la piel abierta trazando un surco de sangre mientras la mujer se desplomaba sobre Eugenia. Desde ahí, molesta por el peso de la mujer herida, vio las paredes sin cuadros y comprendió que había sido timada.

Había vuelto a beber Grigio, pero esa noche no era buena idea.

11

Tal vez habían sido muchas mimosas; tan frescas y burbujeantes, la tía Lucía y la madre de Maya dejaron que resbalaran por sus gargantas sin medir sus efectos. Por eso, cuando la abuela Irina dijo que había que irse a ver los vestidos y Lucía se puso en pie sin conseguir tenerse, las hermanas no pudieron contener la risa; venga a reírse, y Maya desconcertada primero y luego enojada.

—Pide café para estas criaturas —ordenó la abuela que, aunque avispada, siempre era prudente cuando de bebida se trataba.

—Por favor, mamá, nos urge tomarnos tres bien cargados. ¿Cómo se te ocurre darnos esta bebida celestial? —bromeó Lucía.

—¿Te acuerdas de tu vestido de boda, con mangas abombadas? —dijo Patricia sin atender el reloj ni la preocupación de Maya, que volvía de la cocina con el rostro desencajado.

—Me sentaba fatal —se rio Lucía—. Pero ni tú ni mamá me advirtieron.

—Querías verte antigua, mucho encaje y organza. Como de iglesia.

—No te burles, que bien mocha que eras de chica.

Maya las observaba callada desde la esquina, parecían unas niñas: las niñas de las fotos en el álbum de la abuela, empujando la carriola con una muñeca cada una por el Parque México; los flecos a media frente, posando con un santaclós callejero. Pero Maya no estaba para sus alegrías de champaña. No sólo tenía ganas de ver su vestido, sino que en la tarde había quedado con sus amigas para reunirse sin novios ni amigos, sólo ellas.

Eulalia trajo la cafetera y murmuró por lo bajo mientras servía el café en las tazas:

—Ya va a regresar el señor —protestó ante la mesa descompuesta, los restos del salmón ahumado, los panes dulces en miniatura a medio comer.

—Va a comer con sus amigos, y nosotras yo creo que no tendremos hambre hasta muy tarde —la apaciguó Irina.

Lucía y Patricia se habían enfrascado en alguna conversación de cierta intimidad, porque se decían cosas y susurraban, y Maya no podía escucharlas pero le estaban colmando la paciencia. Ninguna tomaba el café.

—Mamá, ahí está el café —llamó por fin la atención de su madre.

—Están borrachas —se burló Eulalia.

Patricia reaccionó:

—Qué barbaridad. —Vio el reloj—. Ya vámonos.

Las hermanas se bebieron el café como niñas obedientes. Irina ya se levantaba para tomar el suéter y lavarse los dientes.

—Un verdadero vestido de novia —dijo Lucía viendo a su sobrina.

—Qué emoción, nunca he entrado a una de esas tiendas; yo me mandé a hacer el mío, era corto y simple —dijo Patricia.

—Como tú, mamá, corto y simple —dijo Maya, que sabía clavar puntillas.

La embriaguez de las burbujas pareció disiparse con el efecto de las palabras más que el del café. Lucía quiso quebrar la tensión y defender a su hermana, aunque ella misma había sembrado esas ideas en su sobrina.

—Ser sencillo es difícil.

Maya miraba su celular. Contestó un mensaje de Almendra; qué bueno que se iba de casa, de esa simpleza que la aturdía, de esa falta de reacción de su madre, como si lo bueno y lo malo tuvieran la misma escala. Siempre en el agua tibia de la indecisión, del acomodo. Maya se iba lejos, y nada más por eso la boda valía la pena.

—En cambio, tú te compraste el vestido en los *United* —se burló Patricia sin exaltarse.

—Cuando íbamos seguido; cuando los abuelos tenían departamento en San Diego. Si te hubiera tocado, Maya…, qué digo, ya te tocará la vida gringa. Tallar cuellos de camisa, planchar, lavar trastes…

Maya las ignoraba. La estaban colmando. La abuela Irina apareció con la bolsa y los labios pintados, lista para partir. Maya recordó de nuevo ese cuento donde los labios pintados eran la salvación.

—Niñas, ya vámonos. Maya será la novia más lucida.

Maya ya no insistió; la verdad es que a esas alturas ya le daba igual ir o no a la tienda. No podría disfrutar con calma probarse los modelos, no tanto por el poco tiempo que les quedaba sino por la actitud estúpida de su madre y su tía. Estaban echando a perder la mañana.

—Que se queden, Maya, vámonos —dijo Irina enfilando hacia la puerta.

—Vamos, mamá —repuso Lucía.

—No vaya a pasar como la boda que no fue —agregó Patricia.

Irina clavó la mirada en su hija. Maya alcanzó a pescar el filo de sus pupilas, luego notó el codazo que Lucía le plantó a su madre cuando esta se unió al grupo por salir.

—¿Cómo es eso de la boda que no fue?

Las hermanas guardaron silencio, la abuela abrió la puerta y antes de poner un pie en la calle se volvió hacia Maya.

—Pregúntale a tu abuelo.

El derrumbe
Cascada de libros

Efraín colocó los ejemplares de *Técnica Pesquera* en el anaquel más alto; como era difícil guardar el equilibrio en aquella escalera de tijera, bajó por la otra mitad de la colección y la adosó a los otros ejemplares verificando el orden numérico. Era una revista de los años setenta que trataba sobre artes de pesca: redes, anzuelos, trampas, propiedades alimenticias de la mojarra o el calamar y noticias de las cooperativas que abundaban en las costas del país. Las recuperó en un puesto de revistas. Le llamó la atención el orden con el que alguien las había guardado, también las servilletas de papel entre dos páginas que señalaban el interés del lector por los relatos de pesca; porque, lo notó entonces Efraín, cada número incluía un cuento relacionado con el mar, el río o la laguna. Por un tiempo promovió la colección entre sus compradores hasta que se dio cuenta de que el asunto sólo tenía interés para él, un marino renegado; que las técnicas de pesca tenían sin cuidado al lector de la ciudad y que además debían ser muy distintas a las de cuarenta años después. El propio aspecto de la revista, con viñetas de pescados y mariscos, tenía un toque antiguo, de hechura casera. A quién le importaba cómo reparar un chinchorro, cuál era la luz necesaria en una red para capturar tilapias adultas. Curioso que aquello le atrajera. Pensó que los años en la Marina lo habían predispuesto a los asuntos oceánicos, aunque su afición a comprar y vender libros y revistas usados había sido su manera de deshacerse del uniforme y las jerarquías en la Infantería de Marina. ¿Sería que el agua, que era sustrato de la pesca, lo remitía a Cuemanco, donde entrenó todos los días durante tres años? Pero si cada poro de su piel detestaba la humedad de aquel canal traicionero, si el chapoteo de las canoas en el agua lo hería de muerte.

Debió haberse deshecho de aquellas revistas prácticas pero no pudo, tal vez si no hubieran tenido relatos como el de un tal Ramón Rubín o de Rodrigo Moya las hubiera quemado o regalado. Por eso estaba bien que las refundiera en la parte más alta de la estantería: ahí estaba lo que era poco solicitado, también los atlas viejos o gastados que debía acomodar acostados pues no cabían de pie. Ahí estaban las cajas llenas de mapas y guías rojis y de viaje; en cambio, en la parte más baja tenía las revistas de política, los *Proceso* y los *Siempre!,* o los cancioneros como el *Picot,* que cada vez conseguía con más dificultad y vendía más caro. A ras de suelo estaban los cómics, porque esos se vendían en desorden y sólo por título; no tenía que agacharse para acomodarlos por fecha. Los compraba por kilo, salían desgranados y en buen precio. A veces se sentaba en el banco y se entretenía con *La Pequeña Lulú.*

Subía de nuevo con otro tanto de *Técnica Pesquera* en el brazo derecho cuando sintió que el peso de la estantería se vencía sobre la escalera y la empujaba al centro; a sus espaldas escuchó el ruido de los impresos que se vaciaban sobre el piso. Se dio la vuelta al tiempo que desprendía un brazo de la escalera para zafarse de la presión de la repisa metálica y vio que el librero de la pared opuesta también se inclinaba hacia el centro del cuarto: al despegarse del muro jalaba el librero de la pared derecha, con el que estaba unido por las esquinas. Efraín tuvo tiempo de pensar que no había sido tan buena la idea de aprovechar el espacio haciendo un continuo con los libreros de las tres paredes, una sola estructura que ahora se desarticulaba venciéndose y expulsando libros en cascada. Pensó en bajar la escalera y detener el librero de atrás con los brazos en alto, pero como una bola de nieve engordando en su carrera por la pendiente, los libros que se habían venido abajo poco a poco ahora cayeron en desbandada desde los tres libreros que lo rodeaban. Cuando el estante con *Técnica Pesquera* y los atlas se vació sobre los peldaños de la escalera y luego sobre sus hombros, ya fue muy tarde para moverse; se aferró al aluminio hasta que el ruido de libros y revistas y el polvo alborotado lo cubrieron todo, su vista, su miedo y su cuerpo.

12

Eugenia marcó al celular de Germán. Era jueves, el día de la cita semanal desde hacía tres meses. Revivir la escena con su cuñada la había puesto mal; ni siquiera se había preocupado por tener paté, quesos y espárragos, con los que les gustaba acompañar el vino sobre la alfombra a medio vestirse en aquel picnic entre blancos ultrajados. Les parecía divertido jugar a la luna de miel. Él la llamaba Novia de los Mil Días; ella, Escritor de las Mil Mentiras. Dijo que tenía una historia que había provocado lo que escuchó detrás de la cortina del vestidor: a ella le fascinó que lo revelado por Celia lo hiciera imaginar. Incluso había dejado la novela que escribía por esta historia ajena y provocadora, le confesó. Con todo y que ese día podía haber más de todo, a Eugenia el alma no le volvía al cuerpo.

Esa era frase de su padre cuando hablaba de su madre: «Hija, vámonos a Nueva York, cuando a tu madre no le vuelve el alma al cuerpo es inaguantable». Y ella, casi triunfal por la exclusividad que le concedía su padre, preparaba su maleta y aceptaba ese viaje donde museos, conciertos, restaurantes, ropa, paseos por el parque, todo entraba en su ánimo y lo daba por un hecho, como si la vida siempre fuera así de fácil. Ni siquiera pensaba en su madre. Y ahora estaba en cama, sin fuerzas para arreglarse e ir a trabajar, como su madre, que, la verdad sea dicha, no disfrutaba de los viajes: su casa era primero, el orden, la comida, los hermanos que necesitaban asistencia, atención. Se ponía muy nerviosa ante la idea de posponer el mando, prefería que la dejaran en tierra. Sí, era una mujer de tierra. Y su padre, en cambio, un navegante, un gozador con dotes para los negocios, con habilidades para seducir clientes y socios, moverse entre políticos; con una agudeza que todos aplaudían. Su padre, cómo lo extrañaba. ¿Sería el culpable de que el único hombre del que se había enamorado fuera casi de su edad?

Eso era lo que menos necesitaba en ese momento, pensó mientras se quitaba el antifaz de gel helado con el que intentaba controlar la jaqueca para beber un poco de agua. Qué bueno que su hermano, de paso en México, acudió a su llamado la noche de los cuadros y se llevó a la cuñada indeseable, tirada en el piso como una oruga descalabrada. Qué bueno que la policía, tan ineficiente, no apareció. ¿Por qué había cometido el error de casarse con Paolo? De no ser por aquel arrebato, por ese suave empujón para que se apartara de ella, estaría dándole los buenos días. Los buenos días. Volvió a marcarle a Germán. «El número que usted marcó se encuentra fuera del área de servicio». ¿El área? ¿Cuál era el área de Germán? Una novia de hacía diez años con la que no acertaba a casarse, era la segunda vuelta de los dos, sin hijos ambos. Germán era un escritor con un pequeño departamento en Mixcoac, suficiente para un hombre que escribía guiones de radio, de documentales y hasta de ceremonias, y, por gusto, novelas: novelas que publicaba esperando que cambiaran su suerte y le permitieran para siempre seguir escribiendo novelas. Leía, escribía, caminaba por el parque, jugaba billar, su novia era chef y le gustaba estar acompañado los fines de semana. Todavía extrañaba a su primera mujer pese a que lo despojó de casa y muebles, sólo le dejó unos libros y el deseo de escribir a pesar de todo.

—¿A pesar de mí? —le había preguntado Eugenia.

—Tú me das, no me quitas. Y verás que el día que ser escritor me permita viajar, te llevo a Dublín. ¿Has ido a Dublín?

Es una ciudad de escritores, pequeños parques, la escultura de Oscar Wilde, la botica donde ocurre un capítulo del *Ulises*. Y se canta y se bebe en los *pubs*. Luego tomaremos una barca de esas que van por el río, una para los dos, y recorreremos Irlanda. Castillos, pastos verdes y grandes dosis de melancolía.

—Odio la melancolía —se defendió ella.

Había avisado a la tienda que estaba indispuesta, que atendieran sus citas. Sólo había una antes de la comida, le explicaron. No retuvo el nombre de la futura novia, otra más.

—Ya sabes dónde está el catálogo de bodas históricas. O puedes pasarles el video, como quieran. Entre más convenzas de la idea, mejor para el negocio y tu bolsillo —le dijo a Nohemí. A veces sentía el deseo de repetirle a la chica que si eran bodas temáticas, o de carácter histórico, garantizaban el control más allá del vestido; Eugenia contactaba a la productora, que a su vez reclutaba a los diseñadores, floristas, músicos, gastrónomos… Ella no hacía nada más que cobrar. Pero también el dinero le iba importando menos. Tenía suficiente para gastárselo con Germán y para reponer los cuadros que Grigio se llevó, con otros de los mismos pintores contemporáneos.

La jaqueca cedía. Sí, el trabajo salvaba, por eso su padre insistió en la tienda, en alejarla del dolor de la viudez. Eugenia creía que él no sabía cuán desdichada era en su matrimonio, pero en el lecho de muerte su padre le tomó la mano y le susurró: «Tal vez tenías razón en querer a aquel viejo de mi rodada… Sólo que a estas alturas no duramos mucho».

Pulsó el interfón que comunicaba a la cocina.

—Café, por favor, Reyna.

«Ahuyentar la melancolía», se dijo y volvió a marcar con cierta desesperación; ahora sonaba y nadie contestaba. Dejó el recado: «Germán, no puedo ir hoy». Por la hora, lo imaginaba a unas cuadras de la tienda, esperando ver pasar a las empleadas, que se dirigían al centro comercial para comer: esa era la señal de que Eugenia se había quedado sola. El vigilante también aprovechaba para sentarse en el borde del macizo de plantas y sacar su comida. Germán, según su estilo, lo saludaba como a un viejo conocido: seguramente llevaba el legajo de papeles que había amenazado con leerle.

«Ni siquiera has visto la cara de Celia», le reclamó asombrada porque estaba escribiendo sobre ella. «No la necesito. Ya tengo a mi Celia, a la que imaginé». «Cámbiale el nombre». Se quedó dudando un rato: «No puedo, ya nació así. Es como si de repente te dijera Laura».

Los dos guardaron silencio. Había sido muy torpe ejemplificando con el nombre de su novia.

«Hay otros nombres», Eugenia fingió que se ofendía. A ella le bastaban los jueves con Germán, ni por asomo sería la mujer de tiempo completo de nadie y menos de un escritor. No le gustaban la zozobra ni las finanzas de los artistas, tampoco la posibilidad de que cualquiera se transformara en vivales y la esquilmara. «Te apuesto a que a Laura le vas a decir Eugenia la próxima vez que hagas el amor con ella». Germán se sonrojó, no le gustaba traer su vida rutinaria a lo extraordinario de los jueves. Pero confesó: «Ya lo hice». «¿Entonces haces el amor con ella de la misma manera que conmigo?».

Eugenia sí se había ofendido, lo sacó de la tienda casi a medio vestir y se tuvo que calzar en la puerta. Nada de vino ni comestibles: se bebió el vino a solas y se acabó el paté. No quería imaginar siquiera que la piel de Germán tenía intimidad con otra. Lo sabía, pero eso era diferente a tener ante su vista el vientre de Germán encima de la curva de la espalda y las nalgas de otra mujer.

Reyna entró a la habitación con la charola del café, jugo y pan tostado.

—Sólo quiero café.

La sirvienta la conocía lo suficiente como para saber que necesitaba un desayuno. Eugenia volvió al recuerdo de esa noche con la cuñada. ¿Cuándo pararía? Al final su hermano la había dejado en su casa, acompañado hasta su habitación, le dijo que se calmara, que dejara a Eugenia en paz. Le contó lo que dijo cuando el conserje le preguntó qué había pasado con la señora: «Se pasó de copas». «Era como una niña obediente cuando la dejé recostada, sin embargo, me echó los brazos al cuello y me pidió que la besara, que yo era el mejor de la familia. Lo que hace la falta de hombre», le agregó a Eugenia. «¿Y si la acusamos del robo de los cuadros?», le propuso Eugenia a su hermano para librarse de ella. Pero él tenía razón, azuzaría los deseos de Aurora de perjudicarla.

El pan tostado con mermelada le estaba cayendo de maravilla. Germán la llamó.

—¿Qué paso, Euge? Me dejaste alborotado y sin desvestir, y con varios nombres en la boca… —bromeó.

Su voz la suavizó. Era un hombre peligrosamente traslúcido. «Me malviajé con un recuerdo, otra vez la cuñada», estuvo a punto de responderle, pero luego se arrepintió. Le pediría que le contara más, al escritor le gustaban las situaciones extremas.

—Yo estaba por escribir en tu escote.

Un ardor feroz se le instaló en el pubis. Se rindió a sus palabras mientras miraba el reloj; el trabajo no era lo único que podía levantarla. Que se jodiera Aurora, no le iba a escamotear también el placer. Hizo a un lado la charola, dispuesta a incorporarse.

—¿Conoces el Hotel Delicias? —propuso.

13

Tocaron a la puerta de aquella tienda de escaparates singulares. Les habían dicho que no era como cualquier establecimiento de vestidos de novia y así parecía: cada uno de los aparadores mostraba a una novia en un entorno. Maya se fijó en una renacentista vestida a lo Julieta; la tía Lucía comentó sobre el vestido sesentero, también de talle imperio, de la pequeña que detenía el velo lleno de cerezas de otra novia.

—Aquí hay alguien muy creativo —dijo la abuela Irina, que siempre se había fascinado con los diseños de escaparates en Nueva York—. Es raro en México, y menos para vestidos de novia. Esos se venden sin tener que exhibirlos.

Por el interfón les preguntaron quiénes eran; Patricia dijo que las Inclán. La voz tardó en responder «No tengo ese nombre anotado». Irina recordó que había dado el nombre de Maya Suárez y corrigió. «Era a la una», respondió la voz con cierta pedantería.

Lucía ya se ponía altanera:

—Mire, señorita, ¿nos van a abrir o no?

El tiempo que se tardaron sirvió para que Patricia y Lucía cambiaran su ánimo festivo por el de queja.

—¿Qué se creen? ¡Como si nos hicieran un favor!

—Hay otras tiendas —dijo Lucía decidida.

Maya las quería matar porque seguían sin cuidar las palabras cuando ya les abrían la puerta. Una joven muy amable las recibió:

—Perdonen, pero es que cerramos a las dos de la tarde para comer.

Irina tomó el mando:

—Disculpe, señorita, tuvimos un contratiempo, ¿podríamos ver algo deprisa y volver en otro momento con más calma?

—Lo importante es que están aquí. Soy Nohemí. Bienvenidas.

Ya Maya había atisbado lo que les esperaba y no resistía el deseo de entrar. Subieron la escalera y apenas pusieron un pie en la alfombra blanca, vestidos de novias, damas, niñas, pajes en siluetas de madera se movieron a los costados en una banda sin fin, como si todos entraran, incluso ellas, con el cortejo de los novios; guardaron silencio mientras una luz plateada las envolvía. Aquel túnel le hizo pensar a Maya que entraba al País de las Maravillas. Como iba adelante no veía las espaldas de las tres mujeres, y la chica que las recibió se había despegado lo suficiente para que disfrutaran la experiencia; sin duda sabía que era una manera de seducir a las clientas. Una música dispuesta para esa entrada empapaba el ánimo de tal manera que Maya sintió que caía, caía y caía como Alicia en un hueco sin fondo que en lugar de ser oscuro era blanco e incierto, y al fondo vislumbró una pared de satén abullonado; quiso correr y tumbarse en ella como si fuera vertical el trayecto, y pensó en Julio al final del túnel, abriendo los brazos para que toda ella se depositara en él. Le dio alegría, olvidó a las hermanas borrachas, que habían pasado a la amargura, y a su propia abuela, que quería mantener la concordia. Tuvo la certeza en esos minutos de que la elección era correcta, que Julio era el hombre con quien quería estar. Cuando dudaba sobre algo, él asumía el mando: *Ya tomamos la decisión. Esto es lo que vamos a hacer*, y eso le daba una sensación de que las cosas estaban bien. Todas: irse del país, casarse, estudiar algo, volver, tener hijos. Se imaginaba sonriendo con un vestido de embarazada, de señora estudiante.

Al topar con el muro acolchonado, la chica les indicó que la siguieran para llegar a la sala donde cada una se sentó, entrando de lleno en un cuento: había una vez una novia y un novio que soñaron la felicidad y la contagiaron a todos, y todos la aceptaron y la extendieron y la compartieron y la corearon y celebraron la vida por venir, el amor, el blanco sobre el blanco y la ceremonia.

La abuela Irina fue la primera en romper el trance de Maya:

—Mi vestido apenas me cubría las rodillas. Era de lo más moderno.

—Tenemos algo así, a lo Jackie Kennedy —les explicó la joven—; verá, la dueña investiga y recrea ambientes de bodas famosas. Se disculpa por no poder estar hoy aquí, pero yo las voy a atender con mucho gusto. Tú debes ser la novia. —Señaló a Maya.

—Yo soy. —Patricia hizo un remedo y se rio sola de su chiste.

Maya la fulminó con la mirada.

—También tenemos vestidos para usted —dijo la vendedora con una sonrisa de conocedora.

Cuántas familias no se sentarían como ellas, pensó Maya, y por un momento quiso haber ido sólo con la abuela.

—Viera, señorita, una coleccionista famosa quería el vestido con el que me casé: Lydia Lavín, ¿la conoce? Pero sólo para unas fotos, lo adaptó mi madre para que yo pudiera usarlo en alguna fiesta. —Algo le había pasado a Irina, que no salía del tema; Maya se sintió sola.

—La señora Eugenia debe conocerla —eludió la vendedora con cortesía.

Entonces le pidió a Maya que se subiera en un pequeño re-dondel alfombrado y la miró un buen rato; le dio la vuelta con parsimonia mientras las otras mujeres callaron.

—Creo que sé qué te puede quedar bien. ¿Quieres ver antes nuestro catálogo de bodas históricas?

Pero la chica miró el reloj y claramente pensó que no era prudente, pues añadió que Maya debía por lo menos probarse algunos modelos para reconocer qué estilo le iba, y después se podía buscar la boda que fuera con él.

—Como el de tu abuela —dijo—, una boda a lo Jackie debe tener toques de los cincuenta. Las damas tendrán que ir vestidas a tono, los pajes, la música, los colores….

—Pero ella… —intervino Patricia.

Maya se dio cuenta de que su madre estaba a punto de meter la pata y decir que la boda era algo más sencillo: una ceremonia civil, no habría iglesia; sin embargo, Maya quería escuchar el resto de la fantasía y volver a ver el catálogo, por lo que deliberadamente interrumpió:

—Creo que haremos otra cita para ver con calma su catálogo, ahora sólo los vestidos. —Y dejó que la señorita la condujera al amplio vestidor donde ya habían sido colocados tres modelos para que se engolosinara con el disfraz de bodas, un anzuelo inevitable.

Mareada de tules, cerró los ojos. Estaba contenta. Se empezó a desvestir mientras la chica le acercaba el vestido, preguntando si no le importaba que la ayudara a probárselo. Tenía su dificultad: muchos botones, cintas, un armado para que se ajustara al cuerpo. Mientras se lo probaba, a Maya se le antojó volver muchas veces, con su abuela o sola; lástima que Julio no podía ver el vestido antes de la boda. ¿A quién se le había ocurrido aquello? Era como un juego. Metió las manos por las mangas y dejó que la chica apretara su torso con el ceñido cierre.

Le preguntó qué número calzaba y, con los tacones que le acercó, caminó ayudada por la chica hasta la plataforma: las demás contuvieron el aliento.

—Faltan los otros dos —presumió.

Por fin habían guardado silencio su madre y su tía.

14

Maya despertó con esa sensación de un hacha en medio de las cejas. Se tardó en reconocer el sitio donde estaba. No era su habitación. Miró a su derecha: en la cama contigua estaba Almendra. No debió haber bebido aquellos martinis que Stef decía saber preparar. Ahora lo que se le antojaba era un café, tenía que vestirse y salir a la calle en busca de uno. Se incorporó con dificultad. En el piso dormía alguien más, hecha un ovillo en una bolsa de dormir. Reconoció el pelo caoba de Stef: le gustaba cambiar de color cada tantos meses, también de novio; tal vez era su trabajo en la revista *Chilango*, ese mundo de vértigo capitalino. Stef reporteaba restaurantes, entrevistaba chefs. En la prepa no tenía idea de su camino, tampoco de que estudiar Comunicación la llevaría a preparar martinis, y luego inventaba estas reuniones para mostrar algo de lo aprendido. Tenía algo dulce que contrastaba con su corpulencia. Así, tirada en el piso, a Maya le dio ternura; tal vez porque la suya había muerto hacía tres años, Stef curiosamente se había vuelto una madre para los demás. La quería. Y sí, la quiso mucho más después del cáncer de su mamá. La quiso y le dio miedo que le pasara algo similar: que un día Patricia se quebrara, no como lo hacía a veces con días de llantos, con esos *blues* de Billie Holiday y vino, no; despidiéndose, sin retorno. Los ojos le pesaban como si se le fueran a salir de las órbitas. ¿Por qué habría aprendido Stef a hacer martinis de frambuesa? Se habían reído hasta hartarse. Eran amigas desde niñas y se conocían bien, sin tener que explicarse diferencias, gustos, reacciones las unas a las otras, y eso era muy cómodo. Maya adoraba a los niños desde siempre; pudo ser educadora, pero entró a Psicología preguntándose si aquel era un buen camino para llegar a ellos. Pensó que las extrañaría: a Almendra, que estrenaba coche nuevo cada año, usaba un reloj Hermès y una bolsa Purificación García, y que esperaba el marido preciso para repetir el modelo de la familia Laurentis. O a Jacinta, que había tenido una vida dura, terrible: hasta al psiquiátrico había ido a parar, y ahora las hacía reír con el recuento de sus vicisitudes bajo esa mirada que colocaba las cosas de otra manera. ¿Problemas? Los que ella había tenido, y ya estaba del otro lado. ¿Dónde se había quedado? En casa de Almendra había cuarto de visitas, a lo mejor estaba con Hilda ahí. No podían separarse: Hilda quería siempre que Jacinta le dijera si se le veía bien el color de labios, si debía cortarse el pelo, si había engordado, cómo debía interpretar lo que Manuel, su novio eterno, le acababa de decir. Todas pensaron que sería la primera en casarse, siete años de novia con el compañero de la prepa, que ahora era funcionario. Maya recordó que ya entradas en copas, después de que Jacinta imitara un baile de tubo y les hiciera saltar lágrimas de risa, Hilda la increpó diciéndole que era ella la que tenía que estar celebrando, que Maya apenas llevaba un año con Julio y cómo se le ocurría casarse antes. Luego lloró: no sabía qué estaba pasando, se le iba a salar la relación, Manuel estaba muy extraño. Jacinta dejó su imitación. Claro, Hilda no soportaba no ser el centro y Maya se unió al coro de consolaciones.

—Yo te presenté a Julio —dijo con despecho.

Era verdad, Julio y Manuel trabajaban como pasantes en un mismo despacho, y un día fueron Jacinta y Maya con Hilda a una reunión donde estaban varios compañeros de trabajo de Manuel; Julio y ella se fueron desmarcando del grupo que charlaba, y al final, cuando a Maya se le habían metido por los ojos esas manos muy bien moldeadas de Julio y aquella sonrisa ladeada y la suavidad en su personalidad, él le pidió su teléfono.

—Paso por ti el domingo para ir al centro. ¿Te gusta la comida árabe? ¿Vemos una exposición?

Maya pensó que era tal vez una propuesta al calor de las copas y la reunión, pero el sábado Julio confirmó el plan: exposición en el Munal y comida en Al-Andalus.

—Lleva zapatos cómodos. Vamos a caminar.

De ahí pal real. En algún momento de la borrachera de la noche anterior, Maya se le había acercado a Hilda:

—Gracias, amiga. Si vieras que no me andaría casando si no me fuera a ir del país, y entonces tú serías la primera. Te aseguro que Manuel está esperando reunir dinero.

Aquello convenció a Hilda, que no necesitaba más que afirmaciones externas, así que brindó por la segunda boda —que sería la suya—, describió el anillo que debía sellar el compromiso, un diamante champán y grande, y luego propuso ir al karaoke que Almendra tenía en casa. Maya suspiró, no lo soportaba; prefería compartir anécdotas y reírse. Pero triunfó la tecnología, hasta que una a una fueron dejando a Hilda a solas con Juan Gabriel, Ricky Martin, Shakira y Selena.

Maya buscó su ropa y se vistió sin hacer ruido; notó que Almendra se meneaba pero no se despertó. Tanteó su bolsa, su celular que estaba descargado, y sorteando el cuerpo de Stef salió hacia el pasillo. Entró al baño para refrescarse y escaleras abajo se topó con la madre de Almendra.

—Mijita, ¿no quieres desayunar?

—Tengo que estar con mi mamá —mintió—, vamos a ver el menú de la boda.

—Qué emoción —suspiró la señora Laurentis y se perdió en la cocina.

—Gracias por todo —dijo Maya sin saber si la había escuchado, y al abrir sintió el frescor como una ráfaga hiriente. Quería llegar a su cama y dormir hasta la tarde, hasta que la noche volviera, pero antes un café para soportar aquella rajada en la frente. Nada más meterse al coche, miró de nuevo hacia la casa de Almendra, donde sus amigas dormían: su boda suponía una distancia real porque no sólo se volvería esposa, se iría. No imaginaba qué era estar sin ellas, sin la risa y la cruda.

15

Cuando Nohemí le pasó la lista de citas de la semana, Eugenia no se podía concentrar. Acostumbraba repasarla los lunes y cada mañana, como un doctor. Cita y doctor; citatorio. Había llegado esa mañana, la muchacha dijo que sí estaba la señora Eugenia Román Gallardo, así que no le quedó más remedio que firmar de recibido. Su corazón latió a todo pulso: se le obligaba a comparecer en el Ministerio Público por una demanda de su cuñada, que la acusaba de intento de homicidio y de falsear declaraciones. ¿Qué no había pasado suficiente tiempo? ¿De qué había servido que su hermano fuera a amansar a su cuñada? ¿Y si mejor la mandaba golpear? El chofer de su padre se lo dijo alguna vez cuando se jubiló: «Señora Eugenia, llámeme para lo que necesite. Incluso para callar a los incómodos». ¿Eso acostumbraba hacer su padre? Conseguía jugosos contratos del gobierno para la constructora; Eugenia nunca había sospechado de sus métodos hasta ese día. Revisó la fecha del citatorio, la comparó en la lista de citas de novias: una era incómoda, la otra parte de la rutina que la sostenía. Cita, citatorio. Llamaría a su abogado. Había atendido los casos de la familia, y cuando él le preguntó qué ocurrió realmente en la escalera, ella no dijo la verdad: «Paolo había bebido más de la cuenta. Discutíamos en lo alto de la escalera, pues me siguió cuando decidí retirarme a dormir. Sí, teníamos cuartos separados. Él trastabilló en el último peldaño, estiré la mano para alcanzarlo pero se fue hacia atrás y cayó en el ángulo donde la escalera se quiebra, su cabeza contra el muro. Quedó sangre en el escalón».

Pero el miedo la había llevado a preguntarle en plena consulta al ginecólogo, que era su amigo, mientras él anotaba en la hoja clínica: «¿Se puede comprobar si alguien se cayó solo o si fue empujado?». El ginecólogo alzó la vista apenas. «No veo cómo. A no ser que el que avienta sea muy fuerte y pueda verificarse por la manera de caer de la víctima».

Eugenia recibió la receta de las pastillas acostumbradas.

«Gracias», dijo, y se fue tranquila pensando que tirar a un borracho requería una levísima presión en el pecho, la justa para que el asombro no le permitiera reaccionar y sujetarse del barandal, para hacer algo que detuviera el estrépito y la muerte. No lo quería matar. Fue un *quítate de mi camino*, un *déjame en paz*; un *divorciémonos* que Paolo no aceptaba. Un *no quiero tu cuerpo, tu conversación, tu aliento, tu risa, tu alcohol*. Se le había vuelto insoportable. Lo sabía su padre, lo notaba su cuñada, quien quiso intervenir en alguna discusión durante la comida. Ya no reparaban en la presencia de los demás, se herían con palabras. No había nada peor para Eugenia que un hombre aburrido e insolente.

Mientras recorría los nombres de las futuras novias, las fechas de sus bodas y alguna marca referida a lo temático y al deseo de considerar la organización, pensó que era urgente llamar al abogado. La cita era en dos semanas. Marcó. Deslizó el lápiz por la lista mientras el teléfono timbraba. Se detuvo en un apellido. Escuchó en la bocina:

—Robles y Asociados.

Inclán. Presionó el lápiz sobre la hoja.

—Robles y Asociados, ¿en qué puedo servirle? —escuchó de nuevo.

—Disculpe, señorita, quiero hablar con el licenciado Juan Mireles. —Intentó despejar el asombro.

—¿Quién lo busca?

—Inclán… —dijo en voz alta y corrigió—: Eugenia Román Gallardo, por favor.

Maya Suárez Inclán estaba agendada para el viernes a las seis. Una nota refería que había estado en una primera cita apresurada.

—Hola, Eugenia, qué sorpresa. Espero que no me quieras vender un vestido —dijo bromista el abogado.

—Sólo que me quieras visitar tras las rejas.

Podía ser sarcástica cuando se ponía nerviosa. Explicó el problema sin quitar el dedo de aquel nombre en la lista. Mireles sugirió comer el viernes.

—¿No puede ser otro día? —preguntó sorprendida de que le importara más estar en la cita de las seis.

—Imposible.

Cuando su asistente entró con el segundo café para avisarle que había llegado ya Georgina Rábago, Eugenia suspiró.

—¿Con qué séquito viene?

—Tranquila, sólo son dos, parecen su mamá y su hermana.

—Por cierto, quiero estar en la cita de las seis del viernes. ¿No te importa? Es tu clienta. —Eugenia reconocía que Nohemí había iniciado la venta.

—Claro. —Pareció sorprendida.

Eugenia dio un trago a la taza y pidió la carpeta de bodas históricas para atender a las clientas. Respiró profundo para encarar lo venidero, como quien se dispone a bucear con el equipo apropiado; capotear familias le resultaba cada vez más fastidioso. Era una suerte que faltara sólo un día para el jueves: quería ver a Germán, el muy tramposo había dejado un sobre con su nombre bajo la puerta de la tienda. La noche anterior Eugenia pudo leer el avance de la novela, y se había quedado con ganas de más. Tuvo deseos de hablarle y decirle su parecer pero era peligroso salirse de las dosis pactadas, sobre todo para ella que podía acostumbrarse a su compañía. Era un hombre original.

El derrumbe
Gruñidos

Tres días después del derrumbe, cuando los policías hablaron con Manuel y le preguntaron si no se había percatado de que en el departamento de junto sucediera algo, dijo que había oído un murmullo apagado, un lejano hablar pero que no le dio importancia. Su vecino era un tipo extraño, se la pasaba encerrado y cuando salía empujaba un carro de súper que guardaba en la tienda de abajo. A veces se lo había encontrado cuando coincidían en el zaguán: tenía el carro de súper cargado de revistas y libros viejos, pura papelería maltrecha, y lo descargaba de a poco, subiendo y bajando al segundo piso del edificio. Alguna vez lo ayudó con el cargamento, por la edad de Efraín —que así se llamaba— y porque era muy flaco. La verdad Manuel nunca sabía si volvía con lo mismo que se había llevado en la mañana, si sacaba los libros de paseo; Efraín no hablaba casi, emitía un gruñido apagado cuando lo saludaba. Era hosco y huraño. No lo dejaba entrar cuando le ayudaba con la carga, como si en aquel departamento guardara un tesoro que no podía ser visto por nadie. Había notado que olían mal: Efraín y el departamento que apenas lograba ver por la rendija que le abría para que dejara los impresos en el piso. Hasta llegó a pensar que vivía con una muerta, que su mamá o su esposa estaban ahí pudriéndose sobre el tapete raído, porque había alcanzado a ver un pedazo de alfombra verde desgastada. Que no saliera en varios días no era cosa rara, por eso Manuel se inclinaba a pensar que vivía con un enfermo o un muerto al que cuidaba o veneraba, y no le parecía raro que hablara solo o con alguien sin voz. En casa de Efraín no había tele, bien lo sabía por las antenas en la azotea y los cables que cruzaban los muros, pero a veces se escuchaba su voz como si repitiera algo de memoria sin detenerse; si era muy tarde por la noche, Manuel daba con el puño en la pared y Efraín se callaba. De que era él no había duda, por eso oír una voz apagada no le había resultado extraño a Manuel que, además, llegaba agotado y grasiento del taller y sólo quería bañarse, calentar frijoles y freír unos huevos para sopear la yema con el bolillo recién comprado.

Manuel sintió hambre mientras explicaba por qué no tenía idea de lo ocurrido con su vecino en la penumbra del pasillo que conducía a sus departamentos; el policía lo interrogaba como si tuviera la obligación de ayudar. Luego supo que Efraín no había comido en tres días pero que no había muerto. «Él no tenía la culpa», así le dijo al capitán. «Cómo iba a saber que su vecino necesitaba auxilio si nunca lo había pedido. Pinche loco». Eso sí, durante tres días no tuvo que pegar en el muro para callarlo y hasta podía decir que extrañaba esas letanías o rezos o palabrería que salían intensos de la boca de Efraín. Confesó que cuando lo escuchaba, aunque le gustaba el sonido que hacían las palabras juntas, le daba asco pensar en la boca del vecino, en el aliento fétido de quien ya no se ocupa de sí mismo ni habla con nadie, no comparte la mesa ni besa hijos o mujeres. «Que Dios me perdone pero no fui egoísta», dijo enconchando el torso fornido. «Allá en Mazatlán la gente se habla derecho y de frente, yo no estoy impuesto a no ayudar, pero cómo iba a saber que el orate del carro estaba aplastado por su montaña de papeles, que su cabeza apenas salía del desparramadero de libros, que su cuerpo se iba poniendo morado y que la respiración se le dificultaba por el aplastamiento de tanto papel con palabras que guardaba. Tal vez eran libros y esas revistas las que olían a muerto», agregó Manuel cuando supo que Efraín vivía solo. Ahora sí que iba a oler a madres ese lugar. Quería saber si ya lo habían sacado, pues no tenía ganas de ver ahí medio muerto al vecino enterrado. ¿Y quién lo había encontrado?, preguntó, si nadie lo visitaba: Manuel le había llevado unos tamalitos de camarón que le habían mandado de su tierra la Navidad pasada, pero él ni abrió la puerta y bien que estaba despierto, porque no dejaba de soltar palabras. O sea que aunque hubiera llamado a la puerta, tal vez intrigado por la ausencia de sonidos del vecino, que no le abriera Efraín hubiera sido cosa normal. La vez de los tamales le gritó desde afuera: «Usted se lo pierde, bato loco». Y no era por bueno, no fueran a creer que él practicaba la caridad; pero no haberlo auxiliado tampoco era falta de humanidad. Cuando lo buscó para convidarle tamales era para no comérselos solo; para sentir a alguien cerca, una respiración, o para oír esas palabras que decía a solas porque tenían una tonadita, y no se parecían al gruñido con que saludaba cuando se topaban. Los pensamientos se le atragantaban a Manuel, que quería que lo dejaran seguir a su casa para cenar y no le endilgaran la culpa mientras lo tenía allí en el pasillo: la Navidad de los tamales, Manuel no tenía ni novia ni nada pero ahora sí, se relamió en su cabeza.

Le dijeron que la señora de Novias Ivón había sido la que descubrió atrapado al señor. Uno de los policías se hizo a un lado y Manuel descubrió el estado de cosas en ese departamento al que nunca había entrado. Un revoltijo de libros apiñados escondía a Efraín; de haberlo escuchado, le hubiera podido quitar algo de esa montaña.

—Déjeme sacar la espinita —pidió—, ahorita despejamos los libros. —Pero los policías le cerraron el paso—. Nada más quiero ayudar, pero ya veo que se necesita un doctor o los bomberos. ¿Y no podían llegar ustedes antes de que se le secara la boca y las manos y las piernas se le entumieran? —reclamó.

Manuel intentó estirar el cuello por encima de los hombros de los guardias para divisar a Efraín:

—Vecino —gritó—, ¿cómo no pidió ayuda?, ¿cómo no me aceptó los tamales aquel día?

No hubo respuesta. ¿Y si no volvía a salir con su carrito de súper?

Manuel se quitó el sudor de la frente con la manga de la camisa. Antes de seguir adelante, les dijo:

—En Mazatlán nunca hubiera pasado esto, ahí cuando vivimos cerca nos enteramos de lo bueno y lo malo. Y el silencio o el ruido nos preocupan.

16

Maya despertó repuesta. Sin querer salir de las cobijas, se quedó quieta y en silencio repasando los objetos de su cuarto. La casa estaba muy silenciosa y, a diferencia de años anteriores, eso la reconfortaba; podía estarse un rato con ella misma sin que mamá irrumpiera con arrumacos o preguntas, u ofreciendo preparar el desayuno. *Sólo quiero café. Eso no es un desayuno.* Lo mismo año tras año. Pero ahora que estaba por irse, incluso esa molestia se colocaba de otra manera, y para complacer a su madre, que quería mimarla en aquellas vacaciones de verano, le pedía huevos a la mexicana, enfrijoladas; al fin se iba a ir a un país de cereales en caja. Odiaba los cereales: comería pan francés, dorado y con tocino. En el último semestre de la carrera optó por decorar minimalista su cuarto: quitó el mosaico de fotos del corcho y puso ahí el cuadro de Magritte que tanto le gustaba, esos faroles encendidos bajo los árboles en una noche aparente, porque más allá la luz del sol brillaba. El cuadro la inquietaba y la sosegaba, pero le permitía dormir mejor que la vista de las fotos del grupo de amigas en la escuela; sólo conservó la de Julio y ella sentados afuera del convento de Izamal, la luz dorada en las caras. Parecían señalados por algo. Pensaba en las premoniciones de felicidad, aunque no era religiosa ni esotérica sino más bien escéptica. Pero tanto escepticismo la tenía harta: le gustaba jugar a que creía en otras cosas, azares como coordenadas de vida; en cuentos de hadas, como la tienda de vestidos de novia. Se sorprendía deseando un anillo de diamante como el que describió Hilda. Estiró la mano y tomó el libro de su buró: era muy gordo y, aunque le gustaba, los tiempos de preboda no eran los mejores para la lectura, y menos de una novela donde, después del compromiso formal con una linda chica, el novio se enamora de su prima pobre. No imaginaba cómo haría si hubiera aceptado el trabajo del Instituto de la Mujer; necesitaban una psicóloga para diseñar programas, era tentador. Pero entrar por tres meses era timar a sus contratantes, quedar mal, y ella no quedaba mal nunca, o por lo menos se esmeraba en ello. Pensó un número en voz alta, *333*, y buscó la página. Luego eligió otro número para la línea, el siete: «…en cuya cara vi una sombra, debe ser sincera». Dejó el peso del libro abierto sobre su pecho y que la frase reposara. Las sombras no eran buena cosa, eran dudas, algo que no se controlaba. ¿Quién debía ser sincera? ¿Ella consigo misma? ¿Cuál era la sombra? ¿Era la duda que la perseguía sobre la clase de pareja que podían construir Julio y ella ahora que estuvieran juntos y lejos de los demás? Qué mal haber tomado el libro. Se lo quitó y lo cerró con furia para devolverlo a la mesilla e incorporarse.

La noche anterior había estado muy en paz en casa de los padres de Julio. Su futura suegra era editora de una revista de mujeres y le había ofrecido ya una columna para que colaborara desde Filadelfia, con temas sobre padres e hijos. Maya había visto un diplomado que le interesaba. De aceptarla alguna universidad, no sería sino hasta el año siguiente; mientras tendría que buscarse actividades. Lo que le ofrecía su suegra le gustaba, le podía dedicar tiempo, el que le sobraría, como hoy, pero la Ciudad de México siempre parecía tragárselo entre pequeños y largos recorridos, citas con amigos, con Julio y ahora con la familia en intensivo para los trámites de la boda. Su futuro suegro era callado y trabajaba en el gobierno, siempre en un puesto importante como economista. La casa delataba los ingresos generosos de la familia, se respiraba bienestar en el tapiz de los sillones, en los cuadros sobre los muros, en los cuatro coches estacionados en el garaje, en el jardín que tres aspersores regaban por la noche. Maya envidiaba el enorme televisor del estudio donde solían estar Julio y ella, los cuatro o con los dos hermanos de Julio, con los que a veces veían el futbol o una película. Aquella noche, cuando Julio la llevó de vuelta a casa, le dijo que se veía muy guapa, y que su madre le había dicho lo mismo en la cocina: «Me gusta la elegancia de Maya, es como si no se diera cuenta de qué bella es». Bajó del auto complacida por el piropo; le gustaban su talle largo, sus ojos de venado, sus piernas como de corredora, firmes, aunque fingía no dar importancia a su cuerpo.

—Lo más importante es si te gusto a ti —le dijo a Julio con picardía.

Él la besó largo. Sabía llevarse las sombras.

Recorrió la habitación desde el sosiego mullido de la almohada. ¿Qué haría con el perchero donde colgaban sus bolsas que eran su debilidad? ¿Qué haría con los zapatos? ¿Y con sus libros? No podía pensar en la boda y en el ajuar de mudanza al mismo tiempo. Cuando una pareja empieza su vida en la ciudad de siempre, pues muda todo o se deshace de lo que ya no quiere, pero así ¿cómo? Sabía que su madre no tenía inconveniente en que dejara cosas. Seguramente mantendría su habitación intacta por si un día venían de visita, aunque Julio no cupiera en la cama individual, Patricia les dejaría la suya. La conocía de sobra, ¿o ya lo habían hablado? Se confundía. Hablaban de tantas cosas últimamente, todas alrededor de la boda. Hubiera preferido otro tema que no fuera lo que faltaba, lo que debía hacer, llamar, decir, pensar, evitar. Por Dios, como si la boda de su madre hubiera sido un ejercicio de planificación: en un mes no pudo haber tiempo para ello.

El olor a café entró por su cuarto. Lo compartiría con su madre, que ya había despertado; tal vez le ayudara a resolver qué debía llevarse a su estancia en el extranjero. Se deshizo de las cobijas, y a punto de salir al pasillo regresó por la bata; no quería volver a oír que debía ponérsela, pues salía del calor de la cama y los cambios enfermaban… Además era verdad, estaba bien arroparse, pero no se lo diría a su madre. Tampoco quería pelear, para qué, quedaba poco tiempo de vivir bajo el mismo techo.

—Qué sorpresa —le dijo su madre al verla—, creí que te habías desvelado.

Le plantó un beso y le preguntó qué quería.

—Por ahora sólo café.

—Me estoy haciendo unos huevitos.

—Café, mamá.

Su madre alzó los hombros, despechada.

—Está bien, lo mismo que tú —la complació.

Le ayudó a llevar el pan y las tazas y las dos se sentaron a la mesa. Qué bien le caía el café.

—¿Disfrutaste la cena de anoche?

—Igual colaboro en la revista de la mamá de Julio.

—Bravo. ¿Y hablaron de la boda?

Su madre inevitablemente jalaba la conversación hacia el evento.

—Si quieres saber si se pegará para ver el vestido con la abuela y conmigo, no —dijo agresiva; ya le había advertido que sólo iría con su abuela, se habían portado muy mal ella y la tía Lucía. Dieron un sorbo al café. El silencio de la mañana se espesaba. Maya se sintió mal.

—Tengo que pensar qué me llevo a Filadelfia.

—A mí. —Se rio Patricia.

—En serio, mamá.

Su madre trajo una hoja de papel, dispuesta a ayudarla a hacer una lista.

—Nada más habladito.

—A mí me gusta apuntar.

Maya debía ser paciente, aunque eso le parecía una forma de control.

—Sólo era una conversación, ¿me das más café?

—Mira, si uno no apunta, se olvida. ¿O no has tenido que apuntar la lista de invitados a la boda?

—Dale con la boda, mamá.

—¿Y de qué otra cosa quieres que hablemos? —le dijo, ya molesta—. Si no falta nada, si es el gran evento de la familia, si todos estamos nerviosos. ¿Te cuento de mis alumnos? ¿De cómo tuve que dar el nombre de quien vende droga, porque lo escuché en un pasillo?

—¿De verdad, mamá? ¿Y qué pasó?

—El lunes me entero. Temo represalias. Además, era un buen estudiante.

—En la universidad había uno, todos sabíamos.

—No me hubiera gustado denunciarlo, pero tampoco podía hacerme de la vista gorda.

—¿Quieres pan tostado? —Maya se había animado.

—Trae la mermelada también —aprobó Patricia.

Al volver, Maya soltó la piedra, inevitable:

—¿Qué vas a hacer cuando me vaya?

Patricia untó despacio el pan; primero mantequilla, luego las frambuesas.

—Extrañarte.

Maya quiso decirle que ella también, pero le costaba expresar emociones.

—Pero me las arreglaré, no te preocupes. Ya ves que hemos podido vivir sin tu hermano.

—Y vas a ir a visitarnos.

—¿Cómo crees? La suegrita metiche.

—De paso visitas a Ro. Nueva York y Filadelfia están a tres horas de tren.

—Tal vez me instale un novio en casa.

—Simpático, por favor. Y que no use mi clóset —bromeó Maya.

—¿La novia de tu padre es simpática?

—Mamá, ya te he dicho… Es amable.

—Más le vale —murmuró.

Maya notó el cambio en el semblante de su madre, de pronto la conversación se había ido a otra esquina.

—Supongo que vendrá con ella a la boda.

La otra esquina era la boda. Maya respiró hondo.

—No quiero hablar de la boda, mamá.

—¿No me puedes contestar si vendrá con ella a tu boda?

Maya se levantó.

—Es mi boda. Tú ya tuviste la tuya. Entre ustedes ya se acabó, ¿entendiste?, se acabó. Lo hubieran pensado mejor.

Patricia no se inmutó, paseó la vista por la ventana mientras bebía el café; ni siquiera se volvió a mirar a Maya cuando después de un rato atravesó el comedor con la maleta de fin de semana. Maya no iba a tener una conversación más alrededor de su padre y la obligada reunión con su madre en la boda. Ya la habían atormentado suficiente: nunca acababan de estar en paz. Su padre le preguntaba a Maya sobre su madre, si estaba bien, qué hacía, si salía con alguien, y lo mismo hacía su madre, aunque a últimas fechas la ira había suplantado el interés. No soportaba que tuviera una pareja.

—Me voy con los abuelos —dijo Maya por despedida.

—Pero si no hemos acabado de desayunar.

—No. —Ahogó el desconcierto de su madre al cerrar la puerta.

17

Aquel jueves Eugenia esperaba a Germán con ansias. No para comentarle su capítulo sino para que le robara el aliento, para que no hubiera palabras sino caricias, humedades, besos, apretujamientos. Abandonos. Él se había ofrecido a llevar las viandas al ágape privado en el vestidor, ella tendría el cava frío. Le divertía sorprender a Germán, alborotarlo. Esta vez iría con la ropa interior que recomendaba a las novias. El fondo que llevaba debajo del camisero de seda era de gasa blanca transparente y dejaba ver el alboroto de encaje en el pecho y un triángulo apenas para el pubis; el liguero detenía unas medias nacaradas. Cuando se miró al espejo le dio alegría aquel aspecto de muchacha ingenua, de recién desposada. Se apretó el cinto sobre el camisero azul, saboreando la sorpresa que se llevaría Germán detrás de su convencional vestido.

El esperado tocó el timbre puntual y ella le abrió desde el interfón. La vio al tope de la escalera y empezó el juego:

—¿Viene por algún vestido de novia? El hombre no debe escoger, le advierto, es de mala suerte.

—Por favor, no eche a andar al séquito con que recibe usted a los clientes por primera vez, como me lo han hecho saber.

Germán le extendió la bolsa con las *delicatessen*.

—Primero tendrá que ver si le gustan los productos que propongo para el festejo.

—Y después, ¿no querrá que le dé algunas recomendaciones para tratar a la futura esposa?

—Me encantará. En realidad el vestido no me importa mucho, me interesa desnuda.

—Entonces ha venido al lugar correcto.

Y jalándolo de la mano, Eugenia lo condujo al vestidor, al mullido y blanco sillón de sus sudores. Puso la bolsa en una mesita lateral.

—Siéntese, por favor.

Controlando las luces, dejó apenas una al centro, donde las novias solían mirarse con el vestido que se probaban, como en un escenario.

—Luego, si no tiene inconveniente, vemos lo de las viandas.

—Y algunas palabras que le traigo para intercambiar.

Germán abanicó un legajo de papeles con entusiasmo. Eugenia lo miró severa:

—No se aceptan palabras en este negocio.

Eugenia puso la música que acompañó su andar hasta el punto iluminado. Ahí, de espaldas a él, se deshizo el nudo del cinturón y luego desabotonó el vestido, dejó que resbalara desde sus hombros hasta los pies para descubrir la gasa blanca, y se volvió con travieso candor; Germán se había dejado envolver por el misterio, el gesto de asombro delataba su gozo inesperado. Eugenia se desprendió del fondo de gasa y se sentó en el banco que estaba en el vestidor abierto, aquel donde Germán se había escondido hacía unas semanas. Entonces extendió la pierna, que se multiplicó en el espejo, y lo llamó.

—Voy a necesitar ayuda, caballero.

Germán, sin suéter y sin zapatos, caminó embriagado hasta el cuarto donde la carne dulce de los muslos de Eugenia asomaba ostentosa por encima de las medias. Desprendió las presillas del liguero y mordisqueó la piel; en el borde de encaje del pubis contempló el paraíso oscuro que ansiaba visitar. Eugenia lo miraba victoriosa. El deseo de Germán la encendía, igual que su gesto repetido en el espejo: los ojos abultados, la boca que poco a poco se acercaba a su centro, haciendo a un lado con los dientes ese encaje mentiroso.

Tirados sobre la alfombra con la piel enrojecida, con la humedad apenas sosegándose, Eugenia dijo que tenía hambre. Tocó a Germán disponer de las viandas.

—Separa las piernas y cierra los ojos —le dijo a Eugenia, y en el diapasón que marcaban sus muslos abiertos colocó lo que ella no pudo ver hasta que él le indicó—. Mantén las piernas así, o lo arruinas.

Ahí, en medio, estaban las lonchas de salmón y el queso camembert, el caviar falso, un poco de paté de campaña y los espárragos. Germán fue al refrigerador por la botella, como le indicó Eugenia, y sirvió las copas. Con cada bocado que daba, él seguía rozando y mordisqueando trozos del interior de su muslo; el placer no se acababa.

—¿Así va a ser el banquete de su boda, señor?

—Sólo si usted cree que soy apto para entretener a mi mujer.

—No se aburrirá. —Se rio Eugenia y brindó.

—Sobre todo si añado las palabras.

—No tienes remedio, Germán. Anda, anda, léeme lo que sigue del hombre sepultado antes de que se nos acabe el tiempo.

—Pero te tengo que pedir algo.

—¿Algo más?

—Que platiques de nuevo con Celia aquí, mientras escucho.

—Estás loco.

—Verás por qué.

Frente a Eugenia, y con una voz muy diferente a la del amante, empezó a leer.

El derrumbe
El carrito de súper

Alicia había tocado a la puerta de Efraín. Primero lo hizo suavemente, pues no quería ser imprudente. El pasillo estaba oscuro. «Cómo nadie cambia estos focos», pensó mirando el que pendía del cable. «Ya podría hacerlo Manuel, que presume de fuerte; alguien puede golpear a Efraín por la espalda y meterse a su casa para llevarse esos tesoros que sólo él conoce, sabrá Dios para qué junta tanto libro, tanto papel». Nadie respondía y Alicia se atrevió a dar más fuerte con los nudillos y a llamar:

—Señor Efraín.

Le pareció extraño pronunciar el nombre. En realidad nunca lo había llamado de ninguna manera: no es que fuera su amigo o platicara con ella, y a lo mejor no hubiera venido por su gusto si su marido no le dice que por qué no tocaba en el departamento de Efraín; les pareció raro que no hubiera pasado durante tres días seguidos por el carrito de súper que le guardaban en la bodeguita. A su marido, que era muy metódico y llevaba perfecta cuenta de todos los vestidos por color y talla que había en la tienda, la hora en que aparecían los proveedores y los cobradores o los supervisores, le inquietó que después de elevar las cortinas metálicas y encender las luces, cuando ella se iba a la bodega por el trapo del polvo para pasarlo al mostrador, el señor Efraín no asomara desde la entrada. Él le decía que pasara a la bodega, y luego ella miraba al hombre de

87

saco oscuro, descuidado, flaco y hosco partir por la calle de Brasil como si fuera de compras con su puesto móvil.

La chica que les ayudaba había entrado a la bodega por la escoba, pues eso era lo que los señores le habían indicado: primero barrer los escaparates cuidando el borde de los vestidos, que eran largos y arrastraban, y ella tenía que alzarlos y pasar las cerdas de la escoba muy agachada, pues debajo de esos tules rosas y organdíes amarillos, no se diga bajo el satén blanco, se acumulaba pelusa y polvo. Mirta siempre le decía a la señora que cómo se metía tanta porquería debajo de esos vestidos de fiesta si el escaparate tenía vidrio y puerta cerrada. Le estorbó el carro de súper en la bodega y dijo por lo bajo: «Pinche viejo, a ver a qué horas se lleva su trasto», cosa que oyó Alicia. En los cinco años que llevaban guardando el carrito no había faltado nunca, pero cualquiera cambiaba su rutina; ella misma lo hacía cuando sus hermanos tenían festivales en la escuela o cuando su tía le pedía que la ayudara con el sobrino. «No puedes hacerle el feo a tu cuñada», se burlaba como si gozara ese enrarecimiento de las relaciones familiares: era la hermana de su padrastro, que era ahora el esposo de Alicia. Así como ella podía desviarse de la rutina por esos menesteres o por cólicos inesperados, su marido nunca faltaba; abría la tienda a las diez todos los días, menos el domingo, y cerraba a las ocho, con un intermedio de una hora para comer. Cuando ella le empezó a ayudar como su señora en el negocio, se iba antes de la hora de la comida para atender a sus hermanos: sólo a Javier le decía hijo porque lo había cargado desde chiquito, lo acostaba junto a ella, le daba la mamila que Javier aventaba defraudado porque no eran los pechos morenos y cargados de su madre, porque aquel plástico transparente no lo convencía ni tampoco su hermana, que se moría de risa con todo. Le dedicó tanto a Javiercito que, cuando se dio cuenta, ya tenía diecisiete años y se había olvidado de la cara y la voz de su madre.

¿Por qué pensaba todo esto mientras esperaba en ese pasillo oscuro?, ¿acaso se parecía al de la clínica donde fue a morir su mamá? Llamó con voz potente sin preocuparse ya de suavidades porque quería que la voz de Efraín la rescatara de la amenaza triste de la penumbra. ¿Por qué no subió su marido en lugar de mandarla? No se despegaba de la caja:

era su ancla. Tenían una de esas cajas viejas que hacían ruido cuando se abría el cajón con el dinero.

—Ve a ver qué le pasa —le dijo esa mañana—. No vamos a guardarle el carrito toda la vida —reprochó.

—Tú le diste permiso —contestó ella.

—Pero no para que use la bodega de estacionamiento —dijo con su voz pausada de hombre que tiene bajo control las cosas, como la muerte de su esposa y el cuidado de los hijos que ella ya tenía, y su propia tristeza y luego el matrimonio con la hija mayor de la difunta. Qué mejor, para que el hogar no se descosiera y se le fuera de las manos, qué mejor si Alicia se volvía la madre de Javiercito, pues ella además tenía la sonrisa de la finada y los años jóvenes cuando cedió su carne al placer. Además, no era su hija de sangre, no ofendía a Dios; por el contrario, lo honraba cobijando a todos bajo un mismo techo con sus centavos y a esta joven con sus brazos, sus caricias taimadas, para que no le hicieran hijos por ahí y la abandonaran como a la difunta, que tuvo suerte de toparse con un hombre trabajador y sin vicios como él; así le explicó cuando le propuso la unión. Por eso él no la llena de su semen, se sale a tiempo, se escurre sobre su cuerpo porque no quiere más prole; eso sí le daría vergüenza, que sus hijos tuvieran un hermano sobrino y que un día se lo chingara el mayorcito por haber metido a su hermana a la cama, por haber traicionado a su mamá. «Tu hermano me mira desconfiado», se quejaba Andrés, «pero ya comprenderá que más traición hubiera sido juntarme con una extraña que no los quisiera, que se quedara con el dinero y los maltratara». Lo único que él había hecho era cuidar la casa, cuidar su rebaño, pastorearlo para que no se le enviciaran ni se le fueran, para que la mesa estuviera llena los domingos, cuando él compra las carnitas y las cervezas, que hubiera comida de sobra para que convidaran a sus amigos.

Alicia pensó en desistir y bajar a Novias Ivón, pues siempre había gente al mediodía. Por no dejar, dio vuelta al picaporte y este cedió. Empujó levemente la puerta y por la rendija volvió a llamar:

—Señor Efraín, soy Alicia, de la tienda de novias.

Le pareció escuchar un gruñido y temió que tuviera un perro. Se quedó muy callada, intentando abrir más la rendija, pero algo se lo impedía. Asomó con esfuerzo por la ranura y le pareció ver un gran tiradero. Empujó más duro sin conseguir abrir. ¿Estaría Efraín desmayado del otro lado? Algo pesado le impedía empujar más. Volvió a oír el gruñido, que ahora le pareció humano.

—Voy por ayuda —dijo sin saber si Efraín la había escuchado y bajó alarmada.

18

Maya arrancó el auto aturdida. No estaba muy clara de qué había metido en la maleta ni cuánto tiempo se iría; de lo que sí estaba segura era de que no debía voltear hacia el balcón del departamento: su madre estaría ahí. Al llegar a la esquina sintió atroz su partida. Dio la vuelta a la manzana y esta vez sí miró hacia la fachada del edificio, Patricia seguía ahí recargada en el barandal, tal vez esperanzada en su regreso, pero había dado un paso afuera y no quería volver a lo mismo. Las personas necesitan aire, y ella lo necesitaba. Aceleró esperando que su madre no distinguiera su auto ni su duda y así, con las palabras atragantadas, aprendiera —*qué palabra tan fuerte*, se censuró Maya—, que de una vez por todas supiera que había que dejar ir al pasado, que su padre tenía su vida, ella misma. Todos tenían su vida.

Mientras tomaba la calle ancha rumbo a la avenida que la llevaría a la casa de sus abuelos en la Guadalupe Inn, pensó en su madre como una bordadora que llena una tela inacabable con puntadas que avanzan y retroceden; recordaba que alguna vez le habían enseñado a coser así, una puntada fuerte. Se avanzaba y se retrocedía y no quedaba espacio sino un continuo de hilo.

Al llegar al entronque con la avenida, en lugar de tomar a la derecha se fue a la izquierda. Como sería difícil encontrar lugar, dejó el auto en un estacionamiento público advirtiendo que traía una maleta, y echó a andar por las callecitas hasta dar con lo que buscaba; se sentía ligera, como desatada de todos. Ni abuelos ni madre, ni Julio… Rodrigo, su hermano, lejos. Esperaba verlo en algún momento pero suponía que sería hasta la boda, a no ser que se tomara un fin de semana y regresara a la ciudad, aunque seguramente su mamá lo acapararía.

Llegó a la esquina de Algeciras y Málaga. Ahí estaba la casa de mosaicos verdes y muchas terrazas, la misma que veía de la mano de su padre cuando era niña; solían caminar juntos los domingos después de la comida con los abuelos Suárez y detenerse en esa esquina, porque a Maya le fascinaba que hubiera una sombrilla de metal pintada de colores en una de las terrazas: los gajos azules, verdes y amarillos le llamaban la atención, algo entre el circo y la playa. Nunca habían visto a nadie sentado bajo el parasol, que seguramente protegía una mesa y sillas que no alcanzaban a ver. La casa tenía terrazas en distintos niveles que daban hacia las dos calles y a ella le daban ganas de que vivieran ahí los cuatro, llenos de sol, en vez de en su departamento sin un pedazo al aire libre; se imaginaba jugando entre la sombrilla y las macetas con plantas. No era la primera vez que volvía desde esas caminatas, por eso, aunque había visto el lento decaimiento de la casa, de todos modos la tranquilizaba que ahí siguiera, sobre todo la sombrilla. Esta vez la encontró acostada, dando hacia la calle, bajo la terraza techada; los colores lucían deslavados, el amarillo estaba casi extinto y las jardineras sin plantas. Observó que había cortinas en la planta baja, como si la propiedad estuviera habitada. Aun en su desvencijamiento le produjo alegría: se sentía como si estuviera frente a un viejo perro que podía acariciar. Se recargó en el muro de la casa de enfrente para poder contemplarla a gusto, y oyó la voz de su padre diciéndole: «¿Te gustaría estar bajo esa sombrilla con mamá y Rodrigo?». Se imaginó entonces unos refrescos de color rojo en grandes vasos, y a su hermano y a ella poniendo plantas picadas en los platos de la vajilla de picnic que tenía en una canastita. Rodrigo era dócil y seguía las instrucciones de su hermana; «Nosotros haremos la comida, papá». Qué pena que la cita para el vestido fuera al día siguiente, hubiera tomado el autobús para ver a su padre.

Le pareció que una mano hacía a un lado la cortina de una de las ventanas de la planta baja; la cara de un hombre se fijó en ella. Maya se asustó y echó a andar calle arriba hacia la plaza, aunque se volvió una vez para mirar con ternura la sombrilla descolorida. Prolongaría el día lo más que pudiera, aún no quería hablar con Julio ni con los abuelos.

El derrumbe
La licuadora Osterizer

Cuando miró el desastre a su alrededor, Efraín supuso que había sido un temblor; como el del 85, del que el papá de un compañero se había salvado porque las bolsas de piel que fabricaba y acumulaba en su cuarto amortiguaron los golpes, acolchonaron la caída: el Benito Juárez se había venido abajo y él estaba aturdido, sumido entre bolsas negras, cafés, blancas, pedruscos y yeso, pero vivo en medio de los escombros, el polvo y el espanto. Efraín levantó la vista hacia las paredes, que dejaban ver los entrepaños vencidos y vacíos. La misma penumbra, ningún boquete nuevo, ninguna rajadura. El edificio aparentemente estaba en pie. Giró la cabeza intentando abarcar el contorno del cuarto, pero apenas podía barrer con la mirada la esquina misma del librero sobre el que había estado colocando *Técnica Pesquera*. La grieta podía estar a su espalda, la puerta derribada, pero el silencio y la penumbra de nuevo desmentían la posibilidad. Sintió el deseo imperioso de incorporarse, pero ni sus brazos ni sus piernas respondieron y entonces comprendió. Pegó la barbilla al cuello, buscando su cuerpo bajo los libros, y una revista abierta lo atajó: una mujer sonreía con una licuadora Osterizer en la mano. Era un *Reader's Digest*, un *Selecciones* viejo, uno de tantos. Los tenía en el penúltimo estante, pues se vendían por los chistes; también se los pedían algunos excéntricos que estudiaban épocas. Recordó a aquel señor que escribía una obra de teatro y necesitaba que el escenógrafo, mucho más joven que él, diera el ambiente de los años cincuenta. «¿En México o en Estados Unidos?», le había preguntado Efraín en El Tomo Perdido, una de las librerías de Donceles a la que acudía con frecuencia porque le gustaba el menudeo, buscar las piezas precisas, y Longoria también sabía a qué hora aparecería Efraín y a esa hora citaba a ciertos clientes, a los gambusinos de libros: sabía que Efraín podía cumplir caprichos. A Longoria le convenía la satisfacción del cliente y, claro, la venta; lo que le daría a Efraín era cosa suya. Efraín no nada más poseía los materiales sino que los conocía: había trabajado con su competidor muchos años. Efraín quiso saber la hora: Longoria lo estaría esperando. Intentó de nuevo elevar el brazo entre la maraña de libros y revistas que lo rodeaba, pero apenas pudo mover los dedos en los intersticios de lomos y páginas. Pensó en su cuerpo y lo imaginó vertical en aquella alberca de celulosa, pues su vista coincidía con la foto colgada en la pared. Intentó menear un pie y le dolió. Giró el torso y comprendió que sus piernas estaban mal colocadas, porque su cadera también protestó. Se preguntó si habían pasado horas, minutos o días desde que estuviera acomodando las revistas. Las ganas de orinar le hicieron notar que estaba mojado: pensó en sus libros empapados y que tendría que salir cuanto antes para no arruinarlos. Trató de contener el deseo de vaciarse. ¿Cuáles estaban a la altura de su pene? Deseó que no fueran las novelas de pasta dura ni la colección de *México a través de los siglos*, primera edición. Fatalmente, los libros que más le gustaban eran los que colocaba a la altura de su pecho en la estantería y muy probablemente, con la inclinación de los libreros, esos rodeaban su cintura. Los pondría a secar cuando saliera del sepulcro de libros, pensó mientras relajaba los músculos y soltaba la orina, que le escurrió por una pierna del pantalón. La sensación lo reconfortó no sólo por la satisfacción de vaciarse sino porque sintió las piernas, aunque el pie derecho, ahí donde llegó el chorro, le punzaba. Volvió de nuevo la vista hacia el *Selecciones* e intentó leer un pedazo de la hoja, pero estaba atarantado y le faltaban los lentes: siempre los necesitaba cuando la luz no era buena. Estarían en la cómoda junto a la cama. Pensó que alguien debía acercárselos; quería entretenerse. Intentó pedirlos:

—Mis lentes.

La respuesta fue el silencio, por la luz que entraba a esas horas sabía que el vecino no estaba, y quién lo iba a escuchar en la fábrica de mazapanes de arriba; cuando molían la almendra y horneaban había un sonido constante, un murmullo agradable. Su única esperanza era que las chicas moldearan figuras: entonces, si no ponían el radio muy fuerte, tal vez podrían oírlo. Salivó, se le antojó llevarse a la boca uno de esos pastelillos almendrados. Alguna le regaló uno cuando se la topó en la calle, de regreso de la excursión librera, a cambio de una revista de tejido; cuando descubrió su mirada clavada en la revista *Punto* en lo alto de su cargamento en el carrito de súper, le dijo que la tomara. No le cobró nada. Entonces ella sacó el mazapán envuelto en celofán: «Siquiera un postre», le dijo. Le habría gustado sentir ese sabor de nuevo en la lengua, el dulzor almendrado, la suavidad algodonosa de un mazapán recién horneado. Quiso gritar para que lo ayudaran pero no le salió la voz, sólo un quejido ronco. No podía quedarse ahí todo el día orinado, con un pie punzante, sin lentes, con los brazos atrapados y el deseo de comer un mazapán, y Longoria esperándolo. Ojalá no fuera el cancionero español el que tenía junto al cuerpo: el tomo dos era el que el cliente quería. Eran canciones regionales, un libro bellamente ilustrado con partituras. «Mambrú se fue a la guerra» era la única que reconocía, eso porque alguno de los marinos la cantaba: los demás se burlaban de él, esa canción no era mexicana, que si se creía muy de otro lado. Volvió la mirada a la revista buscando amparo. La mujer del anuncio llevaba el pelo corto y una falda amplia con vuelo, muy acinturada. ¿Su madre tenía una licuadora Osterizer? Recordó la base metálica, el cuadrito azul con la palabra en cursiva. Sí, no era como la del anuncio pero era de la misma marca. La licuadora era esencial para hacer la salsa de los tamales: recordó el vaso de cristal teñido de rojo, los pedacitos de cáscara adheridos a las paredes, o las semillas del tomate verde escurriendo vaso adentro. A él le gustaban más los tamales verdes por la acidez del tomate, se comía uno antes de irse a la secundaria, y cuando entró a la Marina esperaba a que llegara su madre a venderlos a Cuemanco: empujaba un diablito con la tamalera atada, escogía la hora después de los honores a la bandera, cuando sabía que tenían un descanso, y los marinos la rodeaban. A Efraín le daban gusto y celos. Ellos no nada más la veían porque vendía aquellos tamales oportunos y bien sazonados: su mamá tenía una cintura breve y un rostro sonriente, llevaba el pelo recogido y con sus pómulos salientes parecía estar armada para sortear cualquier tormenta. Cuando los cabos habían terminado de comprar, Efraín se acercaba por los tamales que su madre le reservaba. Ella se preocupaba por que lo trataran bien: tal vez reconocía que Efraín era un muchacho tímido que en la secundaria se había aplicado con los estudios, pero que andar corriendo y poniéndose fuerte para poderse embarcar en caso de guerra era pedirle demasiado. A Efraín no le gustaban el deporte ni las bromas rudas; andaba sonriente, el mar quedaba tan lejos de Cuemanco que nada parecía poder romper la rutina mañanera que le permitía ver a su madre. Luego de acompañarlo mientras comía los tamales y de darle el vaso de atole casero, Efraín la veía enfilarse a la oficina del capitán, vedada para él, que no entró allí hasta que pudo. Intentó en vano gritar de nuevo, cerrando los ojos para no ver más a la señora de la licuadora, esa mujer que podría tener la edad de su madre entonces.

—Ayuda —insistió y le pareció escuchar pasos en el pasillo a su espalda: tal vez las chicas de la fábrica de mazapanes salían a comer, o era ya hora de retirarse.

La que le había dado el mazapán tenía manos suaves, las vio cuando desenvolvió el mazapán y se lo puso en la boca; pasó varias noches pensando en la manera en que había colocado esa pasta suave en su lengua. Su madre también tenía manos tersas, sería por tanto amasar. Pero volvió a pensar en la chica que se llevó la revista de tejido e imaginó sus manos moviéndose con las agujas, de las cuales crecía una prenda. Sintió su pene erguirse en su pantalón tibio de humedad y lo intuyó penetrando algún libro. Se reprochó el atisbo de excitación: por carencia de mujer nada más le faltaba acabar fornicando con las palabras. Disipó la imagen de las manos suaves de la chica del mazapán y volvió a la página. Hacía más de treinta años que no veía a su madre.

—Ayuda —gritó de nuevo a voz en cuello y entonces escuchó a alguien desde la puerta.

19

No contento con haberle leído un trozo, Germán le había dado el siguiente capítulo. A Eugenia le sorprendía descubrirle la excitación de la escritura. Era como una gran sed, un niño con un cochecito que nadie más tenía pero cuyas características quería mostrar: cómo se abrían las puertas laterales, el volante que daba vuelta, las llantas de caucho y hasta los espejos laterales. A Eugenia le divertía, y aquella combinación de sensualidad y lectura, dos excitaciones reunidas —se acababa una y empezaba la otra—, resultaban una fórmula muy atractiva. Estaba conociendo a Germán de otra manera; aunque sabía que era escritor, no era lo mismo observar el proceso y ser parte necesaria. Le gustaba ser necesaria, y sobre todo saber que podía decidir cuándo desprenderse. Cuando el otro comenzaba a ser más que alegría y gozo, un imperativo del ánimo, se prevenía: para terminar con Tulio se había ido de viaje, ponía distancia y tiempo de por medio; con Sixto cambió el teléfono de casa, el celular, y en el negocio prohibió que le abrieran. Pero Germán era una especie de niño juguetón: en el sexo y la convivencia era uno, y en la escritura le aparecía otra cara. Eugenia quería descubrir lo que su imaginación le revelaría. Efraín y Alicia no le importaban, le interesaba Germán. ¿Por qué podía saber de esos mundos? ¿Todo lo inventaba?

La lectura funcionó como antídoto para el insomnio. Su abogado y ella habían ido al Ministerio Público esa mañana.

—Tú no digas nada, prácticamente como si fueras idiota. Sígueme la corriente.

Y ella fingió que no le asustaba ir a las oficinas del Ministerio Público junto al Reclusorio Oriente, que no le imponía ver afuera a la gente que esperaba, los que vendían comida o los que atendían algo. Un enjambre de hombres de trajes de medio pelo, de familiares desconcertados, de secretarias empapeladas; fingió que ella no desentonaba con su traje sastre color aceituna y su mascada naranja, con su bolsa Coach y sus medias transparentes que le desnudaban las piernas. Siguió al abogado como si estuviera habituada a caminar por entre los vericuetos de lo ilegal, por entre la pobreza urbana, los canastos de tacos sudados y los cuerpos deformes. Cuando llegaron al escritorio preciso, donde las miradas parecían descalificarla empezando por la señorita que entregó al judicial el expediente, contuvo el nerviosismo tomándose las manos como si tuviera frío. El agente la miró de arriba abajo, abanicando su poder:

—Acá hace frío por las mañanas. Se hubiera tomado un chocolatito.

—Sí, ¿verdad? —dijo Eugenia e intentó sonreír.

Entonces el abogado empezó sus diligencias y ella se mantuvo obediente, «calladita te ves más guapa», le decía su padre a su madre. ¿Por qué le aparecía esa frase ahora? Su padre hubiera soltado algo, amarrado el asunto antes para que su princesa no pasara entre los olores de cebolla frita y los *mamacita* contenidos, las vejaciones del poder. Hubiera dado instrucciones, era un hombre que daba instrucciones.

Quiso hacer el esfuerzo de no concentrarse en lo que su abogado insistía: que si había sido una muerte involuntaria, que no había datos de violencia anterior, que era una pareja estable como lo podían atestiguar muchos, que el occiso había bebido, que la clienta no pudo hacer nada para evitar la caída, que ya le había costado bastante sufrimiento aquello y que en su momento se habían hecho las declaraciones pertinentes. Ella se miró de nuevo en lo alto de la escalera haciendo un ademán para alejarlo cuando él se le acercó, un pequeño empujón de desprecio pero no con el deseo de que cayera escalera abajo, o con el deseo pero no con la intención. O con la intención y el deseo que la precedió: no estaba segura ya, no había premeditado nada, lo suyo fue un impulso de hartazgo. «Muérete, púdrete», se decía a veces bajo la ducha porque era un hombre que no la atraía y que además no se daba cuenta de ello. Un conchudo que aceptaba la indignidad de aquella posición económica que el padre de Eugenia le había ofrecido como gerente de la empresa de material de construcción; su padre se lo instaló en casa.

—¿Puede usted quitar la pistola del escritorio? No da una buena impresión —dijo el abogado.

Eugenia miró el arma, casi animal sobre la madera. El agente se disculpó y la guardó en el cajón. Dudó frente al nombre del abogado y luego lo reconoció:

—He leído su libro de derecho penal. ¿Usted es Claudio Mireles? Estoy haciendo mi maestría, licenciado.

Las manos de Eugenia dejaron de sudar, era como si se hubieran mudado de sala de cine. El abogado había impuesto su poder al poder: además de su traje Armani y el Mercedes que conducía, la jerarquía intelectual se lo daba.

—Cuando tenga alguna duda o inquietud, con mucho gusto se la aclaro.

—Me gustaría que firmara mi libro, pero no lo traigo.

—Otro día y en otro lado, agente Martínez.

—Desde luego, usted proponga.

—Deme su tarjeta y mi secretaria lo llamará. Pero a lo nuestro: comprenderá que prescribió el asunto al que alude la excuñada de mi cliente.

El agente ni siquiera miró las fechas para cerciorarse de ello, dijo que sí, que desde luego y guardó el expediente. Él y el abogado se dieron un apretón de manos y luego extendió la suya hacia Eugenia, que aún no salía del asombro.

—Veo que ya se le quitó el frío —bromeó. Y luego, dirigiéndose al abogado—: Espero su llamada.

—Descuide, así será.

En el estacionamiento, a pesar de lo incómoda que se sintió al principio, tuvo antojo de unos tacos de chicharrón prensado, pero el abogado tenía prisa y no era bueno estarse por ahí, le dijo; el agente Martínez podía arrepentirse. Luego, mientras conducía de regreso a casa de Eugenia, le dijo que no se podía cantar victoria, que faltaba que el caso llegara con los jueces, y que para eso tendría que soplarse la comida con Martínez.

—Lo voy a llevar a donde no ha ido en su vida —fanfarroneó.

Eugenia le dijo que le gustó cómo había manejado la situación y lo de la pistola; ella ni siquiera la había notado hasta que el avergonzado agente la tomó y la guardó.

—Por algo tu padre confió en mí cuando apenas comenzaba, aunque me sigue faltando tu confianza: no me has dicho aún si le diste el empujón a tu marido.

—Ni te lo diré.

—Esperaste a que tu papá ya la hubiera palmado.

Eugenia empezó a irritarse, de la esgrima judicial pasó a una vulgar intimidación.

—Si eres mi abogado es porque crees en mi inocencia.

—Tu cuñada no se dará por vencida fácilmente, y veo difícil apaciguarla a la suave.

—Ya se te ocurrirá algo.

—Sobre todo ahora que me pagues el viaje a Londres —dijo con ironía mientras se estacionaba frente a la casa de Eugenia.

—¿No dices que falta el veredicto de los jueces? —Aceptó la mano que le tendía para bajar del auto.

—Ese puede ser eterno.

Eugenia suspiró:

—Mándame un correo con las fechas en que quieres viajar.

—¿Me puedes acompañar al Támesis? —la molestó. Ambos sabían que, aunque bien disimulado, a Mireles le gustaban los hombres; había llegado a coquetearle al difunto Paolo en alguna fiesta en casa, y a Grigio.

—Sólo si compartimos al mismo guapo —se despidió Eugenia.

—Ya sabes que no tengo problema.

20

Maya le aclaró a Julio que escogería el vestido con su abuela; a él le parecía una bobada, una cosa antigua.

—Si yo soy el que lo va a pagar —bromeó.

Maya dudó, ¿y si iban los tres? Por fortuna, cuando le dijo a Julio que ya estaba en casa de sus abuelos y que la cita era al día siguiente por la tarde, él ya tenía un compromiso con un cliente.

—¿Estás tan ansiosa que desde hoy estás con los abuelos?

A Maya le gustaba que dijera «los abuelos» como si fueran también de él, que los llamara con ese genérico que usaban Rodrigo, Vicente y ella, y que en días recientes en el bar, al que habían ido con el primo Vicente, usaron indistintamente.

—Es que me vine a quedar aquí.

—Lo imaginé —dijo Julio—. Tu mamá me llamó.

Maya sintió la ira de nuevo. Pensó que esa era la razón por la que él le telefoneaba.

—¿Y qué, te estás cerciorando de que estoy con ellos y no me tiré al metro?

Julio guardó silencio. Era su manera de esperar al toro cuando Maya empezaba a embestir, pero ella no podía detenerse a pesar de que sabía que él había extendido el capote.

—¿Se irán a tomar un café para hablar de mí y de la boda? ¿Por qué no la organizas con ella?

Julio desvió el tema. Maya conocía sus maneras de no engancharse en la provocación; nada más le faltaba pelearse también con él.

—¿Y dónde es que tendré que ir a pagar el vestido, Larga?

Maya se tardó en responder, su voz escapó como la de una niña arrepentida, casi débil. Vaya que sabía de lides taurinas su novio.

—Espera a que lo elija. Ya te diré, Egoísta.

Él le dijo que la quería, una manera disimulada de hacerle saber que la entendía. Cuando Maya estaba bajo presión se transformaba. Una de las virtudes de Julio era haber comprendido eso y no reprocharle su conducta, ayudarla era como quitar el humo negro con firmeza y sin herir; era darle la mano y dejarla a solas, pero tranquila. Si dudaba cuando hablaba con sus amigas, o ese día del bar con el primo Vicente antes de que llegara Julio, momentos como este le devolvían la certeza.

—A veces es muy seco —se quejó con Vicente en el segundo vodka.

—Tú no eres muy melosa que digamos —repuso Vicente.

Habían ido al bar como una forma de despedida, un tanto anticipada pero quizás era la que más le importaba a Maya. Con Rodrigo no había podido llevarse como con su primo: su hermano era varios años mayor, serio, siempre fuera de casa y ahora en otro país; Vicente, en cambio, había sido el compañero de las vacaciones familiares. Juntos habían echado a andar el coche nuevo de su madre porque ella le aseguró que sabía manejar, y tomaron la avenida rumbo a la nueva hamburguesería. Admiraba a su prima, que era un poco mayor y siempre tenía la razón, o parecía que la tenía, porque de regreso, al dar la vuelta en la calle que conducía a casa, le dio de más al volante y se incrustó en un auto estacionado, con tan mala suerte que el dueño salía en ese momento, los vio y no los dejó ir: las reparaciones tardaron un mes, y ella y Vicente estuvieron castigados el mismo tiempo. Un raspón, el cuello torcido, el señor insultando hasta que apareció el padre de Maya y la defendió frente a él, que así no se les hablaba a los jóvenes, que se le pagarían los daños, ya el seguro venía, y Maya y Vicente en casa esperando a que el padre llegara después de arreglar todo, asustados; la hamburguesa amarga en la boca, el olor a pepinillo atorado en la nariz. Su padre la regañó fuertemente y Maya lloró como si no hubiera sido la valiente que había echado el auto en reversa, salido del garaje estrecho sin problemas y conducido por la avenida como una conocedora. Vicente extendió la mano hasta su hombro, y en ese momento despreció el gesto: no necesitaba arrumacos. En el bar, Vicente había hecho el mismo gesto antes de que apareciera Julio, y Maya no le quitó la mano.

—Ni creas que te deshaces de mí. Te voy a ir a visitar.

—Más te vale. Hasta te dejo manejar el auto.

Julio ya tenía previsto que tuvieran coche, que los fines de semana salieran a conocer los alrededores, que pudieran moverse en la ciudad. Había transporte público, pero no bastaba y a Julio le gustaban los autos: vendería el suyo en México y se compraría uno usado allá.

—¿Tú crees que Julio me preste el coche?

—Nos lo robamos. —Se rieron. Julio caminaba directo hacia ellos y Vicente le cedió el lugar junto a la prima.

Cuánta razón tenía Vicente, Julio era un buen compañero.

La abuela Irina la llamó, era hora del café; la bandeja con las tazas y el pan tostado la esperaba. Con sorpresa vio que la abuela tenía abierto el álbum de fotos.

—Tal vez quieras que tu vestido se parezca a alguno de los que hemos usado —le dijo a su nieta.

Maya aceptó el divertimento. Había visto aquel catálogo de cuatro generaciones, pero sin atender los detalles. Se dispuso a ello.

21

No podía dormir, la cita al día siguiente la tenía alterada. Eugenia encendió la televisión: cómo le gustaba esa serie inglesa en aquella casa donde los de arriba y los de abajo tenían sus cuitas, sus roces, sus mundos; le gustaba sobre todo la ropa que usaba Mary, y la de la madre de Mary. Principios del siglo XX, antes de la Primera Guerra Mundial, y las mujeres cambiándose de ropa tres veces al día, otras mujeres vistiéndolas, apretando el corsé con esas agujetas que sostenían, daban garbo y quitaban la respiración. En mala hora se puso a ver uno de los capítulos, suponiendo falsamente el arrullo. Odiaba el insomnio porque perdía el control de su descanso, del olvido de sí misma. Estaba alerta, sola y era de noche; no había supuesto un destino así.

Mary salía al jardín, llevaba una blusa de suave malva y la falda larga levemente acampanada; se paseaba con un parasol entre la verde hierba inglesa. La seda se drapeaba ligeramente en el escote. Se quedó mirando ese ondular de las telas, la manera en que flotaban en su torso insinuándolo y protegiéndolo. Entonces se sentó al borde de la cama, abrió el cofrecito del buró y sacó la llave. Nunca la había puesto muy lejos de su sueño, aunque fantaseaba con que olvidaría dónde había guardado esa llave que llevaba a la otra y a la otra. Caminó como una autómata hasta el cuarto al fondo del pasillo; de haber tenido hijos esa hubiera sido su habitación. Le costó darle la vuelta a la cerradura, sentía frío en los hombros. Hacía años que no abría la puerta, parecía sellada. Se le cayó la llave al piso y pensó que aquello era una señal. Se recargó contra la puerta, dándole la espalda a su empeño, y respiró con fuerza. Eso era lo que tenía que hacer, volver sobre sus pasos hasta la cama, tal vez servirse un plato de granola y seguir viendo el capítulo, pero la llave estaba junto a su pie descalzo y la tomó. El picaporte cedió y el olor a encerrado y la oscuridad del cuarto la recibieron. Encendió la luz con sigilo, como si alguien durmiera: ahí estaba, en el centro de la habitación, rodeado de clósets y cajoneras de madera oscura; la luz cenital daba sobre el capelo que lo protegía. Sostenido por un maniquí de modista, el vestido blanco hería los ojos. El escote de seda drapeado y la manga japonesa que dejaría los brazos al aire, el talle liso y finas tablillas en la cadera, ligeramente más corto al frente; ni el polvo ni el aire habían alterado la forma en que caía, tal vez el color perla se había amarillado. Contuvo la respiración. El vestido parecía un santo sin cabeza, o una virgen sin marido. Le pareció macabro, habitado por una novia decapitada.

Tuvo el impulso de romper el vidrio y rescatar aquel fantasma, pero en cambio salió corriendo, alterada.

Imposible dormir aquella noche.

22

Lo habló con su abuela aquella noche: ¿podían posponer la cita para el vestido? Necesitaba ver a su padre. La abuela Irina no preguntó más y a la mañana siguiente pidió el taxi para la terminal.

—No le digas a mamá —le dijo al despedirse y luego recapacitó—: Sólo dile que estoy bien, no a dónde fui.

Había mandado un correo a su padre por la noche preguntando si lo podía ver. Veracruz era un buen lugar para estar, la sacaría de todo, hasta de sus amigas que insistían en la despedida de soltera, y que si quería que se fueran de viaje todas juntas, y que si alquilaban *strippers*, aunque era muy decadente, o invitaban a sus exnovios, porque nunca más los vería. «Nunca más, ¿sabes lo que es eso? Te casas y *kaput*, se acabó la vida plural: vives bajo un techo, te comportas bajo un régimen. Yo no estoy preparada», había dicho Estefanía. A ella se la comería cualquiera, nunca podía decir que no: «No aceptes tan poco sueldo, Stef»; «Ni modo que pida más», se defendía. Y Almendra claro que pedía más, siempre pedía más; «Y me quedo sola como tú, y viviendo con mis tíos para siempre». Ellas tres eran amigas desde la primaria, en la preparatoria conocieron al resto. Ni a ellas ni a Julio les diría su destino; a él porque se lo confesaría a su mamá y lo que menos quería era que a su vuelta, el día que se le ocurriera retomar el camino a casa, ella le preguntara: «¿Viene solo o acompañado?».

A ella qué le importaba, ¿o le importaba? Literalmente quería la fiesta en paz, eso era todo; como fuera, pero en paz. Ya no eran una familia como hacía muchos años, cuando su madre no bebía tanto y tenía un cuerpo más cuidado, y su padre hacía bromas en la mesa y los llevaba al campo y a los pueblos: todos juntos o ellos tres, o ellos dos, o visitaban a los abuelos y él desaparecía con Rodrigo para ver el futbol con el abuelo y ella se sentaba con Irina a ver revistas y platicar, porque su madre se había ido a quién sabe qué reunión de educación media; no entendían por qué iba pues volvía quejosa, pero siempre que aparecía otra ocasión sucedía lo mismo. Su madre y Estefanía tenían algo en común, no podían decir que no, y eso sacaba de quicio a Maya. Muchas cosas la sacaban de quicio en casa, cuando estuvieron todos juntos y ahora: antes los muchos gritos, ahora las muchas preguntas y disculpas. No soportaba a la gente que siempre se disculpaba. Cuando Julio le quiso pedir perdón porque no dio señales de vida cuando se fue tres días a Las Vegas con sus amigos, le colgó el teléfono. Julio volvía a llamar, a tocar la puerta o a mandar correos pidiendo perdón; también llegaron flores con una tarjeta. No había entendido que las disculpas no eran el método con ella. Habría preferido que dijera «La pasé muy bien y te olvidé esos días, pero mira, no me pasó nada»; el *perdón* le desagradaba tanto como el *hubiera*.

Mientras se dirigía a la salida de la terminal veracruzana no pensó más en lo que la sacaba de quicio sino en el café con leche de La Parroquia, y que tal vez podría tener una charla a solas con su padre; no esperaba más. Cuando estaba a punto de subirse al taxi, su padre la alcanzó.

—Perdón, Maya, pero Fer se llevó el coche.

Pagó al taxista algo en compensación:

—Lo siento, mano.

Tomó su maletita y le pasó la mano por el hombro.

—Sí, ya sé, no te gusta que pida perdón.

—No tenías que venir por mí —se defendió.

Antes de llevarla al departamento donde vivía con Fer, su novia, la llevó a La Parroquia; el chorro de esencia de café humeante la alegró.

—¿No podías perdonar tu café con leche, verdad? Allá donde vas no va a haber —jugueteó su padre.

—Me lo vas a llevar tú —reviró.

Su padre le caía bien. Era muy ligero y directo.

—¿Ahora con quién te peleaste?

Maya subió los hombros como negando.

—A unos meses de la boda apareces sin más preámbulo.

—¿Tenías planes?

—Nada en lo que no estés incluida. Hoy tenemos una comida con amigos de aquí.

Maya frunció el ceño. ¿Qué esperaba, que la vida de los otros se detuviera?

—¿Y cómo va esa boda? ¿Causando estragos?

—Un poco.

—¿Entre tú y Julio?

—No, para nada.

Mordió la troca, que se le desbarató deliciosa y dulce en la lengua; le encantaba ese pan. Luego le dio un trago largo al café.

—Eso es lo importante. Los demás se acomodan luego.

—¿Cuándo llegas tú?

—El día de la boda —dijo, y Maya se guardó la pregunta como si se negara a ser mensajera de su madre—. Tu madre, ¿qué tal?

—Bien —contestó lacónica y mirando al malecón—. Se me antoja pasear, estirar las piernas.

Su padre vio el reloj e hizo un ademán para pedir la cuenta. Maya sabía que caminarían con prisa, que su padre quería pero estaba apurado; lo vio contestar el celular.

—Ya vamos. O adelántate.

No quiso atender la conversación telefónica. Hacía mucho que no podía tener a su padre para ella sola un rato; bueno, habían desayunado, pensó mirando un barco anclado. Intentó descifrar la bandera, siempre le había gustado saber de qué tan lejos venían. Luego se enteró de que las banderas eran lo de menos: no delataban a sus propietarios sino al régimen más conveniente al cual obedecer.

—Este es inglés —dijo su padre—. Debemos regresar, Fer quedó en estar a las tres y lleva la botana.

No tenía la menor gana de ir a una comida de desconocidos.

—Los Ruiz son simpáticos.

—Los Pérez también —se burló—. Mejor me quedo, papá.

—Fer lo tomará a mal.

Maya no supo qué contestar; fue tan intempestiva su decisión de ir que no había calculado bien los pormenores de la jugada. Su padre tenía una vida, ¿pero no podía alterarla un poco por ella?

—¿O no te cae bien? Entiendo que no estás obligada a que te caiga bien.

Quiso decirle que le daba igual, Fer y quien fuera. Pero mejor se calló.

—No es eso. Quería verte a ti, papá.

—¿Salimos mañana a pescar?

—Odio las lanchas, me mareo.

Caminaban deprisa hacia el coche.

—También Fer.

Maya comprendió que era su manera de escapar solos.

—Puedo hacer un esfuerzo.

—A tu madre le gustaba salir al mar —dijo él con imprudencia.

Por qué mencionaba a su madre, no venía al caso; seguramente ella se la recordaba. Lo mismo le pasaba a su madre con Rodrigo: cuando estaba en México se la pasaba recalcando en qué se parecía a su padre hasta que él se enfurecía y le decía que ya se buscara un novio; como se iba a ir lejos podía decir esas cosas de golpe y que su mamá a la distancia olvidara el maltrato, y hasta bromeara: «Cuando vengas te presento a Pánfilo». Pero

Rodrigo se preocupaba y le escribía a Maya: «¿Está viviendo Pánfilo en la casa?».

De ese temor de su hermano, de las bromas de su madre y de ser el salvoconducto a la verdad, Maya derivaba un poder pasajero: engañaba a Rodrigo por algunos meses describiendo cómo roncaba Pánfilo, que se quedaba dormido en el sofá de la tele y que le decía reinita a su madre; construía una escena perversa, y cuando Rodrigo quería volver a México a recoger sus pertenencias y cerrar su cuarto con llave, le decía la verdad: «Le haría bien un Pánfilo, pero no hay tal». Entonces Rodrigo se portaba cariñoso con su madre, que le presumía a Maya lo mono que estaba esos días Rodri con ella, le hablaba casi a diario. «Yo creo que tiene novia, las novias siempre saben que es bueno que el hijo y la madre no se enemisten porque ella se vuelve parte del botín». «Ay, mamá», protestaba Maya, que sabía que Rodrigo no podía tener novia sino novio, pero esa confesión no la haría ella por ningún motivo.

Su padre también le preguntó por él:

—¿Vendrá a la boda?

—Por supuesto, papá, y con algún traje exquisito; ya lo conoces.

—Pues que me compre uno, hija. —Se rio el padre.

Cuando llegaron a la casa, Fer estaba prácticamente en la puerta con el ceviche adornado en un platón.

—Ya vamos, ya vamos —dijo su padre deprisa.

—¿Se te atravesó una cervecita? —Fer le dio un beso a Maya en tono de saludo cómplice.

Su padre acomodó la maleta en la recámara y le advirtió a Maya que ni se cambiara.

—Los zapatos, papá; no puedo ir con los pies hirviendo en los tenis.

Mientras los oía discutir en el recibidor de la casa, se desató las agujetas, se quitó los tenis y calcetines y se puso las sandalias lo más despacio que pudo.

—Maya. —Escuchó el grito de su padre.

—Tuve un retortijón —dijo triunfal y los siguió hacia el auto.

Fer movía la cabeza como una gallina perseguida: cuando viera a Stef y a Al se los contaría y se reirían con ella.

23

—Que hoy no puedo —le dijo a Germán—. Veo a mi abogado —inventó.

Pero Germán insistió, si no podía hacer que Celia hablara más, por lo menos que le diera oportunidad de leerle algo. La historia le reventaba por dentro, le estaba dando vértigo; no podía solo con ella.

Eugenia pensó en su ingrato papel de escucha.

—Léesela a tu noviecita.

Ya sabía la respuesta, que ellos eran cómplices de esa historia, que no podía estar dispersándola; se salaba, se corrompía. Sólo podía leerla Eugenia.

Eso le gustó, o por lo menos la tranquilizó: precisaba una mejor cara antes de tomar el coche hacia la tienda.

—Mándala a mi correo.

Germán se conformó con esa posibilidad.

—Pero te llamo enseguida.

Después de vestirse y maquillarse de más para disimular su mala noche, Eugenia leyó en la pantalla mientras se tomaba el café.

El derrumbe
El tatuaje de la China

Cuando Manuel regresó del taller esa tarde supuso que ya habrían sacado al vecino del atolladero porque escuchaba el sonido de palabras, sólo que la voz era de mujer; era la de Alicia pero él lo supo después, cuando intentó ayudar aquella noche. Se estaba lavando la cara y las manos en el lavabo de su habitación, y entre las refrescadas daba tragos a la Victoria recién destapada, que se le deslizaba veloz como si tanta tripa metálica en el taller lo hubiera dejado seco.

Vería a la China, eso esperaba; ella dijo que se acercaría cuando saliera del salón donde trabajaba, también que se quedaría. Ya para el jueves de cada semana el cuerpo de Manuel la extrañaba; pensó en bañarse antes de que la morra llegara con sus pantalones apretados y su ombligo le tintineara con el brillo del arete que de ahí le colgaba. «Que no andes así en el trabajo», rezongaba. «Pero si te voy a ver luego», se defendía ella. «A poco nada más por eso vas así. Se me hace que eres bien puta».

Cuando le decía eso, ya le estaba manoseando el trasero, buscando meter la mano entre la piel y la tela del pantalón para llegar al comienzo de la hendidura de sus nalgas. «Cómo crees, si somos casi puras mujeres», protestaba con la boquita parada, coqueta, excitada por los celos y la mano de Manuel. Y mientras su mano seguía rozando nalgas y el dedo se prolongaba en el cañón carnoso, provocándola, él asestaba: «El *casi* es el problema: con un cabrón que te meta la mano como yo, ya se

115

chingó la patria». «Qué hombre iba a estar entre tintes y barnices, dime tú; si yo ando apurada para que llegue la hora de salida y poder verte», dijo ella. «¿Crees que un machín no escogería trabajar ahí para disfrutar el olor a hembra?», agregó él.

Y el dedo bajaba incisivo, forzado entre el calzoncito sintético y esas redondeces que se lo tragaban: «Es más, Román el estilista puede que no sea tan mariquita…».

Manuel sabía que con esas palabras llegaría al abismo entre sus nalgas, y que de molestarse más intentaría hundir su índice castigador. Se acabó la cerveza con el último trago, apaciguando la sed y la excitación que los pensamientos le provocaban; se bañaría, o mejor esperaría a que la China llegara para bañarse juntos. Les gustaba ponerse nuevos para el amor, quitarse el sudor de la jornada, enjabonarse, encremarse, perfumarse, aunque el chorro de agua saliera ralo e intermitente, amenazando con acabarse; ya les había pasado, se habían tirado en la cama de Manuel llenos de espuma, dejándola pegajosa mientras se acariciaban y se tenían. Tocaron a la puerta. Miró el reloj en el buró, sorprendido de que la China hubiera salido más temprano. «O no fue hoy a trabajar y estuvo cogiendo con alguien». No, si no trabajaba le descontaban y quién mantenía al chamaco. Manuel se pasó el peine por el pelo alborotado y húmedo y se miró en el espejo; él le había comprado la ropa de los últimos meses. «Es para que yo te vea lucirla, cabrona», le decía cuando se la probaba en el tianguis, ahí en un vestidor improvisado que tenía la marchanta que vendía pura ropa gabacha con algún defecto, invisible para cualquier hijo de vecino.

Volvieron a tocar, le dio un trago a la Victoria pero ya se la había tomado. No quería enojarse de antemano, por eso había perdido a varias novias, por los celos; esa mezcla explosiva de celos y deseo en la que uno aceleraba al otro. Lo exaltaba que su niña, su novia —porque hasta ahora no había querido arrejuntarse con ninguna— fuera mirada y deseada por otros y hasta rozada con fingimiento; que a ella le gustara ese deseo ajeno también lo encendía, pero todo eso lo vulneraba y hacía insoportable la idea de que algo pudiera pasar a sus espaldas. Porque si la mujer enloquecía de esa manera cuando su dedo índice le entraba por el culo, ¿por qué no iba a hacerlo con otra provocación masculina o femenina? Llegó a pensar que en el salón sucedían escenas calientes cuando la dueña se iba a almorzar: suponía que alguna de las chicas podía meterse con la China al baño y toquetearse. Pero cuando abrió la puerta, enrojecido por el ansia de su cuerpo, enardecido por la extrañeza de que su novia se adelantara a la hora convenida, no se encontró con su cara angulosa de ojos oscuros y encendidos, con aquellas cejas dibujadas como de muñeca: era el señor Andrés, de la tienda de novias. Manuel se sintió inapropiado con el torso desnudo; el señor Andrés siempre llevaba una camisa clara limpia y planchada, no importaba la hora del día, sobre una camiseta blanca que se le asomaba al frente. Sus pantalones eran de casimir y los detenía sobre el vientre abultado con un cinturón de hebilla brillante.

—Dígame —le dijo asombrado.

—Necesitamos su ayuda.

Manuel sacó una camiseta del cajón mientras Andrés lo esperaba; su semblante serio no permitía dudar de la urgencia. Manuel se subió a una silla y desde ahí atisbó la cara de Efraín y a la señora de la tienda de novias, Alicia, sentada en esa maraña de libros y revistas con el plato de sopa del que daba de comer al hombre.

—Señor Efraín —saludó asombrado de que los policías que lo interrogaron no lo hubieran sacado—, lo vamos a sacar de ahí.

Manuel vio la mueca en su rostro cuando uno de los hombros reveló la intención de levantar la mano sepultada y saludar; de su boca salió un gemido y algunos trozos de verduras. Alicia lo limpió con la servilleta que llevaba.

—Los policías dijeron que se necesitaba ayuda médica; y los paramédicos, que se necesitaba a alguien que removiera la montaña de libros: los bomberos. Eso sí, le tomaron el pulso, vieron su garganta, sus pupilas, le dieron suero oral, y dijeron que volverían, pero ya pasó mucho tiempo. Cuando mi esposa me avisó, yo les hablé de inmediato —explicó Andrés.

Se sintió culpable de haber saboreado a solas el placer cuando el vecino tal vez tenía una pierna rota, las costillas aplastadas o un pie chueco. Empezó a arrojar libros a uno y otro lado desde lo alto de la silla para liberarlo.

—Cuidado —dijo Andrés, mi mujer se puede hundir.

Manuel miró a Alicia, que indiferente seguía dando de comer a Efraín. Este cerraba los ojos y abría la boca. Manuel observó el tono de su piel, ceniza, apagada: no sabía si nunca lo había mirado más que deprisa en el pasillo o la calle, o era que la asfixia de varios días lo estaba amoratando. Siguió moviendo libros de nuevo sin ton ni son, era fuerte y podía hacerlo con rapidez; Efraín dijo que así no, que podía maltratarlos. Los libros se acumulaban a un lado del librero inclinado y un ligero tremor hizo a Alicia deslizarse hacia Efraín. Manuel miró los tacones que le remataban las pantorrillas; los miró porque el rosa de un zapato quedó muy cerca de la cabeza de pelo hirsuto y canoso de Efraín, y pensó en los zapatos brillantes de la China, los que usaba para trabajar.

—¿Qué hacemos? —preguntó al señor Andrés.

—Empecemos por los libros cercanos a Efraín; los sacamos y metemos unas almohadas conforme los quitamos, para que no se venzan de nuevo a su alrededor.

Subieron con cuidado entre peldaños de lomos. El señor Andrés se quitó los zapatos boleados; los tenis le permitían a Manuel moverse con agilidad. Una vez que llegaron a la parte alta, Alicia protestó, no había terminado de alimentarlo, pero Andrés ordenó que era más urgente sacarlo. Cayeron en cuenta de que habían olvidado las almohadas y Manuel bajó a buscarlas. Entró a la habitación esquivando la parte baja del librero que se había deslizado obstruyendo la puerta; un olor a encerrado lo mareó y prefirió no detenerse mucho. Tanteó buscando sobre la cama después de esquivar torres de libros que parecían esperar su turno para ser colocados en los anaqueles; encendió la luz de la lámpara en el buró y miró si había una colcha mullida que sirviera a sus propósitos. En el perchero de la esquina vio un uniforme, sobre la cómoda la gorra azul de marino. Le llamó la atención: de niño quería ser piloto, vestir de oscuro con botonadura de oro, convocar el respeto de las mujeres y de sus tíos. Ser así el hombre de la casa. Regresó con las almohadas cuando Alicia se deslizaba montaña abajo con el plato vacío; Manuel le dio la mano y ella, sin perder coquetería, bajó con sus zapatos rosas hasta detenerse en la silla y luego al suelo. Se estiró la falda y se sentó a esperar las maniobras de los dos hombres. Se escucharon pasos afuera, luego un toquido en la puerta entreabierta. Asomó la cara una joven:

—¿Manuel?

Era la China, y él no podía estar con ella.

—El libro de canciones —repeló Efraín mientras Andrés intentaba inútilmente despejar el área alrededor de él.

Manuel pidió a la China que insistiera con los bomberos, los libros rellenaban como arena cada hueco liberado; ellos no podrían sacarlo. Cuando la chica le dio la espalda, descubrió la flor morada que la blusa dejaba ver.

—Mejor no. Espérame en la casa.

No iba a dejar que los bomberos se deleitaran con la flor de su novia.

La llamada de Germán no se hizo esperar. Aún saboreaba la imaginación de su amante.

—¿Qué piensas?

—Quiero una flor morada, o a Manuel —respondió.

24

Maya intentó concentrarse en la película que proyectaban para los pasajeros, pero su cabeza naufragaba en el verdor lluvioso del camino. Su padre la había llevado a la estación, y con lluvia y todo se había detenido en el malecón para que caminaran juntos. Siempre llevaba un paraguas, explicó, porque en el puerto no se sabía. ¿Se acordaba Maya de cuando era pequeña y caminaba inclinada contra el viento? Había una escena parecida dibujada en uno de sus libros de niña; rieron. Había lluvia pero no viento, y un barco que se llamaba *Turandot*. Su padre le explicó que Turandot era una princesa china que ponía tres enigmas a los que quisieran casarse con ella: un príncipe extranjero los resuelve, pero dice que no quiere quedarse si ella no lo desea, así que si adivina su nombre se irá. Ella no lo adivina, pues ya siente algo por ese joven; cuando su padre le pregunta por el nombre del príncipe, ella dice «Amor».

—Siempre hay cuentos con eso de adivinar el nombre —contestó Maya pensando en Rumpelstiltskin.

—Supongo que era común ocultar la identidad.

—Tú pudiste haber cambiado tu nombre para el teatro.

—Lo cambié, quité el de mi madre: Carlos Suárez, en vez de Carlos Suárez Dávalos.

—¿Y por qué no Carlos Dávalos?

—Lo pensé, pero era el nombre del hermano de tu abuela, que murió en la mina.

—¿Tengo un tío que murió en una mina?

Maya estaba asombrada de que las historias de familia nunca se acabaran. Y, la verdad, había sido bueno caminar con su padre sin hablar de nada importante; esa caminata en sí era importante. La noche anterior había pensado, mientras intentaba dormir en el cuarto de visitas donde la lluvia taladraba el tragaluz, que debería contarle lo de Fer: tal vez era una manera de advertirle algo. Aquel chilpachole de jaiba que su padre compró para que se les bajara la borrachera le daba vueltas en el estómago. Ella no estaba borracha, pero Fer sí. Era como si el domingo se le hubiera aflojado la rigidez del día anterior, ese llevar la botana perfecta, ir con un corte de pelo novedoso, el pantalón pegado al tobillo, los zapatos de plataforma y tacón, la conversación sobre el libro más reciente de Coelho, las clases de cocina. La comida había sido en casa de una de sus compañeras de clase, la esposa de un agente aduanal, y Fer no se iba a quedar atrás: hasta presumió a Maya, que si la hija de su novio se iba a estudiar a Estados Unidos, que era muy brillante y que su padre estaba muy orgulloso de ella. Maya sonrió como muñeca en vitrina, ni su mamá la hubiera puesto en esa posición tan incómoda. Intentó platicar con un par de chicos que asaban las brochetas de camarón y pulpo; dos o tres bromas mientras bebían una cerveza.

—¿Y ustedes qué hacen? —Uno estudiaba hotelería; el otro trabajaba también en la aduana; otro era de Tuxtla, tabacalero. ¿Y qué era lo que ella iba a estudiar? ¿Estaba casada?—. Ya pronto. Así nos dan beca de casados. —¿No va a hacer mucho frío?

—A mí el gabacho me gusta para comprar.

—O para apostar, güey, como la otra vez, y las mujeres, que están buenísimas. Perdón.

Olvidaron que ella estaba ahí.

—¿Y las otras chicas? —preguntó.

—Despedida de soltera, todas están en casa de Sandra. Al rato caen, o se caen. Salud. ¿Quieres que te llevemos allá?

—No, gracias.

—Hija, qué bien que estás con los jóvenes. —Se acercó su padre; uno lo llamó profesor.

—Tu papá es bueno para enseñar a actuar —le dijeron cuando se alejó.

—¿Eres actor? —inquirió.

—Quería, pero no deja —respondió el chico y luego se dio cuenta de la torpeza de su comentario—. Depende —corrigió el hijo de los anfitriones.

—Por eso mi papá da clases. —Salió al quite Maya—. Y no ha de haber mucho teatro en Veracruz —hirió—; en México no le faltaba trabajo.

—¿Y por qué se vino? —reviró otro.

No les iba a contar que cuando sus padres se separaron prefirieron poner tierra de por medio después de algunos años; que su padre encontró trabajo en un centro de formación de actores con anuencia para participar en obras en el DF, que no pensaba cortarse la coleta pero la distancia se la fue cortando lentamente. Y luego estaba Fer, que lo entretuvo y cada vez que iba a alguna temporada para la que su amigo Mauricio todavía lo consideraba en el elenco, armaba sainetes y decía que cómo se iba a quedar en casa de su exesposa —eso hacía, pues no tenía dinero para un hotel y su madre no protestaba—, hasta que lo enrarecido acabó por sentar sus propias fronteras y bardear terrenos significó desconectarse del teatro y dedicarse a formar nuevos actores en un mundo con poco trabajo.

Al día siguiente despertaron tarde, y cuando Fer regresó de correr los regañó porque estaban en pijama a esa hora, y que si iban al *brunch* o qué pensaban hacer con su tiempo.

—Es el único día para disfrutar a Maya —subrayó su padre.

¿No querría indicar con eso que no se quedara un solo día

más? A veces Maya pensaba con la cabeza de su mamá y se recriminaba por ello, pero no lo podía evitar.

—Báñate tú —dijo Maya por lo bajo, desenroscando los pies que había puesto sobre el sillón, presagiando que esa postura confianzuda podía irritar a la novia de su padre. Ambos disimularon, como si las palabras hubieran salido de otra parte. Fer pretendió ser amable y fingió:

—Me adelanto, estoy toda sudada.

Todavía alcanzaron a tomarse un café solos, Maya conteniendo el comentario, la pregunta: «No entiendo, papá, no podemos tener un rato nuestro». En cambio contestaba a las preguntas de su padre, que qué tal estaba Julio con los preparativos del doctorado, que si su familia era agradable, que cómo se portaban los abuelos con ella, que si algún día iría a visitar a Rodrigo.

—Vamos tú y yo a verlo, papá.

—¿Tú y yo? ¿Antes de que te cases?

—O cuando esté allá, nos podemos reunir los tres en Nueva York; Ro nos hospeda.

Lo dijo con mucho entusiasmo, y ahora que repasaba esos días, su padre no había respondido, como si hubiera barrido el tema. Finalmente, la misma pregunta:

—¿Cómo está tu madre?

—Supongo que bien.

Ya Fer salía con la cabeza envuelta en una toalla para acomodar cosas en la cocina ostentosamente, con el chasquido de la loza reclamando que ya se movieran.

—Me voy a bañar, hija.

Maya se duchó pensando que no lograba diluir una sensación de lodo atorado, algo denso en el pecho, como una flema sin tos. ¿A qué había ido?

No imaginaba que en parte era para escuchar a Fer mientras su padre iba por el chilpachole, para verla tirada en el sillón dando torpes tragos al café frío en la noche y diciendo que no sabía cómo había ocurrido. A ella nunca se le pasaban las cucharadas. «A tu papá sí, ¿cómo lo aguantaban, criatura? Pero hoy me tocaba a mí, mis tequilitas, ¿o fueron mil tequilitas?», y su risa le dio risa a Maya, como si descubriera a una mujer más libre en su descompostura. No es fácil tener a la hija de tu esposo en casa, es decir, a la hija que significa una vida anterior. Eso era lo que Maya esperaba que hubiera provocado el exceso de tequilas, pero en cambio dijo:

—Yo le pegaba a mi primer marido.

Maya creyó que se había equivocado en la construcción de la oración:

—Cuando me decía amorcito, le daba una cachetada. ¿Sabes? No soporto a los hombres que se hacen los buenos.

No se trataba de que Maya preguntara, pero se había inquietado.

—Él resistía; me llevó al psicólogo, que si debía tener una ocupación. Del trabajo me corrieron al mes porque hacía mal las cartas y las agendas, y yo nunca he sido secretaria de nadie. Mi papá era muy severo, no nos dejaba estar sin hacer nada pero no nos enseñó a trabajar, sólo a aceptar órdenes. Me gusta que me digan qué hacer.

Una gran arcada detuvo su confesión. Maya le acercó una jerga, ella no iba a limpiar esa inmundicia.

Escuchó la puerta abrirse y a su padre gritar que el chilpachole estaba listo. A buena hora regresaba. Maya no tenía ganas de saber más de Fer ni de la relación con su padre, a quien consideraba un hombre bueno, ni de cenar chilpachole.

Mientras caminaban al costado del casco del *Turandot*, Maya no se atrevió a contar nada.

—Se bebió mucho ayer —dijo su padre.

—Yo no —contestó lacónica y no quiso agregar más.

Se quedaba con una extraña sensación ante aquella plática. ¿Lo de Fer era una advertencia o la manifestación de un desequilibrio? Esas eran las cuerdas más duras de romper, siempre volvían a dar un latigazo; Vicente le había contado de su padre, al que ya casi no veía.

Por eso prefirió guardar silencio y dejar que personajes de

nombres desconocidos los acompañaran en ese paseo que convocaba las vacaciones de infancia. Así sentía a su padre más su padre. Fue hasta que estuvieron en la estación de autobuses que salió la pregunta que abominaba:

—¿Irás solo a la boda, papá?

—¿Tú qué crees?

Se colocó en su asiento después del abrazo y de esa pregunta como respuesta. Atajó las lágrimas cuando lo abrazó como a un tesoro que ya no le pertenecía. Perdida en el verde, quiso ser esa niña que sus padres llevaban en el asiento de atrás del auto, que acariciaba los pies de Ro porque no tenía cosquillas y que preguntaba si ya pronto llegarían a Veracruz.

25

¿Cómo que la habían cancelado de nuevo?; la señora Inclán ya había jugado bastante con sus emociones. Eugenia estaba fuera de sí, había hecho un esfuerzo por estar en la tienda.

—¿La pidió para el lunes? Cancélala el mismo lunes una hora antes —ordenó a la asistente.

—Yo la puedo seguir atendiendo —se defendió—. Es gente muy fina.

—Nadie es muy fino, querida.

Luego se arrepintió, tiendas de vestidos de novia había muchas, aunque no en el sur de la ciudad. Y no era que la venta le interesara, pero las Inclán sí.

—Está bien, sólo las haremos esperar un rato.

Eugenia se desconoció. Con los clientes nunca se portaba tiránica; otra cosa era con las empleadas y el mozo, a quienes les tenía prohibido quedarse a comer en la tienda.

—No quiero que huela a comida.

Resignada, quiso darle un giro a su día. Llamó a Celia para que fuera justo a la hora de la comida: lo mismo hizo con Germán, a quien previno de ser puntual, como si fuera necesario.

—No acostumbro recibir a la hora de la comida, pero así nos dejarán en paz. Me quedé preocupada con tu historia, Celia. ¿Qué ha pasado?

Celia esperó a que Eugenia pusiera la mesa. Era el mejor sitio para que él escuchara desde el vestidor, donde lo mullido del lugar escondía los ruidos.

Si Eugenia había accedido era porque Germán prometió que el fin de semana siguiente la invitaría a Pátzcuaro, a un lindo hotelito que inauguraba un amigo, y ella pensó que después de la visita de las Inclán le vendría muy bien. Además, era la primera vez que Germán daba un paso más allá de las citas clandestinas.

—Le diré que eres mi amante, si no tienes inconveniente.

—Yo nunca lo he tenido.

Celia estaba llorosa porque lo que vio había sido muy impresionante: el hombre casi asfixiado y en muy mal estado. Y así contó la reacción del joven mecánico y cómo el vecino había despertado su deseo de ayudar.

El derrumbe
Alicia en la montaña

Alicia dijo que se quedaría un rato más con el sepultado.

—Tú dale de cenar a los niños —ordenó a Andrés con esa voz suave y convincente que no había heredado de su madre y que tal vez fuera la de su padre, ese muchacho que estuvo con ella unos años y le dejó el corazón agujerado.

Cuando Alicia preguntaba de niña por él, antes de que el señor Andrés apareciera en la vida de ambas, su madre le decía que estaba en *el otro lado*. Ahora Alicia comprendía que era una respuesta fácil: tuvo amigas en la secundaria con padres en *el otro lado* que les mandaban dinero, que un día regresarían o a quienes alcanzarían las familias para tener coche y tenis nuevos, y hablar inglés y tener un trabajo pagado en dólares: de meseras, de afanadoras, de cocineras o de recepcionistas. Cuando Alicia se acostaba con su madre a dormir en el cuarto que tenían en Iztacalco pensaba que *el otro lado* era el de la cama, que de un lado estaba su madre y del otro había un precipicio. «Hazte para el otro lado», le insistía su madre cuando ella ya se había dormido. La quería bien, le decía mi gordita porque Alicia tenía las piernas llenitas y los brazos también, nunca había tenido la delgadez espigada de su madre. Alicia imaginaba que si se caía al otro lado de la cama, ahí en ese abismo oscuro, su padre amortiguaría la caída; tenía que ser un hombre carnoso como ella, fornido. «¿Era guapo?», preguntaba a veces cuando su mamá se peinaba frente al espejo mellado de la cómoda. «¿Quién, mi gordita?». «Pues mi papá». «Ya no andes pensando en él», la recriminaba su madre, porque la que no quería recordarlo era ella; le había costado trabajo tapar el agujero de la espera. Por suerte lo ocuparon la niña recién nacida y el trabajo en la casa a la que iba a planchar, donde fue admitida con todo y la chiquita: una casa grande con un cuarto de servicio en la parte de atrás. A nadie molestaba el llanto de la niña cuando tenía hambre, o se hartaba de andar gateando o de estar enrebozada en la espalda de su madre. Alicia no era latosa y su suavidad le quitó a la madre la ira del abandono, aunque no la tristeza.

Cuando se aseñoraba con un rubor naranja en las mejillas morenas sin quitar la vista de sí misma en el espejo, como si él la anduviera mirando, le explicaba a la niña que su padre tenía los ojos brillosos y achinados, con los párpados hinchados, como si tuviera sueño. Que sus manos eran grandes como su cuerpo. Que cuando la abrazaba se perdía dentro de él. Alicia pensaba que para su papá sería «gordita», no «mi gordita», porque ser suya le iba a costar. La tendría que llevar al parque y comprarle un globo y un algodón azul, para que no fuera igual al de los otros niños; sería como comer un pedazo de cielo. Y le pediría que la recogiera en la escuela un día para que los otros niños vieran que tenía un papá hermoso, de ojos brillantes y risueños, y que su piel, más blanca, era como la de él, porque Alicia se parecía poco a su mamá. Por eso a veces no entendía por qué el señor Andrés se había fijado en ella cuando su mamá murió. Había oído de los señores que se quedan con las hermanas de las esposas; eso le contó Raquel, su amiga de la secundaria. Su tía estaba arrejuntada con el esposo de una hermana: era como si prolongara una relación con una mujer parecida, de voz semejante, de edad aproximada; como vivir la misma vida pero un poco distinta. Eso le decía Raquel cuando ella le dijo que su padrastro le estaba comprando regalos todos los domingos: que un vestido, que una pulsera, que un labial… Raquel le dijo que se iba a volver su esposo. «Cómo crees», había dicho Alicia espantada. «Eso sólo pasa en las telenovelas. Es buena persona, pero era el señor de mi mamá». «Por eso», había dicho Raquel, definitiva. Alicia se acordó del día en que su mamá la llevó a tomar un helado con el señor Andrés, que era muy bueno; no dejó de mover los pies debajo de la mesa, de balancearlos de un lado a otro mientras el señor Andrés apretaba las manos de su mamá sobre la mesa y a ella le decía que era muy chula. «Te comió la lengua el ratón», bromeaba. «Está de payasa», se apenaba su mamá, «es bien dicharachera y canta muy bonito». Alicia la miró con un puchero, sin ganas de seguir con el helado de fresa. Si cantaba era porque le iba a cantar a su papá cuando volviera, para que se sintiera orgulloso de la gordita; para que no se quisiera ir de nuevo, porque en su casa estaban su mamá y ella para mimarlo, para hacerle cosquillas, y su mamá le cocinaría ese pollo almendrado que le quedaba muy bien. Poco a poco había ido sabiendo cómo se conocieron sus padres. Fue en El Rincón del Charanda, la fonda donde trabajaba su mamá: él preguntó que quién había preparado el guiso, y su mamá salió y dijo: «Yo misma». «Ya la había visto», le dijo él, porque la cocina de ese comedor estaba dividida apenas por una barra y una cristalera baja. Ella se quedó ahí como derretida. «Me gustan sus guisos», insistió. «Pues vuelva». Y él volvió todos los días de la semana y siempre preguntaba quién había hecho las puntas de filete, el pollo en cilantro, y su mamá salía y volvía a decir: «Yo misma», mientras él nada más la miraba. Un viernes que andaba faroleado se animó y la esperó a que saliera por la puerta de al lado con la cara limpia y las manos encremadas, y se fueron caminando juntos sin decirse nada. De ahí hasta el día en que se fue *al otro lado*, el padre de Alicia se quedó en el cuartito de Iztacalco, en la misma cama donde luego ella dormiría con su madre. De milagro se lo contó su mamá, iban caminando cuando pasaron por el restaurante y Alicia escuchó una música de cuerdas que salía de ahí: se quiso detener pero su mamá la jaló, indicando que había prisa. Alicia se soltó de la mano y se asomó, vio mucha gente y al fondo unos músicos. Su mamá intentó llamarla, pero Alicia se quedó un rato escuchando una cristalina voz de hombre: «...Dime, morenita mía, dime si no me has de amar...». Fue en el tiempo en que Alicia tenía nueve años y su mamá y ella estaban empacando las cosas de sus dos hermanos menores para irse a vivir con el señor Andrés. Su mamá volvió a tomarla del brazo y la jaló, pero una de las cocineras la reconoció y la saludó con un abrazo. Por eso Alicia supo la historia de su padre y retuvo esa voz y esa melodía; cuando se la cantara a su papá, él sabría de qué se trataba. «Quiero volver, mamá.

Quiero oír la música». «Sólo hay mariachi una vez al año, el dueño es el que canta», dijo su madre.

Se sentaron en una refresquería más adelante porque su mamá necesitaba recuperar el aire y entonces entendió por qué la señora de la fonda la había abrazado y ella quería irse tan rápido. Le hizo prometer que la llevaría al año siguiente y dijo que sí, pero cuando quisieron volver había un moño negro en la puerta. Su mamá supo luego que había muerto el dueño, «El de la voz cristalina», le dijo a Alicia. Ya no insistió en volver. Su mamá tampoco.

Miró el reloj y se preocupó, las empleadas estarían por volver. Le pidió a Celia que la tuviera al tanto y procuró decir «hasta luego» en tono elevado y la acompañó a la puerta. Tuvo que mentir y decir que no sabía dónde estaban las composturas que se iba a llevar, porque no las había, pero que a lo mejor la haría venir de nuevo. Cuando se fue, Eugenia notó un raro silencio en el vestidor: hizo la cortina a un lado y descubrió a Germán dormido. Estaba furiosa.

—Yo me tengo que soplar esta historia para que tú te duermas.

—Es que está sabroso aquí adentro, fue mientras la despedías —se defendió y le mostró la grabadora.

—Y en Pátzcuaro, por favor, no me leas lo que escribas de esta plática. No lo quiero oír.

Germán se puso en pie, se acomodó la ropa e intentó besarla.

—Deprisa, que ya llegan.

Mientras lo empujaba a la salida, nerviosa de pensar que sus citas clandestinas se volvieran *vox populi*, Germán le insistió, meloso:

—¿Pero sí quieres leer lo que sigue?

—No tienes remedio —le dijo por despedida.

Sí, leería lo que él quisiera en medio de ese pueblo hermoso, qué ganas de salir de la ciudad. Apenas había cerrado la puerta cuando sonó el timbre y abrió resignada, pero no se topó con Germán. La cara de su cuñada bloqueó la luz del sol.

—Estaba esperando a que fuera la hora de abrir —dijo irónica desde la rendija que Eugenia dejó—. ¿No le vas a abrir a tu cuñada? ¿O sólo le das cita al cómplice de tu asesinato?

Eugenia cerró la puerta con fuerza y se quedó ahí recargada; las chicas regresarían, abrirían con la llave que llevaban y su cuñada entraría campante con ellas. No sabía qué hacer. Le marcó al abogado, aunque no le pensaba contar que Germán acababa de salir. Deslizó el pasador que atrancaba la puerta. Hoy cerraría el negocio, por el celular le avisaría a Nohemí que les daba la tarde libre.

—¿Puedes venir por mí a la tienda? —El abogado se desconcertó—. Anda rondando la cuñada y no quiero salir sola.

Recogió su bolsa y esperó tras la puerta, aquietando su temor. Celia y su historia le quedaban muy lejos. No salió hasta reconocerlo por la mirilla. No quiso demostrar su temor mirando a todos lados: se tomó de su brazo y alcanzó a ver que su cuñada caminaba hacia ellos en dirección opuesta. Debió de haber reconocido a Mireles, porque desaceleró el paso y la intención.

26

—Ro, ¿puedes hablar? ¿Dónde estás?

La imagen en el teléfono tardó unos segundos en volverse nítida y mostrar a su hermano.

—Hasta te puedo ver. Es la hora del *lunch*.

—¿Los museos tienen hora del *lunch*? —A Maya le encantaba que su hermano fuera parte del equipo de relaciones públicas del Met.

—Tienes ojeras.

—Fui a Veracruz.

—Está bien que papá no venga a Nueva York, ¿pero al DF?

Maya vio el tenedorazo que su hermano daba a la ensalada. Era muy presumido, se cuidaba de más; un kilo y ya estaba en un programa especial. Era curioso, porque Mike en cambio era gordito y mal vestido. Una pareja discordante.

—Con razón te mantienes delgado. Es que hice un viaje intempestivo.

—¿Por la boda?

—Precisamente, no aguanto a mamá.

—¿Tomas café?

—Sí, antes de llegar con los abuelos.

—¿Te fuiste de la casa?

—Un rato. Todo es muy tenso, parece que mamá se fuera a casar con papá…; que si viene solo, que cómo se van a sentar, no para de preguntar.

—¿Y Pánfilo?

—No hay tal por el momento.

Rodrigo parecía haber concluido. Vio su reloj.

—¿Tienes tiempo? —preguntó Maya, deseosa de poder retenerlo unos minutos.

—Sí, te acompaño con el café. Me siento liberado acá lejos.

—Traidor, los hermanos tienen que dar la batalla juntos.

—Es que veo el panorama.

—No lo creo, Ro. Le tuve que decir a mamá que tenías pareja, que era Mike.

Rodrigo le pidió café a un mesero. No solía ir a lugares de comida rápida sino a bonitos cafés, o de plano hacía picnics exquisitos en el parque porque Mike, gran cocinero, era ayudante del chef de un restaurante *fashion* de Soho. Cuando ella estuvo por allá, le preparaba unos sándwiches y ensaladas deliciosos que empacaba hermosamente. Mucho mejor que la manera en que se empacaba a sí mismo, había pensado Maya.

—¿Era necesario? Si tú también vivirás por aquí, para qué dejarles un malestar clavado.

—Dije que a mamá nada más, y no creo que para ella sea malestar; sólo rareza, quizás, de que no se lo hayas dicho antes tú.

—Tiene razón, ¿por qué te adelantaste?

Maya le descubrió ese fruncir el labio superior que delataba su enojo. No se trataba de eso la conversación.

—Entiende, es que no nos decimos muchas cosas en esta familia. Ya estuvo bueno.

—Tú di tus cosas, hermana.

—Ro, llámala, creo que le hará bien a mamá. Yo ahora no puedo con ella.

—No puedes contigo.

Rodrigo aventó una flecha directa; esos dardos lo asemejaban a Carlos Suárez, los ojos juguetones también, aunque unos y otros parecían no embonar. Seguramente en el museo lo habían contratado por sus cualidades amables y no por su puntería para picar las emociones.

—Tienes razón…; es que no sé si estoy haciendo bien.

—¿Y por eso le tenías que decir lo mío a mamá?

—Deja de pensar en ti. Hacíamos la lista de invitados. ¿No quieres venir con Mike? Me parece injusto para él.

Era increíble que la conversación se hubiese desviado hacia la agresión y que ella hubiera tomado un papel incorrecto, decir a su madre lo que no le correspondía.

—Pero tienes razón, hermano, no me tocaba a mí decirlo. Ya se debe haber acabado tu tiempo de *lunch* —decidió concluir. No quería sumar otro malestar.

—Espera, Maya. Viviremos muy cerquita y seremos *brothers* frecuentes de nuevo.

—No lo sé.

—¿No vienen a Filadelfia?

—No sé si casarme, Ro.

—¿Por?

—¿Qué es esto de vivir juntos, de amarse todos los días y para siempre?

—Ya veo por qué contaste lo mío: porque eso es lo que hacemos Mike y yo, pensando que es para siempre.

Maya se quedó desconcertada. Era increíble poder ver a su hermano en la pantalla del celular y que saliera ese Ro inteligente, que no se dejaba molestar por su hermana y que veía con claridad. Sabía sobrevivir muy bien; lejos, claro. Era ella la mala sorteadora de los conflictos.

—¿Lo quieres?

—Sí.

—Aviéntate, hermana: ve el desastre en nuestra familia. De todos modos, papá ya tiene novia.

—Ni me digas, me confesó que le pegaba a su exmarido.

—¿Qué?

—Estaba borracha. Papá y yo te iremos a visitar un día, los tres solitos allá. Por lo menos eso fue bueno del viaje: lo pactamos.

—¿Y Mike?

—Mientras no lo saques del clóset...

Se rieron juntos. Maya sintió el gozo de la complicidad.

—Imagínate que Julio viene solo y tú te quedas allá con mamá, tus amigas, otros chicos te invitan a salir. Piénsalo un rato, para ver si eso quisieras.

Maya no le iba a decir que ya lo había pensado y que tal vez lo que más le pesaba era no tener escapatoria. No podía estar con nadie mucho tiempo y todos los días. Se asfixiaba fácilmente.

—Me vienes a ver cuando necesites aire, sola. Estamos a unas horas de tren.

Bien que la conocía.

—Ya me voy, *sister*. Ponte guapa para la boda, ve a un *spa* y llévate a mamá; arreglen sus malestares. La dejarás de ver.

Antes de colgar y sentirse sola en la cafetería, en la ciudad, en su circunstancia, le dijo:

—Ro, te extraño.

27

Eugenia se defendió cuando Mireles le dijo que debía tener un guardaespaldas; por lo que había notado, Aurora Cruz estaba dispuesta a todo. ¿Había oído de la agente de Selena, que la asesinó en un estacionamiento? No es que la quisiera aterrorizar, pero parecía muy fuera de sí.

—¿No podríamos darle un susto? —se atrevió Eugenia.

—Las maneras de tu padre no son tan fáciles ahora, y no con alguien desquiciado.

La palabra le latía en la sien como la noticia de una enfermedad indeseable, ¿qué haces si te ronda un desquiciado? Se quedó un rato en la sala después de que el abogado le aceptara una copa en casa y Reyna preparara unas quesadillas.

—Necesitamos algo en contra de tu cuñada.

Una desquiciada y algo en contra; Eugenia le daba vueltas al martirio. Era verdad que su conducta cinco años después de la muerte de Paolo revelaba una obsesión, y un obsesivo estaba dispuesto a mucho. Menos mal que no podía chantajearla con sus cercanos, porque el mundo de Eugenia era muy reducido y su hermano la conocía muy bien, sabía cuidarse de ella. Germán era su única pieza saboteable: habría que prevenirlo, porque ella ya lo había visto. Tendría el viaje a Pátzcuaro para hacerlo, porque antes de que se fuera su abogado esa noche, prometió que aceptaría la vigilancia hasta que regresara del fin de semana:

—Allá tú —le dijo Mireles.

Mientras daba vueltas a lo que quedaba de su whisky, cuando Mireles se fue se dio a la tarea de exprimir lo que sabía de su cuñada. Había sido gerente del departamento de zapatos de El Palacio de Hierro; una mujer puntual, metódica, correcta. Sus amigas eran del trabajo y una, Berta, solía acompañarla a las reuniones. Pero Berta se casó, se distanciaron y los padres de Aurora no vivían ya cuando Eugenia conoció a Paolo; su padre decía que Aurora era un tanto masculina y rara. «¿No te mira de forma extraña, hija?». Qué ocurrencias tenía. Y Paolo no contaba nada de ella, nada más estaba muy pendiente de que en las navidades y las comidas de domingo, cuando solían reunirse con los padres de Eugenia o amigos, estuviera Aurora; «Está muy sola», esgrimía Paolo. Su conversación no era la más interesante pero siempre era solícita para recoger y ayudar, y a veces tocaba la guitarra y cantaba y Paolo la miraba con ternura. Una noche le dijo a Eugenia que de niño su hermana solía llevarlo a acostar, pues su madre tenía migrañas terribles, y le tocaba la guitarra y lo arrullaba, y a veces cuando tenía miedo lo abrazaba en su cama. Paolo le había hecho jurar que si él faltaba, su hermana estaría bien; pero luego Eugenia se las arregló para hacer reuniones con otros amigos donde Aurora no venía al caso y Paolo a veces tampoco aparecía. Cuando se iban a dormir él reprochaba que la excluyera. Un día que llegó a casa después de un disgusto, porque una empleada había estado extrayendo vestidos y ella no lo notó hasta que la empleada no se presentó, y pasaron tres días sin que nadie contestara en su casa hasta que finalmente el inventario del mes reveló el desfalco, un silencio oscuro la recibió. Cuando subió al cuarto encontró a su cuñada abrazada al cuerpo de su marido. «Ha estado con fiebre», le recriminó a Eugenia.

La postura de Aurora envolviendo a Paolo la incomodó. Tenía las mejillas arreboladas, como si la fiebre fuera de ella. «Gracias, hermana», dijo la voz débil de Paolo mientras ella se incorporaba y se acomodaba la falda y el pelo. «No tenía idea», se disculpó Eugenia. «He estado muy ocupada con un robo».

Pero ya la cuñada salía del cuarto y le indicaba qué medicinas había mandado el doctor, con ese tono recriminatorio donde el mundo de Eugenia se disminuía.

En otra ocasión, cuando tuvo que viajar para elegir una nueva colección de vestidos y Paolo no pudo acompañarla por asuntos del trabajo, él no le preguntó si no tenía inconveniente en que su hermana se quedara en casa; a Eugenia le pareció una rara petición pero accedió a preparar el cuarto de visitas y habló con Aurora, aclarando que era una concesión de ella hacia Paolo y que no le estaba pidiendo un favor. Cuando regresó, Eugenia no vio rastro de ella y encontró a Paolo muy cariñoso. Aquella primera noche la quiso desvestir y besar, cuando hacía tiempo que nada ocurría entre los dos. Ese extraño brote de deseo la desconcertó; pensó que había estado bebiendo, o que algún amigo le había invitado una línea. ¿O compraría Viagra? La verdad es que ni siquiera el contacto de su sexo erguido la excitó. No lo había deseado nunca. Fingió cansancio, no le preguntó qué había pasado que estaba desconocido, y se enroscó en su esquina para evitar su cuerpo.

Al día siguiente pidió a la muchacha quitar las sábanas del cuarto de visitas y Reyna le contestó que no era necesario, la señora Aurora no había dormido ahí. Las evidencias habían estado en sus narices, y ella las dejó de lado.

28

Julio la recogió en el café, ella se lo había pedido. Esa era la manera en que sucedían las cosas cuando estaba molesta o dolida, los otros no podían tomar las riendas de su vida, menos imponer su presencia hasta que ella estaba lista de nuevo; era como hacer bucitos en la alberca antes de nadar. Julio le contó del embargo que había tenido que hacer. Por suerte no había ido solo, fue por la zona del Cerro del Judío, gente humilde; eso había sido lo más terrible. La sacó de su melancolía: había otras vidas. Le contó de la comida en Veracruz y de cómo él no se parecía nada a los hombres jóvenes con los que habló. Por eso, cuando le enseñó los papeles de la beca que condicionaban el monto al acta de matrimonio, se atrevió a sonreír. Julio era una buena razón para tomar decisiones, sí, estar a su lado. La conocía suficiente para no interpretar mal su conducta, y los dos reían juntos compartiendo esa mirada cómplice sobre el mundo que los rodeaba. No eran solemnes, no se tomaban tan en serio aunque a veces Maya se trataba a sí misma y a los demás como casos, como ejemplares para estudio, y sus ideas preconcebidas dañaban sus relaciones. Julio a veces padecía mamitis, su madre le parecía un modelo de lo que había que ser; llevaba su casa bien y era una exitosa profesionista. Maya reconocía que le gustaba el modelo aunque a veces le fastidiaba; sobre todo, sentía que estaría a prueba en Filadelfia.

—No sé cocinar —se defendió, como si compitiera con su suegra.

—Yo sí —le dijo Julio y la desarmó.

Mientras pedían una segunda cerveza en la taquería, Julio sacó su iPad y le enseñó algunos de los departamentos amueblados que había estado revisando. Eran sugerencias de la universidad para parejas jóvenes. Maya observó la puerta laqueada para entrar a uno de ellos, la sala con sus ventanas de cuadros blancos, el piso de madera, la cocina conectada con una pequeña mesa de comedor.

—Tiene lavaplatos, lavadora de ropa y secadora.

—¿Que no todos los departamentos gringos tienen?

Maya vio la recámara principal, con un edredón azul cielo y almohadones a rayas y cuadros.

—Podemos comprar sábanas a juego con el edredón.

Sentía que un viento amable la llevaba a donde estaría su vida, olvidada de la de sus padres, de sus abuelos, de sus amigas. Su vida. Y sintió entusiasmo por entrar en ella, como fuera. Quiso abandonar el prejuicio de que seguía a su marido y no sus proyectos personales. ¿Cómo podían sincronizarse los dos? Alguien cedía más que el otro siempre, la fórmula se tenía que balancear tarde o temprano. Ella encontraría su acomodo si no quería morder a Julio por pura desazón de no tener un proyecto suyo. Mañana mismo volvería a recorrer los cursos de extensión de la universidad, mientras comenzaba el diplomado. Podía trabajar como voluntaria también, en comunidades donde se necesitara su español. Por lo pronto sólo esperaba la revisión de su tesis.

—Filadelfia no está tan lejos, hay aviones.

En otra página le mostró los vuelos baratos que podía tomar por si le entraba el achuchón melancólico.

—No me va a entrar.

—Pero querrás venir a las bodas de tus amigas.

—Si se casan sí, claro. Los dos.

Miró a Julio y dijo decidida:

—¿Cuándo hacemos la boda civil?

Los ojos de Julio brillaban como si hubiera logrado algo largamente codiciado. Pero Maya no podía abandonarse por completo a la felicidad, no estaba en su espíritu:

—Y no irás a ver a tu exnovia allá, ¿verdad?

—Nueva York no está a la vuelta, pero ahora que lo dices… cuando tú vayas a ver a Rodrigo puedo aprovechar —la molestó.

—Fue tu novia cinco años.

—De eso ya pasaron tres.

—Me va ganando.

El teléfono de Maya sonó: era su madre. No supo qué hacer. Julio reconoció la foto de Patricia, e hizo un ademán con la cabeza para que le contestara. Pero a Maya no se le podía decir qué hacer, tenía que tomar sola sus propias decisiones. Por eso, cuando acabó de sonar el teléfono llamó a su abuela para avisarle que iría para allá a quedarse de nuevo. La cita para el vestido era al día siguiente, como le confirmó Irina.

—Mañana vemos el vestido mi abuela y yo —le dijo a Julio con mucha seguridad.

La verdad, no quería que nada le robara la alegría recién ganada, que el escepticismo le ganara la partida a las fotos que acababa de ver, al deseo por las sábanas de cuadritos.

—Le voy a pedir a tu mamá que me enseñe a hacer lasaña.

—Y yo a Patricia ese pay de manzana.

Era verdad, le salía bien. Maya sonrió por un momento, recordando cuando le ayudaba a revolver las rebanadas de manzana con la tapioca, el azúcar y la canela. «Esas bolitas se vuelven transparentes con el calor», le decía de niña.

Sintió el gusto por ese tiempo con su madre.

29

Eugenia lo había impreso y dejado en el desayunador. Cuando llegó a la tienda se dio cuenta, pues quería leerlo antes de la cita. Pidió a Reyna que se lo mandara en un taxi, metido en un sobre. Aquella mañana se había esmerado en la ropa, el maquillaje y en el acomodo de la melena que le caía aún vigorosa sobre los hombros; el mechón de canas prematuras que le perfilaba el fleco le daba una luz interesante, el abrillantador que usaba lo intensificaba.

Nohemí le acercó el sobre que acababan de traer y le dejó una copia de las citas del día. Eugenia le indicó que atendiera a los primeros, ella se presentaría con la chica Suárez Inclán. No era necesario que estuviera Nohemí. Así lo dijo mientras hundía la cara en la nueva entrega de Germán, que había avanzado la historia más allá de lo que escucharon en el vestidor. Las primeras líneas lo confirmaban.

El derrumbe
Lapislázuli

Aquella compañera de Efraín en la secundaria era muy distinta a las demás. Aunque llevara la falda tableada azul marino y el suéter color vino sobre la blusa blanca como todas, Victoria se veía más arreglada. El cuello blanco de la blusa se juntaba con el suyo, delicado, largo; en el escote llevaba una cadena de oro con un dije de lapislázuli. Efraín supo el nombre de la piedra porque ella le pidió que lo averiguara cuando se la dio.

—Era de mi madre —le explicó.

Fue una tarde a la salida, cuando se fueron caminando a la paletería y luego se sentaron en el parque arbolado.

—Todo esto era de mi abuelo —le dijo a Efraín; parecían mentiras, pues si Victoria era rica, por qué iba a la secundaria pública, por qué no pasaba un chofer por ella. Él la había visto subirse al camión, sus zapatos negros impecablemente lustrados lo último en desaparecer—. Averíguame qué piedra es —le pidió.

—No sé de piedras —se defendió él.

—Pero te gustan los libros —insistió ella poniéndolo a prueba. Él la observó llevarse las manos hacia la nuca y tantear el broche de la cadena—. No puedo —pidió su ayuda y Efraín le hizo a un lado el pelo largo que ella recogía en una cola de caballo; encontró el broche mientras percibía el aroma floral de la muchacha. Rozó su cuello inclinado al frente para desatar la cadena. Ella la dejó caer sobre sus manos como una cascada metálica.

—Me gusta el azul oscuro de la piedra —observó Efraín mirando de cerca el dije oval. Victoria se recargó en el respaldo de la banca y suspiró.

—Había vacas, eso dice mi padre. Que esto era puro pastizal con animales y luego la casa grande.

A Victoria le gustaba hablar soñando, pensó Efraín, porque lo hacía a veces en clase. Cuando preguntaba asuntos de Geografía o de Ciencias Naturales, siempre especulaba y ponía a los maestros en aprietos. Si los navegantes no conocían el cielo del hemisferio sur, ¿cómo se podían orientar en la noche? ¿Se les podía dar a las plantas carnívoras un pedazo de bistec? Una vez el profesor de Literatura descubrió, por la respuesta que dio, que no había leído *Marianela*. Ella bajó la mirada avergonzada y dijo una palabra en otro idioma que ni la maestra ni Efraín entendieron. Victoria intrigaba a los demás, alejaba a las niñas y fascinaba a Efraín.

—¿Qué fue eso que dijiste? —le preguntó en el recreo mientras hacían cola para comprar el almuerzo.

—*Touché*. Es francés. Mi padre responde así cada vez que mi hermana le insiste: «¿Acaso no me tienes confianza para dejarme ir a tal lugar? Tú me criaste». Cuando dice *touché* es que ha perdido, como los esgrimistas cuando los toca la punta de la espada.

A Efraín le gustó esa imagen, la punta de la espada sobre la carne, punzándola apenas como una advertencia del daño posterior. Ella estiró la mano y hundió el índice en sus costillas.

—*Touché* —se rindió Efraín.

Para averiguar el origen de la piedra no bastó la enciclopedia de la biblioteca escolar; tuvo que ir al Museo de Geología en Santa María la Ribera.

—Quiero saber cómo se llama una piedra, qué características tiene —le preguntó al profesor de Literatura, en quien confiaba.

El maestro le contó que el museo era una casa antigua y esplendorosa a la orilla del parque: «Fíjate en el quiosco», insistió. «Es como de *Las mil y una noches*». El maestro se las arreglaba para que su conversación siempre aterrizara en los libros que debían leer. Estaba en el tercer año de secundaria y Efraín se sentía como los navegantes que tanto fascinaban a Victoria: conociendo la ciudad, descubriendo a una mujer que le decía mentiras y probaba su destreza para los enigmas. La palabra *enigma* sería un descubrimiento posterior cuando Victoria, después de que volviera del museo con la palabra *lapislázuli* entre los dientes y sus virtudes y origen anotadas en un papel, lo invitara a comer a su casa el viernes de la semana siguiente al salir de la escuela.

Efraín pronunció la palabra y el sonido, que podría ser nombre de ave o de flor, lo desperezó. Cuando abrió los ojos confirmó su ridículo confinamiento en aquella lápida de libros y vio el rostro de Alicia sobre un extremo de la almohada. Ella también despertó con el sonido de la palabra y lo miró perpleja, los ojos cafés un tanto hundidos en el rostro, el pelo vigoroso y alborotado. Tenía los ojos cansados.

—Ya vendrán a ayudarnos —dijo.

Descubrió que la llamaban «oro azul», y pintores como Da Vinci y Vermeer la apreciaban por ser un pigmento de azul duradero; era una piedra de Afganistán y de Chile, y el mineral llamado lazurita era el que le daba el color. Los egipcios lo asociaban a los buenos augurios y lo usaban en sus ornamentos. Cuando se lo dijo a Victoria ella le dio un beso en la mejilla, ahí en pleno recreo escolar. Lo que no se atrevió a hacer Efraín fue a abrochar de nuevo el collar aspirando el aroma de su nuca. Imaginó que aún conservaba la frescura del baño matinal y sólo cerró los ojos para ver el agua que le caía por el pelo, el rostro, los hombros, mientras colocaba la cadena en su palma.

—Si los pintores usaban el oro azul, tendrás que pintarme con ella —dijo rechazando la entrega.

—¿Cómo? —preguntó intrigado.

—Encontrarás la manera.

Efraín tuvo la certeza de que esa era la segunda prueba que tenía que pasar pero no podía darle mucho vuelo en su imaginación, la cena del viernes en casa de Victoria lo tenía nervioso. Su madre planchó muy bien el pantalón negro que había usado para la primera comunión de su prima; insistía en que se pusiera el saco, pero él intuía que Victoria no esperaba esa formalidad. No imaginaba ni su casa ni a su familia. De ello no habían hablado. En cambio, él estuvo al descubierto desde el principio: que su madre vendía tamales a la entrada de la secundaria vespertina no era secreto alguno. Victoria había preguntado en qué trabajaba su padre. «No sé». «¿Cómo es posible?», se intrigó. «No sé ni cómo se llama», respondió él, tajante.

El padre de Victoria era comerciante y músico, Efraín lo supo en cuanto cruzó el portón de la vieja casa pues se tropezó con un piano pequeño y Victoria le explicó que era un clavicordio. En el pasillo ancho por el que ella lo conducía, entre estanterías con libros y sillas forradas de tela adosadas a las paredes, junto a una cómoda con un frutero empolvado descubrió un arpa: lo dorado del instrumento la hacía resaltar en la penumbra hipnótica.

—¿Quién la toca? —preguntó Efraín, deslumbrado por aquel instrumento tan altivo.

—A mí me hace pensar en un barco antiguo, ya sabes, esos que tienen mascarones en la proa.

Efraín se sintió entrar en una nata espesa; buscaría el significado de *mascarones* más tarde. La Victoria de las preguntas escolares, la de los desafíos extraños, lo envolvía con palabras que él desconocía.

—Los mascarones son esas mujeres labradas en madera que se ponían al frente del casco, como amuletos para un viaje sin contratiempos. —Lo sacó del apuro—. Ya sabes, tormentas, piratas, dragones, sirenas, remolinos, lo desconocido. Pero yo no toco el arpa. Mi padre colecciona instrumentos; algunos los toca. Mi familia paterna es de músicos, la de mi madre, de ganaderos. Tenían la hacienda donde está la secundaria.

Era verdad lo que había contado Victoria, esa casa con portón de madera labrada, con unos macetones adornados de vides donde crecían unos helechos descuidados flanqueando el pórtico, delataba un esplendor perdido. El polvo que Efraín reconoció en el frutero, en la cómoda de madera oscura, en el chelo por cuyo borde pasó los dedos, habitaba en esa casa a sus anchas. Sólo cuando entró a un pequeño salón encontró un arreglo más esmerado. La mesa de mármol con patas doradas que simulaban garras de león, los sillones de una tela floreada con brazos de madera también trabajada; parecía un sitio que se usaba y que —lo descubriría en cuanto entró una mujer con uniforme azul marino y delantal blanco— mantenía limpio la criada. Aceptó la limonada que le sirvieron y esperó tenso y callado a que aparecieran Aída, la hermana menor de Victoria, y su padre.

30

Cuando la abuela le avisó que había que salir en media hora, Maya se sintió mal por no compartir la selección del vestido con su madre. Por la noche había preguntado a su abuela si sabía algo de ella; «Vino a comer el domingo», le respondió. Maya se sintió tranquila, desde luego estaba al tanto de que había ido a ver a su padre y estaba haciendo un paréntesis respetuoso con aquel silencio exigido, o su abuela había servido de tranquilizante: «Déjala, es un momento extraño. Se casará y se irá del país». Su madre habrá dicho: «Y yo me quedaré sin Maya».

Por eso se sentía ingrata con aquel silencio, aunque sabía que su madre era una sobreviviente. Tenía sus maneras alegres de levantarse del piso y sacudirse la hierba, tal vez hasta mantenía a varios Pánfilos discretos en el horizonte. Cuando supo que Rodrigo vivía con un chico que era su pareja, Patricia comió más despacio; se lo tenía que decir ella, Rodrigo no lo iba a hacer hasta que fuera absolutamente necesario.

—¿Y vendrán a la boda? —preguntó después de varios tenedorazos a la pasta y uno que otro trago de vino.

La boda había venido a catalizar todo. En el coche, rumbo a la tienda de vestidos, sondeó a su abuela:

—¿A mamá le habría gustado venir?

Irina se acomodó el pelo y tanteó las palabras:

—Luego la puedes traer. Para la prueba, o para que decidas.

Por otro lado, no habría soportado la lenta aproximación de su madre como animal que acorralaba a su presa, para acabar diciendo: «¿Y tu padre cómo está?», que en el fondo quería decir: «¿Sigue con la novia?». Tal vez la última pregunta fundamental para el día de la boda se la callara, por lo menos un rato.

El chofer de los abuelos dijo que esperaba la llamada de Irina para recogerlas. La abuela caminaba todavía muy erguida a pesar del bastón con que se ayudaba; había decidido aceptarlo porque le permitía conservar ese porte altivo que le iba bien y que la distinguía con sus canas plateadas y cejas oscuras. Maya siempre se sentía bien a su lado, y en asuntos de moda, como aquel día, mucho más.

Se anunciaron en la puerta de Tu Día y el vigilante les dio acceso. Subieron por aquella rampa inclinada que iba cambiando la luz de la calle por una de escenario: como era la segunda vez que entraban, el cortejo no se puso en acción. Al final de la rampa, en el fondo nacarado, las esperaba Nohemí para saludarlas y conducirlas al salón donde les presentarían los vestidos. La ocasión anterior su tía y su madre habían hecho tal alboroto que Maya no disfrutó lo bien dispuesto del ambiente entre objetos de cristal, tapices muy claros, flores blancas para recibirlas y disponerlas a hacer una buena elección. Les ofrecieron champán o té, y las dos prefirieron lo segundo. Recordaban los desaguisados de la cita anterior.

—La dueña estará con ustedes, tiene especial interés en atenderlas —agregó Nohemí de su cosecha, y cuando les servía el té apareció una mujer de cincuenta y tantos años, melena oscura y planchada sobre los hombros, impecable con aquella mascada de seda en tonos mandarina sobre el vestido beige.

—Qué bella mascada —la saludó Irina.

—Gracias, señora; regalo de mi difunto esposo, pero no estamos para duelos. ¿Maya? Eres la futura novia. ¿La señora...?

—Inclán —agregó Irina.

—Me refiero a tu apellido de casada. Se ve que traes a una consejera de muy buen gusto —dijo la dueña.

—Seré Corona. —Era la primera vez que Maya se pensaba con aquel apellido.

Luego, en cuatro soportes metálicos, la mujer hizo que Nohemí acercara los vestidos que ella nombró: el Bavaria, el Sissi, el Isadora y el Chulón.

Maya gozaba la vista, acompañada de una explicación:

—Corte imperio, manga larga, cuello en ojal, satén muy sencillo, el drapeado apenas haciéndolo flotar en la cadera; es el que escogiste la vez anterior. Este otro, absolutamente favorecedor para los talles esbeltos como el tuyo: ceñido arriba y con el vuelo a partir de la cadera. El Chulón, muy madrileño, pegado hasta medio muslo, de donde salen los holanes con rosetones de seda de todos los tamaños. O el Isadora, con atados en los hombros, que favorecen a las delgadas y disimulan a las más gruesas, de una pasmosa elegancia.

Hizo que Maya se pusiera en pie y diera un giro para contemplar su porte.

—Algo tienes de tu abuela. —Miró a Irina con más desparpajo.

Irina dijo, sonriente:

—Mis ojos, pero es sobre todo como su abuelo.

Maya percibió un gesto tenso en el rostro de Eugenia, que se recompuso de inmediato.

—Debe ser un hombre guapo.

Aceptó probarse el Bavaria y el Chulón. El Isadora no era su idea, demasiado túnica griega; para algo había bajado de peso y hecho media hora diaria en la escaladora. El Sissi era muy de reina y nada más faltaba que llevara ese con el apellido Corona.

A la abuela le gustó el Bavaria porque parecía más de corte real con aquel remate de perlas en las mangas y el cuello, pero Maya amó el madrileño y la dueña también, aunque dijo que las dejaba un momento para que los miraran y hablaran. Había que pensar en todo: ¿la boda era en jardín? ¿Qué hacer con la cola de rosas? El vestido tenía ese pequeño broche para atorarla. ¿El pelo? Tenía que ir recogido, sobre todo con el madrileño, aunque siempre debía estar recogido. Sólo en los sesenta las novias se lo habían soltado.

Cuando la dueña volvió con aquellos labios recién retocados, con ese control que convencía de su pericia en la materia, y les preguntó cuál era su elección, confesaron que estaban indecisas. Que había un empate en sus gustos.

—¿Es temática la boda?

Maya se emocionó; había escuchado que una tal Grisell Neumann organizaba bodas especiales, ¿sería eso?

—¿Temática?

—Sí, digamos que al madrileño le viene bien un menú a la española, muy minimalizado, y manteles deshilados y vajilla tipo cuadro de Sorolla. Al Bavaria, algo más campestre, mucha flor de colores morado y amarillo en las mesas, algo muy fresco, manteles a lo provenzal y el menú igual. O puede ser una boda *vintage*.

Y Maya preguntó qué abarcaba lo *vintage*.

—Como la ropa que tu abuela podría tener en su clóset. Sin ofenderla, señora Inclán —se dio cuenta Eugenia.

—A mí me fascinan los cincuenta.

—¿A la cintura, con vuelo y un poco debajo de la rodilla? A mí me gustaría ese, abuela.

—Demasiado tarde.

—Yo si tengo uno guardado —las sorprendió la dueña.

—¿De los cincuenta?

—Más reciente, pero que pretendió tener un aire de los veinte.

—¿Y lo podemos ver? —preguntó Maya intrigada.

—Es una pieza cuya dueña nunca vino por él; lo tengo bajo resguardo en una cámara especial para que no se maltrate.

—Será carísimo —ahuyentó Irina la idea.

—En realidad, alguien debe usarlo, y ya no tengo ganas de ocuparme de su cuidado. Estaba a punto de venderlo a alguna coleccionista. No deben preocuparse por el precio.

Irina y Maya cruzaron miradas.

—¿Lo podemos ver pronto? No falta mucho para la boda. —Se emocionó Maya.

—Maya, yo pienso que …

—Abuela, que venga mamá. Lo decidimos las tres.

—Tres es buen número para algunas cosas. —Se rio irónica Eugenia—. Los vestidos de novia son deseos. Más vale tomarse su tiempo.

Llamó a la asistente por el interfón, y cuando llegó con la agenda buscó:

—Desgraciadamente tiene que ser la semana siguiente.

—Se acorta el tiempo.

—Nuestros ajustes son muy rápidos.

—¿Y el sábado? Mi mamá trabaja entre semana.

—Este no.

—Señora, yo… —interrumpió Nohemí.

—La tarde del lunes siguiente, en una semana. En la tarde noche, para que venga tu mami. —Fue tajante Eugenia.

Lo acordaron y antes de salir Irina le pidió a Maya volver a mirar los vestidos para que estuvieran dando vueltas en su cabeza.

—¿Cuál le gustará a Julio?

—Es lo de menos —irrumpió a lo lejos la voz de Eugenia.

La miraron extrañadas.

—Disculpen, estoy pensando en otra cosa. Pero tengo una regla, me apego a la costumbre: los novios no entran aquí.

—¿Ni para pagar?

—Sólo para pagar. —Sonrió la dueña.

31

La carretera le había parecido a Eugenia un extraño ingrediente para la aventura de estar con Germán. Es decir, tenía que estar a su lado, apenas rozándole el muslo, o quizás intentando besarle el cuello, pero en realidad estrenaba una postura: la de la mujer que va al lado de su hombre mientras maneja. Porque Germán dijo que irían en su coche, no importaba que no fuera un Volvo ni que fuera más viejo; él lo conocía. Eugenia resistió preguntar cómo es que se había podido zafar de la novia el fin de semana, por lo menos durante el trayecto. Germán puso a Tom Waits a todo volumen y Eugenia preguntó quién era, atraída por esa voz tosca que raspaba el pecho por dentro. Un coche obliga a escuchar música juntos, asunto que nunca había ocurrido entre ellos, tan confinados a la hora de la comida en el vestidor de la tienda. Tan de piel y tacto y sabores eran, que la tenía asombrada descubrir que el otro poseía una vida que se desparramaba más allá de las páginas donde Germán hacía personajes, y del negocio de vestidos de novia donde ella cumplía la función de amante. Se sintió joven de pronto, como cuando la llevaron a Nueva York a escuchar a Karen Akers cantar en el Algonquin; ella, tan fuera de lugar entre mujeres muy ataviadas y hombres de saco y corbata. No es que no supiera de arreglos, pero lo suyo era escuchar a Rod Stewart y no esa música de lamento suave, esa música con la que el hombre que la había llevado le acariciaba la mano, le compartía su mundo más allá de las citas ocasionales en el Hotel Presidente. Qué joven y segura se había sentido entonces, qué asombrada en el Maxwell's Plum y en el Guggenheim, frente a las hamburguesas del P. J. Clarke's y viendo *A Chorus Line*, con ganas de salir bailando por las calles y tomar una copa en el Plaza, ostras en Grand Central y un *brunch* en el Waldorf; una Nueva York de caja de cristal, tan privada como lo había sido ella en ese tiempo.

—¿En qué piensas? —Le rozó la mano Germán.

—En que hace mucho que no viajo al lado de alguien en carretera —confesó a medias.

—A veces me gusta irme solo, así resuelvo lo que estoy escribiendo.

Los dos miraron la extensión acuosa de Cuitzeo a la derecha.

—Ya no es tan seguro.

—Nunca es seguro que resuelvas la trama.

—Me refiero a eso. —Señaló Eugenia un convoy de soldados.

—Lo bueno es que ahora resuelvo la novela entre satenes blancos. —Rozó la cintura de Eugenia.

Curioso que aquel gesto no la excitara, era como si lo familiar de compartir el trayecto quitara el vértigo de las pieles y la llevara a territorios resbalosos.

—¿Viajabas mucho con tu marido?

Eugenia no quería contar de cuando iban al rancho de sus padres en Tepozotlán; tal vez porque las carreteras eran muy silenciosas solía dormirse, y al llegar, pasear, comer, conversar y luego dormir una siesta hacían de aquel un descanso demasiado obligado. Tal vez porque ahí, en el escritorio de la biblioteca, escribió cartas de ira que nunca mandó. La sensación de que podía haber sido feliz la embargaba en esa quietud campestre e invocarla era condenar este viaje, el que hacía con Germán, que no tenía miras de volverse otra cosa. Y eso —se sorprendió Eugenia al pensarlo— estaba bien.

Cuando llegaron a Pátzcuaro no hubo necesidad de preguntar cómo era que Germán tenía ese tiempo para ella. Lo supo de manera incómoda cuando en la recepción del hotel *boutique*, frente a aquella cómoda de sacristía decorada con tres esferas de cristal soplado, el amigo de Germán les dio la bienvenida.

—Paqui se fue con sus tías, el viaje acostumbrado a visitar las cenizas del abuelo.

—Y tú no pierdes el tiempo —dijo el amigo saludando a Eugenia, que ya extendía la mano—: Juan Cardenio, encantado.

—Mira Ollovich —contestó ella, haciendo patente la falsedad del nombre. Si iba a ser la amante de Germán abiertamente, lo haría disfrazada de otra.

—¿Alguna relación con la modelo? —dijo con ironía el dueño del hotel.

—¿Cuál modelo? —desplegó Eugenia con toda malicia.

Los acompañó a la *suite* Zitzipandacuri y les explicó que la cena estaba dispuesta a las nueve en el comedor.

—El menú que escogiste, Germán; es un exquisito, Mira.

—En toda la extensión —aceptó ella el juego de los placeres.

A solas, Germán ya se preparaba para explicarle aquel comentario de mal gusto cuando Mira atajó sus labios y lo llevó al espejo de latón labrado. De espaldas a él, y después de ver el reloj, comenzó a desvestirse como si estuviera sola. La cabeza de Germán asomaba sobre su hombro derecho.

—Las polacas somos tímidas —dijo y se desabotonó la blusa.

Germán comprendió y zafó el brasier para que los pechos de Mira, de un moreno tierno, se reflejaran en la luna del espejo; como a través de una barrera de cristal los palpó con suavidad y se concentró en los pezones.

—Somos muy tímidas —siguió Mira mientras Germán veía su mano bajar hasta el pantalón, que se abría y engullía su mano-serpiente en busca del nido de la más tímida, de la que no se dejaba ver de frente.

Juan Cardenio parecía gozar en descubrir sus deleites clandestinos, pues en cuanto escanció el vino agregó:

—Acompaña los rostros arrebolados.

Al notar su intromisión dijo «salud» y se alejó. Los vería mañana.

—Un poco pesado —agregó Mira.

—Su mujer lo dejó: se fue con el chofer, y tú sabes lo que eso significa. Delata las deficiencias del marido.

—¿Y a ti no te va a pasar lo mismo con tu noviecita?

Germán no respondió de golpe. Eugenia lo había estado evitando, pero la verdad no entendía que un hombre que tenía una pareja a la que quería, como él afirmaba, necesitara una compañera de sensualidades. Probaron la tártara de atún y la sopa tarasca con un poco de hinojo, y luego el blanco de Pátzcuaro, que se había salvado de las turbulencias ecológicas; mientras se miraban, con rostros de polaca tímida y escritor audaz, Germán fue construyendo una respuesta inesperada:

—Con ella me importa la ternura.

Eugenia dejó que la tenue mayonesa con azafrán que acompañaba el pescado resbalara por su lengua.

—La ternura… ¿qué es la ternura?

—Las polacas pueden ser muy tiernas. —Jugó Germán, acorralado.

—También sientes ternura por un perro, por tu abuelita, con tus padres…

Ya traían la botella de cava en el enfriador. Y Mira había perdido el jugueteo, estaba alterada como si le hubieran puesto enfrente una palabra que no lograba acomodar. ¿Ternura?

Cuando el mesero sirvió las copas, antes de levantar la suya Germán explicó:

—El fuego me quema. Me da miedo que se extinga pronto.

—Pues lo has atizado.

—Está bien para las novelas, pero no para la vida.

—Yo no soy una novela.

—Eres una mejor versión que la vida. —Germán alzó su copa e invitó a Eugenia a hacerlo también.

—Ya me estás condenando a las cenizas.

—Por el ardor. —Brindó Germán.

Eugenia titubeó, luego se resignó:

—Por Mira y tu novela.

Viajar en carretera había alterado sus coordenadas amorosas.

32

Maya no debió haber subido al estudio del abuelo. Pero la abuela Irina daba órdenes en la cocina y ella empezaba a sentirse como jarrón sin flores, así que decidió acompañarlo con el aperitivo en la parte alta de la casa, donde estaban los libros de arte y su gran mesa en la que aún lucían las maquetas de los edificios que había diseñado. Le gustaba el vermut rojo que su abuelo servía sobre hielos con una lajita de cáscara de naranja. Además, estaba emocionada con la idea de un vestido especial para la boda: si le había costado trabajo decidirse por el casorio, lo que estuviera fuera de la ceremonia común la complacía. A Julio le había prometido que buscaría a su madre. En realidad estaba más tranquila; no que el viaje a Veracruz le hubiera dado una solución, simplemente había aceptado que no tenía mucho que controlar, y que no lo quería hacer. No podía desperdiciar el tiempo enojada y huyendo. Había que hacer listas de invitados, divertirse con las amigas.

Ver a su madre era una decisión que no requería la intervención del abuelo Joaquín. Seguramente un segundo vermut se sumó a los efectos del anterior porque muy pronto, después de preguntar sobre su padre y la vida en Veracruz, desenvainó:

—Estás siendo muy severa con tu madre.

Maya estaba a punto de explicar que la veía esa tarde, porque además la extrañaba, cuando le espetó:

—Todos hemos tenido nuestros errores, nuestros deslices.

¿De qué hablaba su abuelo?

—No le eches en cara haber dejado a tu padre.

—Pero si yo no hago eso —se defendía Maya, pero el abuelo ya no la oía.

—Yo estuve a punto de hacer lo mismo.

¿En qué momento dejó de escuchar la explicación? Era como si el abuelo se estuviera sacando el esqueleto de un pescado atorado entre la garganta y el corazón.

—Tus tíos y tu madre tendrían veintitantos años.

Maya intentaba cerrar los oídos.

—Me enamoré, Maya, cuando no se supone que suceda.

Cuando Maya entró a su casa, fue directo a buscar a su madre. No estaba en la sala ni en la cocina. Intentó en la recámara, donde la encontró tumbada con un libro. Apenas notó su sonrisa de alivio, pues no podía detener el balde de reclamos:

—¿Por qué nunca me contaste que el abuelo se había ido de casa, y que estuvo a punto de dejar a la abuela Irina para siempre? ¿Que la traicionó y la lastimó?

Su madre la observaba con el libro incrustado en el pecho.

—¿Por qué no me contaste la verdad?

Dejó que se desplomara en la cama y sin decir palabra acarició su cabeza. Maya lloraba como si un muro se hubiera resquebrajado, como si fuera la abuela Irina misma recibiendo la cruel noticia del enamoramiento de su marido. Patricia siguió acariciándola hasta que los estertores de Maya se espaciaron. Luego la jaló hacia ella, como si fuera una niña chiquita, y la abrazó.

—Yo tampoco sabía que el amor era imperfecto. Que se podía rasgar de pronto la casa de muros robustos.

Sin más, Maya se dejó apretar por su madre; por su madre perpleja ante esa condición lodosa del amor. Dejó que le cantara una vieja canción de cuna que hacía mucho no escuchaba, y que sabía que extrañaría ahora que se fuera.

Seguramente aquello tenía que ver con la boda que no fue, pero no quería saber más. Si su abuelo decidía enfermarse en la ceremonia, Maya no lo lamentaría; no tenía ganas de verlo ni de agradecerle que pagara la fiesta.

33

Eugenia llamó a Mireles.

—Mándame a los guardaespaldas.

No veía a Germán, y no le importaba. Mientras las montañas se desvanecían en azul morado rumbo a la Ciudad de México, una protectora claridad se le instaló. Debió haber sido amanecer al lado de un hombre dos mañanas seguidas, el sexo despreocupado al despertar juntos, las ganas de café, el pelo revuelto, los humores del cuerpo acompañado. Se había embarcado en relaciones pasajeras que prometían el desfogue de la carne, la saciedad de los sentidos, pero no compartir el tiempo. No había vuelto a conversar demasiado con nadie después de Grigio. Paolo mismo había sido una decisión encaminada a que la relación trunca, el gran amor, siguiera brillando: nadie lo podía apagar porque ella no había permitido que así fuera. Tal vez fue la manera en que Germán le mordió la nariz cariñosamente, la forma en que le lavó el pelo bajo la regadera, el café con que la esperó en la recámara cuando salió envuelta en la toalla, lo que demostró la gracia de la convivencia, lo acuerpada que podía ser la estabilidad que ella había alejado a brazo partido. Si aceptó casarse con Paolo fue porque sus maneras educadas y hasta timoratas convenían a la defensa de sus espacios privados, porque la energía sexual de Paolo era una caricatura de la de su amor huido. Ningún hombre con el que se había encamado tenía posibilidades de quitar brillo al pasado, ninguno tenía visos de permanencia, y cuando su matrimonio empezó a ser una condena, la desesperación ganó. Sus minutos se ahogaban, no tenía redención.

Y estaba harta.

Los guardaespaldas eran dos hombres de traje, pulcros, de pelo muy corto. Cuando salía de casa la esperaban en un coche que la seguía a la tienda, si se detenía en el salón de belleza esperaban, si cargaba gasolina, también. Cuando salía a comer, pues ahora no deseaba encerrarse en el vestidor, ellos venían detrás.

Germán intentaba quebrar el cerco con palabras.

—¿De verdad crees que es necesario? No nos podremos ver.

—Las locas me dan miedo —le explicó ella por teléfono. El cuerpo entero de Germán, que había sido tan ligero a su lado en la *suite* Zitzipandacuri, ahora era un fardo inaguantable.

Había querido hablarle del vestido de boda que le llevaría a una clienta, pero tendría que explicar demasiado y en manos de un escritor era material comprometedor. Podría preguntarle cuál era el final de esa historia, la del vestido. Le quedaba una duda: ¿cómo iba a acabar Alicia? ¿Y ella? Un escritor podía ser un oráculo, pero no era lo que quería. El futuro hacía tiempo le había dejado de interesar.

El día de la cita con las Inclán —no podía recordar el primer apellido de la chica— pidió a los guardaespaldas que elevaran el capelo del vestido y que así, como si fuera una persona, lo transportaran hasta su auto; puso sábanas para que no se ensuciara. Temía que la luz del sol y el polvo de la calle lo desintegraran. Era la primera vez que el sueño salía de casa, que la promesa encontraba un lugar donde punzar, ya no en la conciencia de su infelicidad sino en la de los otros. El vestido salió por la puerta principal mientras Eugenia ignoraba las miradas cruzadas entre los dos hombres.

—No puede pasarle nada.

En realidad todo estaba por pasarle, porque nunca había sido tocado más que por sus propias manos mientras lo deslizaban sobre su cuerpo el día que estuvo listo. No permitió que la modista lo acomodara, llamó a la nana para que subiera el cierre y se contempló en el espejo, soñando las manos que se lo quitarían y le darían certeza. Todavía podía oír las palabras: «Nos iremos a Barcelona, empezaremos. Eres tan joven: te cuidaré. Quiero soñar bajo el misterio de tus ojos oscuros. Quiero ahogarme en tu sexo salvaje».

—Métanlo así, con todo y el maniquí. Que no se arrugue. —Se asomó por la cajuela para extenderlo, como a una novia en la cama. El corazón le latía impetuoso con sus intentos por acicalar una prenda muerta.

—¿Se va a casar ya, señorita Eugenia? —preguntó asombrada la nana, porque nadie en casa había visto al novio.

—Mejor vámonos —decía Eugenia—. Nada más llévame lejos. Vete lejos de los tuyos.

En casa había hablado del arquitecto y de los proyectos en que lo asistía, y su padre empezó a desconfiar de tanta mención. Un día le dijo que se cuidara en esos viajes, que el arquitecto tenía su prestigio y era un hombre casado. Eugenia se defendió: él qué sabía de los hombres de ese tipo. «Yo soy un hombre casado y con prestigio», le respondió.

Si su padre tenía amantes, jamás sintió que su casa estuviera amenazada, que algo se fuera a resquebrajar. La semana fue larga y fría. Su padre había resultado más sabio de lo que suponía y el vestido volvió a casa, sólo la nana y ella protegiéndolo en una funda.

Eugenia pisó el acelerador y el coche relinchó como caballo alebrestado; de cuando en cuando intentaba ver el vestido por el espejo retrovisor, como si le fuera a descubrir una maldad. Como si se pudiera fugar con el hombre de sus sueños. Al llegar a la tienda repitieron la operación, las advertencias, los cuidados: «Por aquí, no le ponga las manos encima, ya lo arrugó, tome al maniquí del fuste», y los hombres cruzando miradas de nuevo porque el escote drapeado se había hecho a un lado descubriendo un seno de fieltro, un seno sin pezón que los dos advirtieron incómodos, con ganas de hacer bromas si estuvieran en otras circunstancias y no llevando un vestido viejo para la tienda de esa señora a la que cuidaban de otra señora. Eugenia notó que la veían con sorna cuando por fin les pidió colocarlo en aquella tarima alfombrada.

—Muchas gracias.

Los hombres esperaron mientras ella se desvencijaba en el sillón frente a la prenda.

—¿Qué esperan? Las locas tienen sus maneras. Fuera.

Había decidido que la mudanza del vestido tenía que ser unas horas antes de que la familia fuera a verlo. Necesitaba reponerse y hacerlo lucir para que ninguna de las tres, abuela, madre e hija, pudieran decir que no. Lo contempló hasta que la figura que lo sostenía tuvo rostro y brazos firmes y una sonrisa despreocupada que se fue entumiendo al paso de las horas.

Nohemí notó su presencia cuando se disponía a apagar las luces de la tienda.

—No sabía que estaba aquí.

Entonces miró la causa de la contemplación de su patrona. Reconoció la prenda que verían las clientas que había citado con tanto ahínco y recordó:

—Por cierto, la señorita Maya no puede venir mañana. Sucedió algo inesperado.

34

Se había quedado dormida en el sillón de su oficina. Cuando abrió los ojos desconoció el lugar, pero aquel Rothko en la pared la fue ubicando. Miró hacia los lados, alarmada de que hubiera pasado mucho tiempo y estuvieran a su lado los guardaespaldas y Nohemí, y que alguna futura novia la esperara. Pero era mayor la sensación de haberse ido muy lejos que el tiempo transcurrido, como lo confirmó en su reloj de mano; no terminaba aún la hora de la comida, así que la tienda todavía estaba cerrada. Alzar el brazo le había costado trabajo. Le dolía el cuerpo como si hubiera ido al gimnasio a hacer aparatos, y últimamente lo había descuidado. Estaba agotada y se había olvidado de comer, también de que era jueves, hasta que se sentó y descubrió un legajo de papeles con una nota: «Es jueves y tengo hambre». No estaba firmada. Seguramente Germán se lo había entregado a alguien para que lo colocaran ahí. Un toquido en la puerta la alertó, y un empujón reveló a Germán de cuerpo entero con una charola.

—Le dije al guardia que venía a pagar un vestido, ¿o no es la costumbre aquí que lo hagan los novios?

Eugenia lo miró, vulnerada.

—¿Y los idiotas de los guardaespaldas?

—Miraban a dos mujeres que pasaban.

Eugenia estaba desconcertada, le parecía amenazante que fuera tan fácil meterse a la tienda porque Aurora lo podría hacer en cualquier momento, aunque le agradaba el atrevimiento de Germán.

—Te he echado de menos.

Eugenia miró los papeles en la mesita.

—¿Como lectora?

—No das tiempo para otra cosa.

Eugenia miró el reloj y lo ignoró.

—¿O podemos… un *quickie*?

—Te interrogarán cuando salgas, serás sospechoso; pensarán que entraste por el techo del negocio de al lado o algo así.

—Saldré con una bolsa de Tu Día. Puedes poner tus calzones, así verán que no salgo con las manos vacías.

Germán siguió a Eugenia, que caminaba hacia los vestidores. A ella no le convenía que supieran de su vida privada, menos que le contaran a Mireles de sus *affaires* y el lugar donde los tenía. El vestido sobre el maniquí sorprendió a Germán: seguía iluminado como si alguien lo estuviese contemplando.

—¿Y ese? —preguntó Germán.

—No te lo puedes llevar.

La miró, como si descubriera algo:

—Te verías bien con él.

Eugenia apagó la luz y le entregó una bolsa con un vestido de dama color mamey.

—Los de novia no se los llevan los novios.

—¿Y tus calzones? —Eugenia ni siquiera rio—. Te lo tendré que devolver, pues no le quedará a la madrina de ramo y el color no le gustará para nada —dijo divertido.

Eugenia no se opuso.

—He trabajado mucho pero necesito saber más, escuchar otra vez a Celia.

—Ahora no puedo pensar en eso.

Lo acompañó a la puerta, para que los guardaespaldas estuvieran tranquilos; miraron sorprendidos al hombre que Eugenia despedía, y cuando ella inclinó la cabeza como un saludo hicieron lo mismo.

El sándwich era de salmón, Germán sabía que le gustaba mucho con pepinillos y eneldo. Le dio una mordida y se acomodó. No tenía fuerzas más que para leer. Citas pospuestas: ella era quien les debía cancelar todo, ¿qué se creían las Inclán? Cerró la oficina por dentro y se perdió en los papeles.

El derrumbe
El beso

Alicia colocó la almohada que habían dejado sobre los libros junto a la cabeza de Efraín, pero no daba la altura suficiente para que él se recargara. Tenía que buscar algo para que el hombre estuviera un poco más cómodo. Su marido dijo que no entendía por qué no habían llegado a auxiliarlos, aunque ninguno recordaba que alguien hubiera llamado a los bomberos. Manuel estaba exhausto y jadeaba, Efraín dormitaba y aceptaba los tragos de refresco del vaso que Alicia le acercaba. Atendía la conversación pues miraba a cada uno cuando hablaba, menos a Andrés porque lo tenía de espaldas, pero no se veía que tuviera fuerzas para participar. Alicia notó su inquietud:

—Vente aquí frente a él, papá, pues no te puede mirar.

Andrés le explicó vociferando, como si Efraín estuviera sordo y no sólo aturdido, que al día siguiente iría por ayuda para retirar escombro y sacarlo si es que nadie aparecía al rato; algo musitó Efraín que ninguno pudo descifrar. Manuel se despidió, le dijo a Alicia que estaría al lado por cualquier cosa: prometió asomarse antes de ir al taller y traer tamales y champurrado para los dos. Cuando dejaron a Alicia sola sobre la montaña de libros en la penumbra de la habitación (había pedido a su esposo que apagara la luz del foco, tan próximo a sus cabezas, pero no lo había hecho), tuvo una sensación extraña, como de estar en el campo mirando las estrellas. Sería el silencio, que le recordaba la casa de su abuelo en Tlaxcala, las noches en que se sentaba con su primo al borde del estanque en Apizaco; sintió paz y se olvidó por un momento de la cabeza de Efraín, que tenía junto a la pierna. Colocó un pedazo de la colcha doblada también bajo su cabeza y respiró lejos de sus deberes de madre y esposa. Entonces escuchó la voz de Efraín, que susurraba con más nitidez un nombre; con los ojos intentó ubicar aquello a lo que se refería. Por fin Alicia escuchó la palabra *Selecciones*: Efraín quería algún libro o revista que así se llamaba. Le pareció extraño pero no dudó en complacerlo. Sin despegar las nalgas de la montaña, por la cual se deslizó con mucho cuidado, descendió estirando las piernas rematadas por sus zapatos rosas, encendió la luz y miró alrededor por si encontraba algo que se llamara Selecciones; los ojos insistentes de Efraín parecían buscar a su vez. De pronto descubrió esa revista pequeña y blanda, y al levantarla vio otra debajo y otra a un lado, y más alrededor; las mostró contenta pero él miró con ojos de decepción aquel manojo. Alicia elevó el montón para acercarlo a Efraín y subió, lo que era más difícil; se resbaló y quedó bocabajo sobre el papel. Se volvió a mirar a Efraín, apenada por esa postura ridícula, pero los ojos de él atendían al montón de revistas que Alicia alcanzó a colocarle cerca. Se preguntó si no era esta una labor más propia de hombres, o de niños. Mientras Alicia intentaba llegar de nuevo junto a las revistas que tanto inquietaban a Efraín, escuchó cerca gritos de mujer y se sobresaltó; después comprendió, aunque cuando su marido se acercaba a su cuerpo en la noche ella guardaba silencio. Intentaba pensar en otra cosa, pues los jadeos de Andrés la avergonzaban frente a sus hermanos; ella sólo sentía turbación, un calor interno, pero nunca un júbilo como el que se colaba ahora por las paredes. Subió la voz y le mostró una a una las revistas a Efraín, que las miró angustiado mientras Alicia decía muy fuerte:

—¿Será esta? ¿La del papa, o la de las flores?

Pero los jadeos y gemidos llenaban a Alicia de incomodidad, no entendía cómo esa mujer berreaba tanto en tan poco tiempo. Sin hacer caso de la mirada suplicante de Efraín frente a las revistas, Alicia tomó una página al azar y comenzó a leer en voz alta: era la historia de un alpinista que contaba sus preparativos para el ascenso al Himalaya.

—Hi-ma-la-ya —deletreó con torpeza.

Los ruidos de al lado atravesaban las paredes, ahora hojas de papel; Efraín la miró y sonrió y Alicia fingió no haber visto ese gesto.

—Himalaya —pronunció él ya sin esos ojos de súplica, entretenido más bien, eso le pareció a Alicia, pero no era muy atractivo aquello que leía, las palabras no la tomaban.

Recordó que cuando en la escuela la maestra les leía algo interesante no pensaba en el recreo, en la torta ni en el niño molestón de al lado, ni en los zapatos nuevos que quería tener: la voz de la señorita la llevaba al libro, la metía en las páginas y el salón se llenaba de enanos que hacían zapatos o de hilanderas de paja; había una trenza larga por la que trepaba un príncipe hasta que la vieja bruja la cortaba. Era horrible la trampa de la bruja: el príncipe caía y se quedaba ciego. Alicia dejó la revista a un lado y buscó otra cosa pero Efraín protestó, mientras los jadeos del mecánico y su novia comenzaban a perforar de nuevo el muro que los separaba. Alicia tomó un libro del botadero, las historias de la maestra salían de ellos; este era uno pequeño con tapas de piel y adornos dorados, maltratado y oloroso a humedad. Los amantes del departamento contiguo sostenían una tregua. Alicia miró a Efraín, que asintió olvidando ya su impaciencia por una revista. Hojeó el tomo y entendió que eran varias historias, justo lo que buscaba. Entonces leyó un título:

—«El beso» —Y Efraín asintió rendido.

La letra era menuda y Alicia se irguió para que la luz del foco desnudo iluminara mejor la página. Comenzó a leer:

—Un 20 de mayo, a las ocho de la noche, las seis baterías que componían la brigada de artillería… —El primer nombre en otro idioma la detuvo pero Efraín lo pronunció:

—Mestechki —y Alicia lo repitió admirada de que el hombre sepultado lo hubiera memorizado.

—¿Ha leído muchas veces esta historia?

—Sí —dijo él, y ella siguió.

35

La madre de Julio había pasado la noche con él en el hospital. Cuando Maya apareció muy temprano se sintió rara de no haber sido quien lo cuidara; de estar ya en Estados Unidos, ella se encargaría. Eso pasaría con el matrimonio, la esposa desbancaría a la madre.

—Buenos días —dijo empujando la puerta y topándose con su futura suegra aún sin peinar.

—Llegas temprano —la recibió. Maya reconocía su molestia; a diferencia de su madre, su suegra quería que todo estuviera siempre en orden. Que cuando Maya apareciera encontrara el cuarto aseado, a Julio bañado y ella arreglada en el sillón de al lado. El cuarto aún estaba en penumbra y olía a encerrado y a alcohol.

—Pasa, pasa —dijo su suegra y ella se animó a mirar hacia la cama de Julio.

Dormía. El suero atado a su muñeca brillaba con la luz tenue que salía del respaldo de la cama. Respiraba tranquilo. Mientras su suegra cerraba la puerta del baño, lo contempló amorosa. Tenía cortadas en la frente y un collarín le detenía el cuello; una de sus muñecas estaba vendada. Después de todo, pudo haber sido peor. Cuando llegaron al hospital se enteraron de que eran muy comunes los accidentes en las despedidas de soltero, que muchas bodas se posponían o suspendían. Normalmente no había conductor designado, todos querían celebrar la partida del amigo hacia el matrimonio, que cambiaría sus complicidades. Maya pensó en lo que suponían esos festejos: un muro parecía separar a los solteros de los casados. Los primeros todavía esgrimían la libertad irresponsable, los otros presumían la compañía permanente que les permitía funcionar mejor en el trabajo, dormir bien, tener sexo a todas horas, convivir con el resto de la familia. Para algunos era un estado de salud, para Julio era un pase al doctorado y al futuro que quería con Maya.

Cuando Maya supo que Luis era el que manejaba, se puso furiosa:

—Dos divorcios y siempre borracho, era como para no subirse con él.

—Me subieron al coche cual bulto; dicen que me bailó la pelirroja del tubo y ni siquiera me acuerdo —le había dicho Julio cuando lo atendían en urgencias.

Maya le pidió que no le contara los detalles, pero ahora que lo veía dormir, que los doctores habían confirmado que eran cortadas menores, que tendría la muñeca con férula un rato para curar el esguince y que el collarín repararía el tirón en el cuello, pensó con alivio que todo seguiría.

Cuando la llamó la hermana de Luis para decirle que habían tenido un accidente, Maya sintió que se le iba el aire que la sostenía. Sudó frío y estuvo a punto de desmayarse.

—Vamos al hospital. —La llevó en el coche su madre.

Maya miraba al frente hipnotizada, pensando vagamente en la muerte, en que las cosas se podían acabar de repente. *Odio a Luis, gordo de mierda. Con razón lo dejan.* Su madre no pronunció palabra, escogió una música suave en el radio y dejó que la ciudad pasara por las ventanas en aquella noche larga. Estacionó el auto y caminó con Maya hasta urgencias; luego de preguntar si podían verlo, se hizo a un lado. Maya la miró como un animal asustado y desapareció. El pasillo largo, el aire que no le alcanzaba y dos doctores y sus suegros al fondo, en un cuartito separado apenas con una cortina de los otros; le limpiaban sangre del rostro y Julio se quejaba. Maya sintió quebrarse. Sus suegros la alcanzaron con palabras:

—Está bien, Maya.

Un doctor extraía con pinzas los pedazos de vidrio.

—Fue el espejo, Larga.

Julio todavía estaba borracho.

—Maya, preciosa, perdóname.

—Tranquilo, hijo.

—Maya, fue el puto de Luis. ¿Cómo está?

Nadie le respondió y Maya tuvo la misma duda.

No lo despertaría ahora que parecía tan en paz. Sus suegros no tenían muchos datos, sólo el coche incrustado en un poste podía contar lo que había pasado. No hubo testigos. En el pasillo del hospital, rumbo a la salida, se encontró a la hermana de Luis, que corrió a abrazarla:

—Ya está reaccionando, Maya.

Entonces comprendió que aquello pudo ser más grave, y volvió a sentir que el cuerpo se le alaciaba. Le dijo que mañana le contaría a Julio, pues había preguntado por él. Menos mal, porque nada más faltaba que la culpa les fastidiara la boda. Odiaba las despedidas de soltero y de soltera, eran un rito estúpido y peligroso; Julio y ella debían irse cuanto antes de la ciudad.

36

«Tienes que dejarme entrar, traigo el vestido», decía el mensaje de Germán.

Eugenia pensó halagada en la urgencia de sexo del escritor, aunque ella no podía corresponder mientras el vestido del maniquí se irguiera en los vestidores. La semana siguiente ya podría dejarlo entrar y preguntarle lo que sospechaba: había ido a meter las narices al negocio de Celia, la había entrevistado, le había sacado la sopa. Qué mal gusto. Además, le dio asco imaginar la orina cascabeleando entre cubiertas y cantos de libros, manchando las hojas; Celia no habría soportado ese olor, ni de chiste. ¿Y de dónde sacaba eso del lapislázuli? ¿Había tenido una novia con un colguije así? ¿Cómo iba a ser eso una historia de amor, como le dijo Germán? Cuando lo conoció, había mentido con aquello de que justo lo que necesitaba para la historia que escribía era una tienda de vestidos de novia, mientras que ahora le venía como anillo al dedo. Se habían visto mientras corrían en el Bosque de Tlalpan, cruzaron miradas, sonrieron con un buenos días respetuoso, y luego coincidieron en los jugos; «Zanahoria y naranja», gritó la vendedora, y ella estiró la mano al mismo tiempo que él. Germán le cedió el brebaje y dijo que podía esperar. Ya con el jugo en la mano, los dos se presentaron y dijeron que vivían cerca y que les gustaba el bosque; «Yo casi no corro», apuntó Eugenia. «Yo soy torero», bromeó él, luego dijo que se apellidaba Hemingway y a Eugenia le ganó la risa: le gustaba su desfachatez y su piel tostada, que le iba bien a su pelo rizado y cenizo, pero sobre todo lo risueño de los ojos y esa arruga en la comisura de los labios. Eugenia aceptó desayunar al día siguiente después de correr.

—Será en nuestro jugo —se despidió de él. No sabía si era más joven que ella, su estilo la destanteaba.

Uno de esos desayunos se prolongó y él confesó que manejaba al gusto sus horarios de escritura, que ese día no tenía que entregar artículo ni dar clase; tenía todo el tiempo del mundo pero no propuso más. Ella fue quien dijo que conocía un negocio donde podían estar a la hora de la comida; era de una buena amiga, y las dos se cubrían. Durante algunas semanas mantuvo en secreto que el negocio era suyo. Ya confesados sus mundos, la viudez de ella, el noviazgo de él, el no compromiso al que entraban por la puerta de los jugos, empezaron a hacer de los encuentros un rito frecuente.

Lo dejaría entrar, pero le advertiría que tenía demasiada prisa, y que su cuñada había vuelto a mandar constantes mensajes a su correo.

«Rapidito, mi cuñada acecha», respondió.

«Te quiero ver».

Le abrió e hizo un ademán a los guardaespaldas cuando lo dejó entrar.

—¿Qué sucede? —preguntó nerviosa, sabiendo que podía ser una treta.

—Dando y dando.

—No tengo tiempo de arrumacos, Germán.

—Tú me das comentarios del texto, yo te doy información de tu cuñada.

Eugenia lo miró dudando de que aquello fuera verdad. Caminaron hacia el vestidor de sus encuentros pero lo pasaron de largo. Germán contempló de nuevo el vestido iluminado.

—¿De mi cuñada?

—Parece un fantasma. —Señaló el vestido.

Eugenia lo llevó a su oficina. Sirvió agua.

—¿Agua?

La sonrisa pícara de Germán venció su severidad. De la botella que conservaba para atender a los clientes, sirvió dos copas de cava.

—Tienes suerte, no hubo citas.

—¿Y la del vestido fantasmal? ¿No le quedó? ¿Se le marcan las lonjas?

—No ha venido —desvió la pregunta Eugenia—. Ya cuéntame qué sabes.

—¿Te gustó el capítulo?

—Has estado espiando a Celia, eso no me gusta. ¿Y cómo fuiste a sacarle la sopa a Efraín? ¿Madre tamalera, él marinero? ¿O fuiste al Registro Civil de Cuemanco?

—¿Entonces te lo creíste?

—¿No es verdad?

Germán sonrió complacido, Eugenia había caído en la trampa.

—¿Cómo quieres que sepa más de la historia si no me dejas escuchar a Celia?

—Ni te dejaré mientras mi cuñada esté de buitre. ¿Qué sabes?

Germán dio un trago largo a la copa, se estiró en el sillón y tomó las piernas de Eugenia para colocarlas en su regazo. Comenzó un suave garigoleo en sus muslos.

—Me gusta que traigas falda.

—Germán, no tenemos tiempo. No sabes nada, me engañaste.

—¿Cojea levemente y tiene un tórax de paloma?

Eugenia se concentró.

—¿Lleva el pelo muy corto, entrecano, y usa grandes aretes?

—¿Está acá afuera?

—Ha estado. Me interceptó hace un rato.

—¿Cómo que te interceptó? ¿Como espía?

—Me vio entrar a la cafetería de la esquina y en cuanto me senté caminó hacia mí; no sé si pase ahí todos los días y esté a todas horas. «¿Ya no lo dejó entrar?». Me desconcertó. Rápidamente dijo que si yo era escritor y sacó una novela mía, recién comprada; me desarmó. «Lo admiro mucho y quiero su firma. Una vez lo vi salir de Tu Día, por eso me atrevo a preguntarle». Le pregunté quién era. «Alguien a quien le sobra el tiempo», me respondió.

—¿No sospechaste que era mi cuñada?

—Sí. —Caracoleó sobre la pierna después de mojar las yemas de los dedos en el vino—. Y pensé que era una oportunidad.

—¿De qué? No te la querrás coger.

—Ni en malos ratos. Le pregunté si prefería una copa y me dijo que sí; nos fuimos al bar de Sanborns caminando. Los guardaespaldas nos miraron, insistentes. Estoy seguro de que te dirán que no me dejes pasar, que soy cómplice de Aurora. «Bonito nombre», le dije cuando nos sentamos y presentamos. «¿Sabe usted que tiene queveres con una asesina? Por eso lo quiero proteger». Yo hice como si ignorara todo para que ella me contara lo que tú me has relatado que ella piensa.

—Eres un morboso, qué necesidad tenías de estar con esa arpía. —Retiró Eugenia el pie. Germán volvió a tomarlo y a colocarlo desnudo en su regazo.

—Habló de las noches en que su hermano la llamaba quejándose de tu frialdad, de que te cambiabas de habitación aludiendo a sus ronquidos. Me dijo: «Fíjese cómo maltrataba a mi hermano». Pedimos otra copa. «Pobre de mi chiquito, no era razón para aventarlo por las escaleras el que roncara, el que fuera un hombre tímido, falto de carácter; "Vente, hermana, tengo miedo". Las mismas palabras que cuando mi padre nos dejó y yo me encargué de él. Me metía en su cama y le contaba historias, tenía once años y yo quince; se quedaba dormido en mi pecho y yo lo arrullaba con mis pezones vírgenes: le colocaba aquella mamila de carne en sus labios tiernos para que se sosegara. Luego mamá se hizo novia de un hombre mandón y Paolo me llamaba con más insistencia. Era un hombre frágil. ¿Cómo pudo hacerle eso Eugenia?».

»La miraba y notaba cierto enrojecimiento en sus mejillas, una extraña coquetería, y pedí otro vodka para los dos. "Yo la llevo después a su casa", le ofrecí. "Es usted un caballero, aléjese de ella". No sé si se me estaba ofreciendo, porque en el camino contó que Paolo había crecido y ella seguía usando sus métodos tranquilizantes, que cuando colocaba ese pezón en su boca donde un bigotillo incipiente ya brotaba, sentía un cosquilleo que rebasaba sus deberes de madre. "Usted me entiende, señor escritor; al cuerpo no lo gobernamos". Y cuando descubrió que aquellos consuelos nocturnos le provocaban una erección a su hermano, acarició "su bicho", me dijo; el hermano gemía quedito y ella sabía que lo estaba calmando porque al final le pringaba la mano y se quedaba dormido. Profundamente.

Eugenia escuchaba atónita. No sabía si era el escritor que mentía; le parecía repugnante y atrevida la historia de su cuñada.

—Sobrevivieron a esa vida con un padrastro bebedor y vulgar, se justificó. «¿Y no pasó nada más?», le pregunté ya en confianza. Aurora se quedó muy callada. «Un día no resistí tener el bicho en la mano y me monté en él, dejé que su espada me rasgara y entrara, tibia y dura. Le cuento esto porque leí su novela y sé que las cosas del cuerpo no le asustan». Un leve sudor le cubrió la frente mientras me contaba, sus ojos brillaban endemoniados. «Su gemido fue más fuerte, y cuando estaba a punto de estallar me retiré; nos quedamos dormidos entre el pegoste de su semen. Ya no pude dejar de visitarlo y chuparle su cosa, y pedirle que me chupara; fui de él, señor escritor. Los placeres de la carne los aprendí y viví con él. Cuántas cartas le escribí cuando se casó. Lo quería siempre bajo mi tutela. ¿Por qué no nos podíamos quedar así juntos, con nuestro secreto de piel?». Entonces tomó mi mano y la llevó a su seno, para que le escuchara el corazón. Ahí sí me asusté, Eugenia: estaba con una mujer alterada, y comprendí mi error. «Así sigue latiendo mi corazón por él», dijo sin permitirme retirar la palma de aquel seno rebosante y tembloroso. «Eugenia me quitó el amor». Miré el reloj intempestivamente. No la llevaría a su casa, me disculpé; la acompañé a la calle hasta que subió a un taxi. «Tenga cuidado», me repitió al subirse, «lo puede tirar por las escaleras».

Germán seguía acariciando su pie.

—¿Qué, te calentó la vieja esa? —dijo molesta.

—¿Y a ti?

—Lo sabía. Abusó de su hermano. —Eugenia bajó la pierna y se acomodó la falda—. Todo se entiende ahora. ¿Te contó esta historia para que yo me enterara?

—Lo que no sabías es que le escribió cartas y que deben existir.

Eugenia lo miró sorprendida.

—Eres bueno para las tramas. ¿Te estás inventando esto como lo de Efraín?

—Tu cuñada tiene negra la uña del pulgar derecho.

Eugenia lo abrazó.

—Te has ganado una cita próxima.

—O un acorralamiento de los guardaespaldas.

Cuando se fue Germán, Eugenia se compadeció de Paolo; tenía el estómago revuelto cuando pasó frente al vestido.

—Nada de esto tendría que haber sucedido si tú hubieras hecho lo tuyo —reclamó al aire.

37

A Maya le encantó el vestido. Se disculpó por haber tenido que posponer la cita una semana, pero su novio había chocado y agradeció a la dueña que no se lo hubiera ofrecido a nadie más. La costurera estaba prevenida para tomar nota de los cambios que habría que hacer. No eran muchos: liberar un poco la cadera, el drapeado necesitaba retoques pues había perdido la caída natural.

—Maite usó uno parecido en su boda —dijo Patricia y la abuela, tajante, dijo que ella seguía prefiriendo el Chulón.

Por más que hizo para que se lo midiera también y Patricia viera lo guapa que se veía con los hombros al aire, el talle ceñido y ese vuelo debajo de la cadera, no hubo quien moviera a Maya de su decisión. La costurera puso alfileres aquí y allá; Nohemí trajo los zapatos a juego y Eugenia la tomó de la mano para que su madre y abuela lo contemplaran desde todos los ángulos.

—Nadie tendrá un vestido así —dijo Maya mientras cenaban en La Posta, repitiendo las palabras de la vendedora.

—Cuidado con el espagueti —bromeó su abuela—. No te va a quedar el vestido.

—Tampoco te gustó mi vestido, mamá —repeló Patricia—. Sólo te gusta el que tú usaste.

Maya no quería que la conversación se fuera hacia sus abuelos, pero su madre no anticipaba las molestias.

—Es que era precioso, Patricia.

—Otros tiempos, mamá.

—Y tu padre estaba encantado cuando me lo vio. Era muy moderno.

—Pues este será muy *vintage*, abuela —dijo Maya, cortante—. Y no me importa si al abuelo le gusta o no. Digo, a Julio.

Patricia e Irina cruzaron miradas que Maya percibió. Seguramente su abuela estaba al tanto de la conversación con el abuelo y de su enorme decepción; su madre no sabía guardar secretos.

—Ya me tengo que ir, Julio va a pasar por mí —dijo de pronto.

—Si acabamos de pedir —repuso Irina, consternada.

—Se quedan ustedes.

Patricia se levantó.

—Espera a que vuelva del baño, no dejes sola a tu abuela.

Maya sentía que un leve temblor de barbilla la estaba traicionando.

—¿Está bien Julio?

—Algunos rasguños en la cara; ya le quitaron el collarín.

—Se verá más interesante, porque guapo sigue siendo. Vaya susto.

El mesero trajo el pan y el aceite en el que a Maya le gustaba mojarlo. Iba a pellizcar un trozo, pero había dicho que se iría.

—Ay, hija, no dejes que nada te amargue. Ya ves que Julio se salvó, y eso pudo ser más gordo. Lo demás es historia.

La abuela vertió un poco del aceite en el plato y le agregó el balsámico.

—A mí también me gusta.

—Ay, abuela —dijo Maya.

—¿No me ves aquí, enterita?

Maya la miró, siempre le sorprendía su elegancia y su aplomo.

—Pude haberme conseguido otro *tu abuelo*. —Se rio.

—Todavía te lo puedes conseguir —bromeó Maya.

Ya Patricia venía de regreso demorando el paso, deteniéndose a saludar a un grupo en otra mesa.

—Es otra la que tiene que conseguir pareja.

Las dos miraron a Patricia, su amplia sonrisa, su don de gente.

—Tiene que bajar de peso —dijo Irina dando una mordida al pan.

—Y dejar de pensar en mi padre.

—Uy, hija, debería haber cursos para ello.

Maya se rio. Después de todo, las cosas podían ir mal y dentro de lo mal estar bien. Ese día estaba blandita, no sólo había escogido el vestido de la boda, que empezaba a emocionarla más, sino que Julio le llamó para avisarle que Luis estaba fuera de peligro. Ella le advirtió:

—Te toca pagar. Ya te llamarán.

—Dime algo de cómo es, no se vale.

—Te va a encantar.

Cuando Patricia se incorporó, las dos bromearon:

—¿Era Pánfilo con sus amigos? —jugueteó Maya, de otro talante.

—Eran sus amigos, pero sin Pánfilo.

Irina decidió que había que brindar por el raro vestido que había escogido Maya, un vestido reciclado.

—Va con este tiempo —había dicho Maya de buen humor, olvidando la mentira de que Julio pasaría por ella. Al fin y al cabo, ¿cuándo estaban juntas las tres?

El derrumbe
Una voz de mujer

La voz de Alicia era ronca y dulce. Efraín cerró los ojos y se alejó de las palabras que la mujer le leía. Había logrado recargarse sobre el costado derecho en las almohadas que ella, cuidadosa, le colocó; recordaba haberse fijado en la luida funda azul con manchas. Sintió un leve pudor al pensar que ella las había cargado hasta ahí y seguro notó la falta de aseo; tal vez las hubiera olido. Esas no eran cosas en las que pensara habitualmente. El cuento lo alertaba, como si fuera el soldado Riabóvich en aquella fiesta oliendo los perfumes de las mujeres, observando sus pieles, escuchando el sonido de las telas cuando sus amplias faldas se movían acompañando pasos e inclinaciones del cuerpo. Debió haberse quedado dormido en ese momento, arrullado entre la voz y las almohadas, olvidando la mano entumida, el dolor en el pie y su propio olor a orines sobre orines. Aunque había pensado que quería estar solo mientras llegaban a sacarlo de entre los libros, ahora la voz algodonosa de Alicia, como entibiada por vapores, le traía un descanso negado. Desde que lo aceptaron en el almacén de libros se acostumbró a estar rodeado de ellos, a no poder estar sin ellos; no imaginaba que el encierro con ellos sería así, aplastado, sin poder cuidarlos, pasearlos e intercambiarlos como le gustaba. Por las noches le costaba trabajo dormir a pesar de haber caminado empujando el carro con revistas y libros, y del cansancio en los brazos y las piernas. Todavía, al llegar al departamento, luego de subir los paquetes de revistas, los acomodaba en pequeñas torres que esperaban el momento en que los clasificara y les asignara sitio en los anaqueles. Unos días atrás pensó que ya hacía falta un anaquel más que pondría en su recámara: para qué quería esa cómoda donde sólo ocupaba un cajón con su ropa, todo cabía en una caja junto a su cama. Si al atardecer le daba hambre, calentaba lo que había comprado en la cocina económica para que le durara la semana entera; el mismo guisado el lunes, el martes y el miércoles, sólo pasaba por las tortillas que le guardaba la empleada de las novias. «Aquí están, abuelo», le decía, pero Efraín sólo tenía cuarenta años y no podía ser tal. Le sonaba rara la palabra pues no había tenido hijos, un paso obligado para lo otro. El amor era un tema que le había dejado de interesar en carne propia, en los libros era mejor; después de la cena abría uno, se sentaba en el sillón agujerado y leía bajo el foco del cuarto rodeado por anaqueles. *Un puente sobre el Drina* aún estaba en el buró, le había tenido que dedicar más tiempo pues a ratos lo cansaba; pedía mucha atención. Le parecía fascinante que un pedazo de la historia de los Balcanes, de una tierra tan lejana, se pudiera contar por medio de un puente. Sólo por las mañanas podía aprovechar la luz de la ventana, que era la que más le gustaba para la lectura; por la tarde el foco quedaba lejos de la página. Cuando sentía el escozor del sueño en los ojos se iba a la habitación y se metía en la cama, a veces ni el pantalón se quitaba, pero solía despertar sobresaltado, como si algo se le hubiera olvidado; no era temor lo que sentía, sino la sensación de haber dejado algo pendiente. Veía el reloj y la hora le confirmaba la costumbre de levantarse con su madre a echar la masa en las hojas para tamal a las cuatro de la mañana: era una vieja señal que le tensaba los músculos y lo ponía alerta. Se hubiera levantado a hacer esa tarea sin chistar. Ella ya tenía la masa lista, pero sola no se daba abasto con el llenado de las hojas de maíz. Tantos años después, despreciaba ese despertar y le habría gustado beber un poco de aguardiente y volver a perderse en el sueño. Pero no era hombre al que le gustara beber, ni siquiera cuando los marinos lo llevaban a las pulquerías de Xochimilco; pedía siempre Orange Crush, y que no lo engañaran poniéndole ron o aguardiente. «Maricón», se burlaban rodeándolo los demás, embriagados y extendiendo la mano para alcanzar su pene; «Se

185

me hace que te gusta que te lo toquen los hombres». No iba a permitir que pusieran en duda su hombría nada más porque la bebida no le gustaba, por eso dejó que le acercaran a la fichera, de piernas flacas y nalgas muy paradas: una chamaquita que parecía que se iba a deshacer, y por eso, aunque ella suplicaba que no, Efraín le bajó los calzones en el pasillo que daba a los baños y entró en ella a fuerzas frente a la vista curiosa de los demás, que formaron un cerco para ocultar al resto del lugar lo que ocurría. Por eso no le importó que la chiquilla llorara y dijera que ella sólo bailaba con los clientes, que su mamá la iba a regañar. «Pues vete a bailar a otro lado», le dijo mientras se subía el cierre del pantalón. Le extendió un billete de cien pesos y le dijo que le comprara algo a su mamá. Cuando le miró la cara lo aguijoneó la juventud de la chica. No podía negar que había sentido placer, sobre todo porque los otros lo miraban y dejarían de molestarlo, pero no volvió al tugurio y dejó de importarle que se metieran con él. Alargar la mano y tomar un libro se volvió su placer privado. Fue en la secundaria que le cogió el gusto a la lectura. El maestro Aparicio le había dado aquel libro de *La metamorfosis* cuando lo observó tan entusiasmado después de que él explicara quién era Kafka y de qué se trataba el libro. Efraín descubrió que el mundo abarcaba más calles que las de su colonia, el canal de Cuemanco y los volcanes que miraba en días despejados desde la azotea de la vecindad. El escritor era de un país muy lejano y sin embargo, mientras el maestro Aparicio explicaba el despertar de Gregorio Samsa, le pareció algo que a él le había pasado, aunque no tuviera padre: ese despertar convertido en otro. Se había sentido algo reptante, algo inútil a lo que le costaba trabajo llegar a la parte alta de los muebles, a la cornisa de la ventana. Cuando a la semana se lo devolvió al maestro, obtuvo otro a cambio: *Robinson Crusoe*. Una isla, un náufrago y los barcos lejanos se instalaron en su cabeza. En los recreos se ponía a leer el nuevo ejemplar, y a veces el maestro se le acercaba para hablar con él de lo leído. Cuando dejó la secundaria, lo que más lamentó fue decirle adiós a su mentor. Efraín ya no era el mismo, el maestro le había amueblado la cabeza con otros mundos. Entonces no tuvo las palabras para agradecérselo, ni tampoco le podía explicar a su madre lo sucedido: ella encontraba extraño que su hijo leyera un libro mientras esperaban gente para la venta de tamales, que se acostara con uno, que no saliera a la calle a jugar futbol, a platicar con las muchachas. El maestro Aparicio también le había dado la llave para no parar de leer: le dijo que se fuera al centro, a la calle de Donceles, a buscar libros usados y baratos. «¿Cómo voy a saber qué leer?». «Lo que te dicte tu intuición. No te equivocarás. Puedes ver de qué se tratan en la contraportada. Los libros publicados hace mucho son los mejores porque han resistido, no fueron moda nada más». Muchas veces quiso encontrarse después con el maestro para conversar los libros. Aunque él quería seguir estudiando, su madre tenía otros planes: prefería darle un oficio para la vida que no le causara gastos y le asegurara un futuro, algo mejor que lo que ella podía darle.

De tanto pasar las mañanas entre semana vendiendo tamales a los marinos en el canal de Cuemanco y los que ahí iban a hacer ejercicio, su madre averiguó que él podía entrar a la Marina con la secundaria terminada, y que tendría un trabajo seguro de por vida; Efraín supo que su madre tenía ese deseo hasta que acabaron las clases. Cuando llegaban con el diablito que él empujaba y colocaban el anafre y encima la tamalera para que no se enfriaran los verdes, los rojos y los de fresa, se extasiaba con la quietud del espejo de agua y la vista del Ajusco a lo lejos. El cemento de su colonia quedaba sepultado por el frescor y la humedad que ahí respiraban; entonces no le importaba haberse desmañanado ni sentir las manos lastimadas por los filamentos de las hojas de elote. Las garzas graznaban, los patos adornaban el canal hasta que se sumergían intempestivos, y había otros pájaros que no conocía. Sólo se le oscurecía la vista cuando aquel enjambre de muchachos fuertes con *shorts* y camisetas se detenían frente al puesto con sus pieles morenas y sudores de hombre, con las miradas lascivas a su madre, que sonreía aceptando los halagos a su belleza y a sus confecciones: «Tan sabrosa la dueña como sus tamales», y él haciéndose de la vista gorda pero sintiendo ganas de reventarle el hígado al jefe de la tropa, el que iba delante de todos gritando: «Somos fuertes, somos buenos y no nos importa morir, a la patria servir» y cosas así, dichas a ritmo batiente, al trote, hiriendo la quietud del agua.

Abrió los ojos, arrebatado por el deseo de orinar. Miró a Alicia, que seguía atenta leyendo en voz alta sin percatarse de que él había cerrado los suyos y estado muy lejos de la mano de su voz, que ahora lo inhibía y no le permitía aflojar músculos y soltar la orina como había estado haciendo entre esos libros que se estropeaban. ¿Qué iba a hacer? ¿Aguantarse? ¿Ponerse enfermo? Al principio se había contenido absurdamente, pensando en Longoria y en *Técnica Pesquera* y en *Artes de México*, en el diccionario de flamenco, en una primera edición de *Los bandidos de Río Frío* de Manuel Payno. Fue bueno que un ligero rumor, una nueva arremetida de Manuel y su novia le dieran el espacio para orinar a gusto. La cara interna de los muslos comenzaba a escocerle; con que no quisiera defecar, pensó con angustia. Ya no debía aceptar comida de esta mujer, nada que moviera sus intestinos. Alicia detuvo la lectura.

—Siga —ordenó Efraín, aliviado por la micción, ahora deseoso de que su voz volviera a arrullarlo. Hacía cuánto que no escuchaba una voz de mujer más allá de cortos saludos; desde que se fue de su casa, desde que abandonó a su madre. No más prolongadas conversaciones con ellas. No más saber de ellas. Y aquí estaba una *ella*. La miró desconfiado. Se fijó en sus mejillas suaves, en su pelo corto y oscuro que le enmarcaba la cara redonda. En la boca pequeña y gorda, en su nariz abultada en la punta. Había algo delicado en los movimientos de la boca cuando leía, algo involuntariamente sensual. La señora de la tienda de novias parecía una niña y una mujer. Sintió temor pero dejó que las palabras de Chéjov lo suavizaran y lo llevaran al regimiento donde Riabóvich ya no padecía el sol ni el polvo, donde Riabóvich era otro pensando en la mujer que le había dado un beso equivocado.

Eugenia quería comentar aquellas páginas que Germán le había mandado por mensajería, pero él no se apareció por ahí, para evitar complicaciones. Aunque podía usar el correo electrónico y lo había hecho con algún capítulo anterior, una desproporcionada paranoia lo hacía desconfiar de que sus páginas flotaran en el ciberespacio. Pensaba que se salaban expuestas a la posibilidad de miradas y manoseos, le explicó a Eugenia, quien encontró curioso que no le diera miedo la mensajería. Por correo le insistía en que necesitaba la voz de Celia, que si no sería posible verse en el negocio de la costurera ya que no podían en el de Eugenia.

Las había dejado sobre su escritorio pero ahora no estaban por ningún lado, aunque la señora de la limpieza no acostumbraba tirar nada que no tuviera claro. Estaba demasiado distraída y ansiosa mientras buscaba en los cajones del escritorio de su marido; le faltaban cajas por revisar. No le diría nada a Mireles hasta que encontrara alguna evidencia escrita que delatara el interés de su cuñada por inculparla, y a Germán tampoco le diría que no sabía dónde había puesto el capítulo nueve. Alegar que los duendes desaparecen las cosas no se lo iba a creer el escritor.

38

Se vieron en un café. Ni Maya ni Julio querían estar en sus casas. Desde que Julio se había recuperado del choque no hacían plan alguno de quedarse a dormir juntos, aunque no porque no pudieran: Patricia siempre condescendía y al otro día les preparaba un desayuno celebratorio. A Julio no le importaba, pero a Maya le parecía incómodo; dos o tres veces insinuó que debían ir a un hotel.

—No me parece —había dicho Julio—, eso era para nuestros padres y abuelos.

Pero Maya intuía que había cierta sabiduría en ellos, en preservar la intimidad del campo familiar.

—Si mi padre y mi madre siguieran juntos no podríamos ni soñar en quedarnos en mi casa.

Julio la veía incrédulo.

—Cuando fuimos a Veracruz nos quedamos juntos.

—Ahí somos visitas.

—Ya te he dicho que nos podemos quedar en mi casa.

Lo habían hecho: cuando Maya se hartaba de que su mamá los viera con una dulzura estúpida en las mañanas, le decía a Julio que nunca más y aceptaba ir a su casa. Había más cuartos y un largo pasillo separaba su cuarto del de sus padres, pero siempre estaba la hora de despertar, de decir buenos días. Maya se quedaba en cama hasta muy tarde, esperando que ya los padres de Julio se hubieran ido, pero también le daba vergüenza que pensaran que era una holgazana.

Cuando recién se habían conocido, Maya aceptó la invitación de Julio después de una fiesta: «No hay nadie en mi casa». Se quedaron en la habitación que tenía la cama grande. El horror fue a la mañana siguiente, cuando Maya se dio cuenta de que había una gota de sangre en las sábanas: había empezado a menstruar. Fue por una toalla mientras Julio se duchaba y trató de quitarla, pero había traspasado la sábana y resaltaba en el cubrecolchón. Julio la encontró restregando afanosa.

—Lo siento.

El gesto de Julio cambió. Envuelto en la toalla, salió del cuarto y regresó con sábanas limpias. Maya señaló el cubrecolchón.

—Lo podemos meter a la lavadora. Llegan mañana.

No quiso volver a esa casa hasta que pasaron meses. Cualquier mamá se daría cuenta de que alguien había estado en su cama; la sangre siempre es escandalosa.

—¿Siempre traes a tus novias a la recámara principal?

—Nunca las he traído a casa —se defendió Julio.

A Maya le pareció que eso quería decir que a ellas sí las llevaba a hoteles.

—Tú no eres para hoteles —le había dicho un día.

Maya no entendía y, por otro lado, quería conocer uno de esos hoteles de paso, de entrada por salida, como los de Tlalpan o los de la carretera vieja a Cuernavaca.

—A mí me gustan los *jacuzzis* —lo molestaba.

Con la boda tan encima y el cuello y la muñeca de Julio lastimados, ni siquiera habían pensado en la intimidad. Su primer paso hacia ella era citarse en el café. Faltaban unas semanas para la celebración y Maya había tenido que hacer llamadas y mandar correos electrónicos a los invitados; no habría invitaciones impresas, no daba tiempo. El banquete estaba a cargo de su abuelo igual que las bebidas y ella no quería ni preguntarle los detalles. ¿Su madre sabía si ya estaba apalabrado el servicio de comida? Pero Patricia le devolvía con la misma moneda su actitud: «Cada quien pregunta lo que tiene que preguntar. No soy correo». Eso mismo había contestado Maya cuando después de la reconciliación en casa, Patricia quiso saber sobre su padre. Antes de que se atreviera siquiera a saber si vendría solo o acompañado, Maya se adelantó:

—Tienes su teléfono y su correo.

Eso había sido bueno en una familia a la que le gustaba jugar al teléfono descompuesto. Así que Maya no pudo adelantarle nada sobre esto a Julio, y en cambio le preguntó por el vestido.

—No fue tan caro —contestó lacónico mientras le ponía tres cucharadas de azúcar al café.

—¿Y te dio plazos? —repeló juguetona Maya, sin reprochar, como acostumbraba, ese gusto por el café endulzado.

—Ni plazos ni rebajas. Debo pasar a firmar, y me dijo que tiene alguna idea para la boda.

—Es una mujer que conoce su negocio. Prohibido ver el vestido.

—¿Será la música? ¿Cómo sentar a los invitados? —dijo Julio aburrido.

—Tiene una extraña belleza. Siempre está impecablemente arreglada.

—Como tu abuela.

—No, mi abuela no se arregla mucho: sabe cómo hacerlo. Esta mujer se ve que va al gimnasio, se maquilla como modelo de revista, ya sabes, uñas barnizadas, pelo brillante y supercorte, los accesorios en su lugar. Tendrá unos cuarenta y tantos, o si pasa de los cincuenta se ve mejor que mi madre.

—Seguro tiene un arete en el coño —bromeó Julio.

Maya le dio bolsazos, estaba contenta. Le gustaba ese Julio bromista.

—Te va a maquillar las cicatrices cuando te vea.

—¿Se ven mucho? —dijo Julio, presumido. Maya estudió el mapa de líneas que le atravesaba la frente:

—Es como un Pollock.

—Me voy a subastar, como en el cuento de Enrique Serna.

—Por cierto, no me has devuelto el libro donde viene.

—Está muy chingón.

—Te ves bien, Egoísta.

Maya lo miró como hacía mucho no ocurría. O quizás nunca había pasado: como si sus ojos entraran por los globos cafés de Julio y llegaran al corazón, donde el mundo era acolchonado y perfecto.

—¿Sabes? Ahora sí tengo ganas de irme —dijo.

Julio pidió dos cafés más.

—¿Y de casarte?

—O de que me robes —asintió Maya.

39

Eugenia se repasaba el barniz de las uñas en la oficina, no soportaba verlo cascado. Era jueves de Germán y había hecho lo posible por disuadirlo, pues parecía que la presencia de los guardaespaldas no bastaba. Además, a la hora de la comida de ese día esperaba otra visita.

—Ya te vieron con Aurora, cuestionarán por qué estás aquí. Quién sabe qué le reporten a Mireles, o si Mireles piensa que estoy coludida con Aurora y no estoy diciendo la verdad. No me conviene.

Germán insistía en las caricias y en Celia, y también en que su novia volvía a irse de viaje y podrían repetir Pátzcuaro. Eugenia empezó a sentir la pereza de lo imposible. Acordó recibir por correo electrónico lo que seguía al capítulo que no encontraba, y Germán no tuvo más remedio que mandarlo; quería saber qué pasaba entre Alicia y Efraín, la distraía, aunque Germán se había ido por otro lado. A ella qué le importaban los amores adolescentes de Efraín, en cambio quería saber por qué había abandonado a su madre. Pero no estaba para hacerle de puente a un escritor con un informante, que se buscara sus propias historias.

El novio de Maya Suárez Inclán iría ese mediodía a pagar el vestido. Necesitaba toda su energía para concentrarse en ello, en lo que seguía, en devolver el dolor tanto tiempo cargado, y no quería que nada le fallara. Descalza sobre la alfombra, daba vueltas como gato encerrado. ¿Qué había hecho con los zapatos que hacían juego con el vestido? Aún estaba a tiempo de presentárselos a Maya, si es que calzaba igual; al fin nadie los había usado. Miró el reloj, media hora aún. Nohemí ya se despedía, que si traía algo para ella. No era necesario, comería algo ligero. Abrió su correo: Germán Grajales, un clip junto al asunto. Ese método era el más fácil. Se dispuso a distraerse: ¿habían sacado a Efraín del reguero de libros?

El derrumbe
El dedal de Alicia

Verlo dormido le causó una infinita ternura. Sus ojos y su voz estaban cansados, nunca leía y menos en voz alta. Cuando su mamá se casó con Andrés y ella terminó la secundaria, la requirieron en la tienda: no para las cuentas ni tampoco para despachar, sino para hacer ajustes a los vestidos, para aprender con la señora Oti, que tenía su máquina de coser en la trastienda y hacía las enmiendas a gran velocidad. Que los vestidos del escaparate se amoldaran a cualquier cuerpo en pocos días los distinguía. Las personas que compraban en la cuadra no sólo se guiaban por los aparadores sino por recomendaciones. A Fulana, que estaba pasada de peso, le ajustaron el vestido en dos días; a Mengana le escondieron la cicatriz del escote con un encaje extra. Con esos disfraces de tela se resanaban los cuerpos obligados a lucirse. A Alicia no le gustaba coser a máquina, pero Oti le dijo a su mamá que tenía habilidad para los detalles a mano, las alforzas, los dobladillos, pinzas extras, una aplicación, un botón de más; así que Alicia se sentaba en la trastienda y entre las dos dejaban listo el vestido para la dama, para la novia, para la de los quince años. Ella no tuvo fiesta porque ese fue el año en que su mamá se enfermó: en cambio, su padrastro le regaló una de las muñecas del escaparate con vestido verde esmeralda y también una pulsera de oro con su nombre grabado. Luego empezó a despachar, en las recaídas de su mamá, y de cuando en cuando se ponía a detallar algún vestido entre cliente y cliente. No sabía usar el dedal, por más que Oti le dijo que ella había aprendido de una modista española que no se podía coser sin él, pero a Alicia le estorbaba y sus dedos siempre estaban picoteados, y alguna vez había manchado un vestido claro con gotitas de sangre: por fortuna fue en un dobladillo interno del escote de la espalda y era difícil que se notara. Por eso aceptó usarlo, a su pesar: era como un dedo extra, rígido e inútil. Oti le había regalado uno con orillita dorada para que lo cuidara, para que se encariñara con él, y eso fue bueno. Ensayó en una tela: rematar ojales, pegar un broche, y se fue soltando. Pero ahora que debería estar terminando uno de esos vestidos urgentes, no tenía la prenda ni el color del hilo, sólo el estuchito con agujas, tijera y dedal que llevaba en la bolsa. Notó que la camisa que llevaba Efraín tenía el cuello totalmente gastado y ennegrecido. ¿Qué iba a hacer ahí trepada mientras él dormía sin poder leerle, sin poder acostarse? El cuento le había hecho pensar en vestidos de otro tiempo, tal vez se podían sacar ideas de los libros para inventar nuevos modelos, en lugar de comprar por mayoreo. Había tenido la precaución de subir su bolsa a la montaña, sacó el estuche y enhebró la aguja con el hilo blanco infaltable. Esperaba que Efraín no se moviera mientras repasaba con mucho cuidado el borde del cuello: puntaditas pequeñas, casi invisibles. Le gustaba que no se notaran, que no se adivinara que alguien había unido las telas. Que fuera casi mágico. A la muñeca de sus quince años le hizo un vestido de calle, normal, para no tenerla siempre a punto de salir a bailar el vals; para no acordarse de su mamá todo el tiempo. Luego, cuando su padrastro se volvió su esposo, la volvió a vestir de verde y envuelta en celofán la colocó arriba de la cómoda; dejó que los mirara desde ahí para sentirse menos sola. Efraín se movió un poco y el dedal de Alicia resbaló dentro de su cuello. Se quedó muy quieta, como si estuviera en falta. No podía escurrirse más abajo de los omóplatos, donde los libros hacían de coraza. Aquella había sido una mala idea. Efraín despertó cuando la mano de Alicia, cuidadosa, intentaba sacar el dedal por entre la tela y la piel; sin dar explicaciones, cortó el hilo y guardó los enseres en el estuche. Por la mañana le pasaría una esponja por el cuello y la cara, el hombre estaba lleno de polvo. Poco a poco se fue recostando en el extremo de la almohada que quedaba libre y se quedó dormida hasta que un toquido en la puerta la despertó: era Manuel, le traía un tamal y champurrado. Dejó otro para Efraín, que desde la montaña negó con la cabeza. Alicia pensó que cuando se despertara del todo tendría apetito.

40

Cuando Maya bajó a desayunar vio a su madre absorta en el periódico. Era sábado.

—¿Y mi lugar?

Frente a Patricia estaba el mantel individual, el plato con restos de yogur y el café del cual seguía bebiendo.

—Estoy ensayando.

Maya la miró sorprendida. Fue a la cocina por otro mantel y cubiertos.

—No, espera. —La detuvo su madre—. No creí que te fueras a levantar en medio de mi ensayo.

—Estás loca, mamá.

—Lo leí en un libro: los escenarios son lo primero que hace notoria la ausencia de los hijos. El cambio de vida.

Maya se sirvió un poco de café y dejó que su madre trajera el cereal y la toronja partida a la mitad.

—¿Ves cómo era ensayo? —dijo mientras la ponía frente a ella.

—Pues cuando mi hermano se fue, no ensayaste.

—Estabas tú. Y no se casó, se fue a estudiar.

Maya meneó la cabeza, su madre quería seguir fingiendo que no vivía con Mike.

—Lleva tres años lejos.

Patricia comentó la inundación en el sur del país. Siempre llovía demasiado ahí, ¿no podrían prevenir las catástrofes?

—Tendrían que ensayar.

Maya untó un pan.

—Voy a venir a verte, mamá.

—Ensayaré las visitas también. Eso dice el libro: no quite todos los objetos de su hijo.

—¿Pensabas transformar mi cuarto? —Se asombró Maya.

Patricia dijo que no había pensado nada. En realidad ese libro era estúpido, no se podía estar en el futuro cuando se estaba en el presente, y una boda era un presente que pedía toda la atención. Y a partir de la luna de miel, a los padres ya no les tocaba hacer nada.

—Qué bueno que los padres de Julio les regalaron el viaje a Nueva York.

Maya no había pensado en ello deliberadamente; harían ese viaje una vez instalados en Filadelfia.

Estaba de buen ánimo porque los detalles parecían estar bajo control, porque su madre había dejado de estar tan nerviosa con la presencia de su padre en la boda y porque Irina la había confortado y ella decidió no preguntar por la no boda. Le tocaba a ella: era su momento. Su abuelo había llamado por teléfono para consultarle algo del menú, un pretexto tonto. Qué importaba si como entrada las croquetas eran de bacalao o de jamón; sabía que él ya se había decidido por las de jamón. Notó que era su manera de acercarse. «Lo que tú quieras, abuelo». «No, es tu boda», respondió él. «Está bien, de jamón».

No se lo contó a su madre porque era una delicadeza del abuelo que ella apreciaba. No quería saber los detalles de aquel derrumbe que no atestiguó, y le pesaba juzgar a su abuelo, sobre todo porque siempre le había consultado los asuntos profesionales: que si tal trabajo, *y si no me ofrecen lo que quiero, cómo hago para conseguir esto o aquello*. Un abuelo arquitecto tenía que dar respuestas bien armadas, sólidas, así lo había pensado siempre.

—¿Y si hacemos la maleta final?

—Uy, se oye muy dramático —bromeó su madre.

Las dos subieron a su habitación. Maya escogió la música; le pareció buena idea escuchar a los Libertines, pensó que a Patricia le podría gustar. Cuando ojeó el libro de su madre días después, descubrió que era una estrategia propuesta en un apartado: «Escuchen la música que les gusta a sus hijos, será un lazo en la distancia».

—¿Quiénes son? —preguntó Patricia sentada en la cama de Maya y aprobando la elección.

Maya decidió volcar el clóset entero sobre la cama y así, de paso, hacer una limpia. Iba a un lugar de inviernos rigurosos y veranos húmedos, durante los cuales probablemente volvería a México; necesitaba ropa de frío y de vida universitaria. Ya había visto un curso de extensión universitaria que nada tenía que ver con su profesión: panadería. No se lo había contado ni al propio Julio. Nadie iba a la universidad en Filadelfia a hacer eso. Necesitaba planes. A veces se preguntaba cómo su abuela pudo vivir sin un proyecto personal, y ella la corregía: «Mi familia, mi casa fue mi proyecto». Pero Maya sabía que se engañaba. Cuando veía las fotografías de las editoras en las revistas de modas, pensaba que su abuela pudo haber sido una de ellas: tenía el gusto, la fineza y la capacidad de coordinar y producir. Como su futura suegra, pero con un gusto exquisito. ¿Y si cuando regresara le proponía hacer alguna revista? Podía ser en internet, aunque la abuela no manejaba la tecnología, pero seguro tendría la disposición de aprender o estar junto a alguien que lo hiciera. Su madre tenía un proyecto, había estudiado Historia y se fascinó con dar clases, con encontrar las mejores maneras de transmitir la Historia, y su padre no podía dejar de estar preparado para los llamados actorales; trabajar el cuerpo y las emociones, eso sí que le parecía un esfuerzo mayor. Más difícil, sin duda. Su tía Lucía tenía un restaurante italiano con una socia: era su tercer intento, pues las sociedades no eran fáciles, pero le gustaba que se hablara bien del lugar, que los clientes estuvieran satisfechos, que le dejara dinero y pretextos para viajar y turnarse con la socia, mientras que su tío era especialista en el manejo de recursos humanos, le aplaudían su don para tratar al empleado y eso lo satisfacía. Un arquitecto de nombre como el abuelo era una sombra pesada. Ninguno de los tres hijos había hecho ni el mismo dinero, ni nombre o espacio propio en la sociedad. Vicente era el único que parecía querer seguir sus pasos; estaba en el área uno, estudiaría arquitectura, y el abuelo había dicho que de ser así le costearía la carrera.

—Te ayudo a doblar —dijo Patricia después de que hicieron un montón con lo que Maya se llevaría. Patricia dijo que le gustaba Tom White cuando Maya cambió el disco y pidió que le apuntara algunas sugerencias.

Maya sabía que su madre era poco cuidadosa, pero debía dejarla entretener sus manos; de hecho, prolongar el tiempo lo más posible para que no llegara la hora del vino. ¿O sería que el libro de consejos desalentaba beber? No iba a preguntar. Sonó su celular.

—Julio no puede verme hoy, va a pagar el vestido y no sé qué más.

—Mejor —dijo su madre—. ¿Cuando acabemos nos escapamos al cine?

Maya la miró con gesto malicioso, pero Patricia se defendió:

—No viene en el libro de consejos.

41

Eugenia había llegado entonada a casa, dispuesta a revolver hasta el último rincón para encontrar las famosas cartas de Aurora a Paolo. Era como si la tarde con Julio le hubiera dado la certeza de que las cosas se inclinaban de su lado. Dio las buenas noches a los guardaespaldas, que en breve cambiarían el turno con los que los relevaban y ella saludaba por las mañanas; deseaba que se acabara esa presencia invasiva aunque ahora resultaran convenientes para capotear a Germán, que había invadido sus emociones más allá de su cuerpo. Colgó la gabardina en el perchero y puso música, se sirvió una copa de vino; quería descansar un rato y cenar algo antes de revolotear entre papeles. Se había dicho que no saldría de casa hasta dar con ello. Mañana no la aguardaba nada en el negocio que Nohemí no pudiera resolver.

Se acarició los pies descalzos que subió al futón; había remplazado los cuadros robados y el espacio le volvía a ser grato. Qué presa fácil resultaba Julio, era bienintencionado e ingenuo: cuando le dijo que se sentara un rato antes de pagar y le ofreció el cava, el chico aceptó. Ella comprendía el momento lleno de estrés antes de las bodas, no sólo para la novia; llevaba años en eso. Por eso le gustaba también platicar con ellos, que con eso de que no podían ver el vestido parecían quedar excluidos del evento. «¿Verdad, Julio?». Y Maya le había caído muy bien, le dijo. Hacían una buena pareja, y no debía dejar que la discordia se interpusiera.

Julio asintió, se había recargado en el sillón de la oficina de Eugenia después de alabar el cuadro de Rothko.

—El abuelo de mi esposa es fanático del artista —dijo, y Eugenia fingió no dar importancia al comentario.

—El abuelo de tu futura esposa, dirás.

Trató de parecer más natural preguntando:

—¿A qué se dedica su abuelo?

—Es arquitecto.

—Claro, a los arquitectos les gusta lo geométrico, lo lineal. Mi padre me llevó a conocer la obra de Rothko a Londres, ¿sabes? Pero no era arquitecto.

Eugenia volvió a llenar la copa de Julio.

—Se ve muy guapa Maya en el vestido. Y el vestido de novia, ese es su secreto, es para quitárselo ya hecha esposa.

Julio se sonrojó. Eugenia puso un disco de Diana Krall, *Live in Paris*, y se sirvió más cava. Era un muchacho atractivo, con un hoyuelo en la mejilla; los ojos pequeños casi achinados lo hacían parecer más chiquillo. Se dio cuenta de que esa carne joven no la exaltaba, y que si fuera por la Eugenia de antes, la de la edad que ahora tenía Julio, no estaría ahí intentando relajar sus defensas, provocar sus dudas, hacerlo faltar a su palabra. Faltar a la palabra era algo muy serio, lo había aprendido con su padre desde adolescente: «Fulano no está invitado a cenar en esta casa, faltó a su palabra». Lo había experimentado en carne propia, faltar a la palabra sin que mediara una explicación era una estocada mortal, aunque ella, Eugenia Román Gallardo, había sobrevivido para poder disfrutar este momento. Dio un trago a la copa e intentó que la sonrisa ingenua del muchacho le provocara algún deseo.

—¿Puedo hacerte una pregunta?

—Claro.

—¿Hace cuánto que no hacen el amor?

Julio rio y miró hacia las paredes.

—¿No esperabas esa pregunta, verdad? Me he vuelto una especie de consejera matrimonial despachando vestidos. Sé que esa es la norma. El sexo quita angustia, pero la angustia de los preparativos no permite el sexo.

—Tiene razón.

—De tú, por favor, si casi soy parte de la boda.

Cuando le pidió que se sentara en la silla roja y se colocó detrás para darle un masaje en hombros y cuello, Julio no opuso resistencia. Pero no avanzaría un paso más: para lograr los resultados precisos tenía que darse tiempo. Ya que lo vio relajado, le acercó los zapatos y el saco.

—Me da gusto que salgas más descansado, Julio. Por cierto, ¿has pensado qué te pondrás tú? Debes estar a la altura del vestido.

A propósito no dijo nada del pago; dejó que se fuera en ese estado de relajamiento. Ni siquiera había pensado el precio que pondría al vestido. Se lo podría regalar.

Sonrió de pensar en las mejillas arreboladas del muchacho, en sus manos anchas y bien formadas; en su estatura, en su candor. En el estado de confusión con que había salido del lugar. Lo imaginó llegando a casa, a Maya preguntando si no había sido muy caro y él sintiéndose un tonto, casi descubierto, porque en ese momento se daría cuenta de que tendría que volver para liquidarlo.

Empezaría por las cajas que estaban en la habitación donde había guardado el vestido. Se puso unos *pants* cómodos y una sudadera y extrajo el contenido de las repisas. Debió haberlas clasificado en su momento, aunque esa mudanza no la había hecho ella: fueron sus padres y Paolo quienes se encargaron de que, cuando llegara del viaje que acostumbraba para visitar exposiciones de bodas, estuviera lista la casa para la nueva pareja. Conocían sus pulsiones y temían que desistiera; necesitaban sacarla del pasmo en que había quedado su vida amorosa, y Paolo estaba entusiasmado.

Se topó con calificaciones escolares, dibujos de la infancia, facturas de viajes, planos y escrituras, fotografías de familia. ¿Y dónde estaba el pasado de Paolo? Sintió adolorida la espalda de tanto permanecer sentada sobre la alfombra. Luego se sintió absurda en aquel reguero: si Paolo no podía tocar ese cuarto, cómo se le había ocurrido que ahí guardara sus papeles. ¿O los tenía Aurora? A Paolo le gustaba la jardinería, se había hecho construir una covacha para las semillas y los implementos; dirigía al jardinero pero él hacía sus propias siembras, podas, injertos. Ella se había interesado poco, pero le gustaba esa afición del marido. Llegaron a hablar de flores para bodas pero a él no le interesaba el negocio, le bastaba con administrar el de su suegro y con lo que ella producía. No tenía intención de emprender algo. Se puso la gabardina de nuevo, pues llovía, y atravesó el jardín. La puerta de la covacha estaba atrancada; mientras con una mano sostenía el paraguas, forcejeó hasta que la manija dio de sí. Nadie había entrado en ese lugar en mucho tiempo. Un gato saltó y salió huyendo: ella gritó. Pensó que algo se le podría caer encima y no quiso seguir, aunque estaba segura de que ahí encontraría lo que buscaba. Sería por la mañana, con mejor luz y hasta con la compañía de Reyna. No podía permitirse que le pasara algo y no la encontraran hasta dentro de dos días, así pasaba con los solitarios; no se podía permitir un descuido que desbarrancara todo. Como cuando tantos años atrás llamó a casa de Joaquín para decirle que estaba lista, que lo esperaba donde habían quedado, y antes de colgar escuchó un sonido extraño, una respiración. Lo supo después: la mujer de Joaquín había escuchado la conversación.

42

La última vez que Maya vio a su abuela le contó que Julio estaba extraño, que llevaba días evitándola, cuando acostumbraban comer juntos. Si ella le decía: «Vamos a cenar con Fulano y Mengano», no podía, y el viaje ya se venía encima. No la secundaba ni a hacer las llamadas para confirmar quién iría a la boda, ni para resolver asuntos de la música.

—Me confesó que se salió de Tu Día sin pagar, el tonto, y no me quiso contar qué hizo entonces. Se puso nervioso; no sé, abuela, ¿así se ponen los hombres antes de casarse?

Irina le dijo que sí, que esta vez no sólo era una boda sino una partida para vivir lejos, con nuevas responsabilidades, y que Maya era una de ellas.

—No, abuela, yo no soy responsabilidad de nadie.

La abuela se divertía con el tono beligerante de la nieta.

—Eres responsabilidad de todos. Para siempre.

Sólo de Irina aceptaba esos comentarios y por eso le había compartido su malestar la semana anterior.

—Abuela, ¿y si está dudando, como yo dudaba al principio?

Cómo podía estar tranquila con aquella nota en las manos. No sabía cómo había llegado a su casa. Venía dentro de un sobre manila con su nombre en letra de imprenta, y estaba debajo de la puerta. Lo rompió intrigada para leer su contenido.

«OBSERVA ENTRADA TIENDA VESTIDOS DE NOVIA A LAS 3:45, HOY».

Un escalofrío le recorrió la espalda. Se sintió parte de una estúpida y malísima película de horror. Llamó a su abuela para contarle pero nadie atendió el teléfono; era el día que salían a comer con los Alarcón. Marcó el teléfono de Stef, pero entraba el buzón y no era un recado para dejarse así nada más. No sabía si atender ese llamado o pasarlo por alto. Tampoco le agradaba la idea de ir sola pero su madre llegaría a comer hasta las 3:30, no la podría esperar. Dio vueltas por la habitación. Quiso llamar a Julio pero colgó a medio timbrar. Alguien le estaba mandando una señal.

Era absurdo, cómo iba a acatar la orden del papel. Le marcó a su padre.

—Hija.

Luego enmudeció, quería una voz que la confortara pero no sabía qué decirle.

—¿Pasa algo?

—Te extraño —dijo con toda espontaneidad. Porque era verdad, aunque la razón precisa de su llamada no la pudiera comunicar.

—Un día vamos a ir a visitar a tu hermano tú y yo.

Maya sentía que un nudo en la garganta la iba a traicionar. Se repuso, le gustaba cómo la cobijaba su padre.

—Claro.

—¿De verdad estás bien?

Cuando colgó pensó que aquella pregunta de su padre era decisiva. Claro que no estaba bien y debía atender el llamado, su corazón presagiaba tormenta. Al llegar a la calle de la tienda buscó estacionamiento lo más lejos posible de la entrada, optó por una de las calles laterales y ahí fue cuando descubrió el coche de Julio. Pensó que estaba equivocada pero se asomó dentro del Suzuki y vio su suéter guinda; también la revista de *El*

País que cargaba toda la semana. Sus piernas perdieron fuerza. Quiso pensar que era una desafortunada coincidencia y caminó por la otra acera hasta el café cercano. Eran las 3:20. El té verde apenas si le entraba al cuerpo, ni siquiera miraba la taza, no quería perderse un instante de lo que afuera sucedía. Vio a dos tipos bajar de un coche cuando se abrió la puerta de la tienda; Julio salió a la calle y les hizo un ademán con la mano, como si bromeara con ellos. ¿No había pagado ya el vestido, como le dijo el día anterior? Abandonó la mesa y salió a la calle. Julio forzosamente caminaría frente al café rumbo a su coche: se la tendría que topar. Pensó que esa no era su vida sino una escena en una telenovela, que lo insultaría y le daría una cachetada porque no había una pizca de sensatez en ella. Pensó en su abuelo. Esperó a que se acercara lo más posible y se le plantó enfrente: Julio la reconoció. Maya echó a correr delante de él hacia cualquier calle, con él detrás. Apresuró el paso, dobló una esquina, se metió en un portal abierto y cerró la puerta tras de sí. Esperó en la penumbra a que la descubriera alguien de la casa o un perro, o que Julio regresara y confirmara que no tenía idea de dónde se había metido; lo oyó gritar su nombre una y otra vez por esa misma calle. Se fue serenando. La puerta se abrió y alguien entró: era un hombre con un paquete de cigarros en la mano. Maya le pidió con un dedo sobre los labios que no dijera nada. Su nombre hacía eco a la distancia. Los dos aguardaron hasta que el sonido se perdió.

Entonces Maya dijo «Gracias» y salió a la calle.

El derrumbe
Cine por la mañana

—Lapislázuli —dijo Efraín en voz alta.

Alicia despertó y preguntó si estaba bien, pero Efraín había vuelto a cerrar los ojos y su gesto era reposado. Con algunas arrugas alrededor de los ojos, el pelo apenas manchado con algunas canas la hacía adivinar que si se lo recortara sería un hombre al que se podría mirar. Teniéndolo tan cerca, sintió el pudor de dormir con otro hombre que no fuera su marido. Efraín era visiblemente más joven, no le salían pelos de la nariz: cuando Andrés roncaba y ella no podía dormir, lo observaba con rabia, no comprendía que se mantuviera ajeno al escándalo que su propia respiración producía. Se concentraba en la boca semiabierta y en los vellos que temblaban con cada exhalación. No se atrevía a moverlo; cuando lo había intentado, Andrés parecía recordar su presencia y la envolvía con sus brazos para proseguir con los ronquidos que la asfixiaban. Pasar una noche alejada de las obligaciones de casa le daba una alegría de adolescente, como cuando con sus amigas decidían no entrar a clases e irse al cine a ver una película mañanera. Un día se habían metido a un cine de esos cochinos, pensando que estaría vacío. Las cuatro muchachas se sentaron hasta atrás en la sala oscura, pero descubrir a algunas parejas masculinas y varios hombres solitarios salpicados entre las butacas las incomodó.

Las imágenes de mala calidad en la pantalla, penes que entraban en vaginas retratadas muy de cerca, se parecían más a sus clases de biología. A Alicia le recordaban la disección de la rana sobre la plancha de acero: los estertores, la piel resbalosa, el bisturí que abría el abdomen y después la bolsa transparente que detenía los órganos. Le dio asco, lo mismo que el hígado de res que lavaba bajo el chorro cuando su madre se lo pedía. Ahora nunca lo preparaba. El hombre que recogía los boletos todavía se burló cuando las vio salir ofuscadas: que si no les había gustado la función. «¿Cuál función?», pensó Alicia esa noche. «¿La de la pantalla, o la del hombre junto a Laura que se frotaba la pinga?». No habían notado en qué momento se deslizó junto a ellas, tan absortas estaban en las imágenes de aquel pene con venas muy marcadas, casi a punto de reventar en la pantalla. Se fueron a tomar un helado, nerviosas; ahí se desfogaron y fueron cambiando el susto por la risa. Hubo alguna que otra confesión de cuándo habían visto el sexo de un hombre. No volverían a entrar.

Observar el sueño de Efraín, con el cuerpo atrapado, la liberaba y la angustiaba. No podía dejarlo solo; que fueran ya a sacarlo. Era curioso que la opresión de él fuera el recreo de ella: no que le gustara que estuviera así, pero no había pensado en sus días de adolescente hacía mucho. Le dieron ganas de cambiar de vida. Volverse la esposa de su padrastro no había sido su elección, encargarse de la tienda tampoco. Tener que cuidar a sus hermanos, un mandato de su madre antes de morir. ¿Y ella? ¿Dónde estaba la risa que ahogó con sus amigas en el helado de pistache?

43

Celia no pudo leer más, unos pasos detrás la hicieron soltar brus-
camente la hoja; Eugenia se dio cuenta y prefirió no reclamar. La
búsqueda infructuosa en la bodega de jardinería la había agotado.
Mireles había dicho que el amparo se vencía, que fabricarían
pruebas. ¿O su amigo querría atestiguar?

Eugenia fingió demencia:

—¿Cuál amigo?

—Eugenia, tengo a mis guardaespaldas contigo y te estamos
protegiendo.

Eugenia pensó que podía ser Germán o Julio, que había ido
tres veces en las últimas dos semanas. Por más cava que le dio
la segunda vez que fue a pagar el vestido y el beso que puso en
sus labios al despedirse, no logró nada en la cita, pero lo había
convencido de que resolvería lo de su atuendo para la boda
y le tendría varios trajes de gala, esmóquines y hasta un frac,
para que se los probara. «Vas a sorprender a Maya», le había
dicho. Y aun cuando lo hizo quitarse la ropa en el vestidor
y entró como si fuera un asunto profesional para ayudarlo a
abotonarse, jalar la pretina y ver cómo le quedaba el pantalón,
Julio esquivó su brazo sobre la cintura, y se despegó cuando sus
pechos se le encajaron en la espalda. Ella sabía de lides amoro-

sas, no era la blanca palomita que su amante se llevó a Chicago para devolverla a casa con hambre de ese mundo que él desgajó frente a sus ojos y esas caricias que la dejaron con hambre de sexo sabio.

—Tal vez lo grabó. Es escritor, tengo entendido —sentenció el abogado.

Era Germán de quien hablaba Mireles, y era su propio pellejo el que tenía que salvar. Por más que quería abandonarse al gozo del desconcierto que provocaría en Joaquín la entrada de Maya en la boda, por más que lo veía foto tras foto en casa y para siempre, sabía que Aurora no estaba jugando. Durante las últimas semanas se había dedicado a llamarla a medianoche y amedrentarla: «Tus guaruras no me asustan. Se ve que nunca has pisado cemento».

Ni lo haría —en esa forma se refería a la cárcel—, Mireles era capaz de todo, de sobornar, de comprar al juez, aunque había la posibilidad de que Aurora también. Maldita la hora en que aceptó casarse con Paolo.

Nada de su vida permanecía ya en secreto. Era urgente acabar con la amenaza de Aurora, quitarse a aquellos hombres a su sombra día y noche.

—¿Cómo crees que lo grabó? —respondió vencida.

El gesto esquivo de Celia cuando dejó el sobre en la mesilla junto a su sillón le hizo pensar que Germán había atinado.

—No encontraba ese sobre —dijo—. Y me urge el vestido que tenías que arreglar —agregó de inmediato para imponerse sobre el desconcierto de la costurera.

—No sabía que había ido a contarle a alguien de mí.

—¿De ti? Vamos, Celia, está bien que te sientas importante…

—Yo le conté a usted lo de mi vecino atrapado, pero no lo que aparece aquí.

—No sé de qué hablas.

—¿Cómo saben la historia de Efraín? A mí no me ha hablado de Victoria.

—¿A ti? La mujer de la historia es Alicia, y es el trabajo de un amigo que toma clases de escritura.

—No voy a poder apretarme en sus brazos mientras me lee porque estaré pensando en Victoria, y yo no soy esa muchacha bonita.

—Ni eres Alicia —machacó Eugenia para librarse.

Celia salió de la oficina sin decir nada, ni siquiera una despedida. Eugenia oyó sus pasos, la voz de Nohemí que le decía adiós, el silencio como respuesta, la puerta de la calle abrirse y cerrarse. Tomó el sobre que había estado buscando, cerró la puerta y se acostó en el sillón con las hojas entre las manos. ¿Había dicho que le leía mientras ella se apretaba en sus brazos?

44

Maya tardó en volver a su coche. Acallando la respiración como si Julio la fuera a escuchar, estuvo esperando recargada en una barda. No pensaba en nada, sólo sentía el aire de la tarde y una extrañeza superior a su razón. Aquella intuición desdibuja- da se encarnaba con horario, lugar y personajes. Se volvió ha- cia el mazo de plantas en la banqueta y devolvió el estómago. En aquellas calles empedradas pasaba poca gente; esperaba no haber sido vista, padecía el mismo síndrome que Irina: vomita- ban cuando no podían procesar lo de afuera. Sintió un poco de alivio, pensó que con cada arcada estaba sacando de su cuerpo la boda, a Julio, el viaje, esa idea del futuro próximo. Pensó que había hecho bien en dudar desde el principio: que Julio la engañara no estaba en su lista de razones para titubear. Como siempre, quiso tomar un autobús hacia un pueblo, a un hotelito en Valle de Bravo para que el bosque la tranquilizara y nadie la encontrara. Luego que respiró, pensó que no podía ir a casa, que con la primera que debía presentarse era con su abuela para decirle que tenía razón en haberse molestado cuando ella le dio la noticia de la boda. Ya no se casaría.

Notó, aliviada, que el auto de Julio ya no estaba. Subió al suyo y manejó deprisa, impulsada por una decisión súbita, casi jubilosa.

Esperaba que hubieran llegado. Pero cuando entró a la casa de sus abuelos con la llave que le habían dado para no tener que bajar a abrirle, pues la chica que ayudaba no estaba todos los días de la semana, notó el silencio, como la densidad del agua cuando se sumergía en la alberca. Los llamó, sin suerte. Subió por la escalera a la parte luminosa de la casa, donde estaban las recámaras y el estudio. Cada uno tenía su estudio, pero el de la abuela era común: ahí veían la televisión, tomaban café las visitas y rara vez hacían algo en la planta baja, salvo en las navidades o cumpleaños. La terraza de la parte alta, donde el abuelo tenía su estudio, era un buen lugar para comer, y como habían puesto elevador recientemente, no era difícil transportar la comida. Debían cambiarse a un lugar más cómodo, pero se resistían. Aún caminaban bien, no había por qué adelantarse.

Le pareció raro el desorden en el estudio, la abuela Irina no acostumbraba dejar las cosas tiradas. Ahí estaban la taza de café marcada con el bilé color marrón que usaba, el libro y las gafas sobre el sillón. Por un minuto se sentó en ese espacio que era de su abuela. Patricia le había contado que la vieja casa era mucho más bonita y grande, habían sido muy afortunados su madre y sus tíos, que podían organizar fiestones; al día siguiente le daban dinero a la muchacha entre todos para que no explicara nada del estropicio y lo levantara con gusto. Siempre decían que ellos ayudarían, pero cuando se levantaban, la nana tenía todo listo. ¿Pues a qué hora creían que sus papás se iban a levantar?, rezongaba. Que la próxima vez los acusaba, sobre todo porque habían abierto la cava y bebido algunas de las botellas del señor. Un día apareció un invitado dormido en el suelo de la cava: lo descubrió la abuela porque oyó un ruido tras la puerta, creyó que era un ratón y mandó llamar al jardinero. Era Enrique, un pretendiente impresentable de Lucía, decía Patricia. Las tres se reían mucho recordando la anécdota y a Maya le daba envidia, como si su casa siempre hubiera sido pequeña para las fiestas, el tiempo, los planes, la risa; era acogedora y amable pero no se podía soñar dentro de ella, tal vez porque no se parecía a la casa de antes del divorcio de sus padres.

Había descuidado a su abuela esa última semana. Se había dedicado a ver a sus amigas, a hacer el *playlist* para la boda, a decirles que sería sencilla, de día y en el jardín. Las otras hablaban de las bodas que querían o a las que habían ido, en la playa o en San Miguel de Allende, y cómo había regalos para cada uno de los invitados y un orden preciso para sentarlos, y la pieza que había bailado la novia con el papá y ellas cuál escogerían, y luego le preguntaban a Maya, que no sabía nada de nada y empezaba a sentir el gusanito de resolver asuntos que ni a Julio ni a ella les habían importado. Cómo le iban a importar a Julio, que salía tan contento de la tienda de vestidos de novia precisamente a la hora de la comida, después de haberse negado a verla.

Se acercó al estudio del abuelo por ver si había algún indicio de la tardanza, y porque era un buen momento para entrar en su sitio privado. Había mesas para dibujar alrededor de esa área espaciosa y con muchos ventanales, un sillón al centro, libros en los dos extremos, una pantalla para que viera el futbol o lo que a él le gustaba ver a solas, el carrito de bebidas y un secreter que casi nunca usaba. Maya caminó despacio por aquel lugar, al que no había entrado desde la última conversación con el abuelo. Vio el secreter abierto y se dirigió a él: le había dicho a su abuelo que quería ese escritorio. Le encantaban sus cajones, la cortina de madera que lo cubría y que se llamara secreter. El abuelo había presumido el encino americano del que estaba hecho y que lo habían comprado en una tienda de antigüedades en Florencia 22 antes de que fuera una *boutique* de ropa de piel. Maya sentía que le hablaban de algo muy remoto, la época dorada de la Zona Rosa: había ido un día con su primo Vicente, medio borrachos, y se divirtieron, pero la mayoría eran gays y como supusieron a Vicente uno de ellos, el asedio fue tal que se hartaron.

Maya escuchó el sonido y se alegró de que volvieran; llegó hasta el escritorio y vio la copa del abuelo, también sin terminar, y al lado una foto que la dejó sin habla. Su tía Lucía subía diciendo su nombre, habría visto su auto en la puerta.

No podía concentrarse al bajar aquellos escalones estrechos como de convento: en el puño llevaba la foto arrugada de su vestido de novia.

—Vengo por las medicinas de tu abuela —dijo Lucía agitada—. Se puso mal y está en el hospital.

45

Eugenia le había enviado un mensaje a Germán, «Mireles necesita que des tu declaración», cuando recibió uno de Julio: que
Maya lo vio salir de ahí y no le contestaba las llamadas. La boda
peligraba.

Qué fastidio, ¿no podía resolver él sus cuitas? Había querido
tenerlo como un toro que aguarda impaciente en el corral para
salir a la plaza, puras faenas y embestidas; se había solazado
pensando que el maniquí, con su cuerpo de madera forrada de
paño, despojado del vestido de la no boda, fuera el testigo. Pero
no había logrado bajarle la guardia; si acaso, convenció al chico
de que comprara el traje que le sugirió. Cuando los masajes se
transformaron en caricias, Julio saltó como un gato. Aquel mediodía, sola en el vestidor, Eugenia abrazó el torso cómplice y
bailó tarareando una vieja canción de Frank Sinatra, *I've got you
under my skin*, la que quería para su boda.

Creyó saber cómo convencer a Germán de que respondiera
a su llamado, y le mandó otro mensaje: «¿Te gustan las cochinadas? Hoy hay cancha libre».

Esperaba su respuesta inmediata pero no la hubo; necesitaba
que atestiguara antes de que el citatorio confirmara su arresto.
Entonces reaccionó, Julio había dicho que la boda podía can-

celarse. Eugenia quería percudir el amor, meter cizaña, ensombrecer. No había calculado que Maya espiara a Julio, y eso podía tener consecuencias fatales: no se iba a repetir la no boda, el vestido no podía ser devuelto.

Decidió que debía mandar a casa de Maya el traje que se había probado Julio, para que supiera las razones de la tardanza del novio. Le pediría a Nohemí que se encargara de ello, no importaba que él no lo quisiera.

Cuando llegó a casa, despidió a los guardaespaldas y echó el cerrojo a la puerta; tenía miedo y no estaba cierta de qué. No había encontrado nada en la covacha, no se le ocurría qué más hacer. Contra su costumbre puso a calentar agua para un té, Paolo era el que lo tomaba. Ahí estaba la caja de metal de Earl Grey en la parte alta de la alacena: para su decepción, no había ni una bolsita sino papeles que desparramó sobre la mesa de la cocina, y algo como una moneda se deslizó entre ellos. La tetera silbó. No importaba ya el té: se topó con descripciones de algunas plantas, recetas herbales, algún método de siembra. Eugenia los tiró al piso, pensando en el tiempo miserable que su marido perdiera en ello. Pero había un pequeño sobre abierto, la moneda se había podido deslizar de ahí; lo recogió y de su interior sacó una hoja doblada. Con el aliento suspendido leyó:

Para mi hijo Paolo, dado en adopción el 4 de febrero de 1980.

Esta moneda es mi legado al triste destino que te fabriqué. Espero me perdones y te dé suerte si llega a ti algún día. Yo no he perdonado a Aurora.

Tu padre,
Paolo Cruz

Una llamada de Germán interrumpió su incredulidad. Ya no era necesario responderle al escritor.

El derrumbe
Azul oro

Cuánta quietud se necesitaba, pensó Efraín, para que volvieran los detalles de días felices. No importaba cuán pausado fuera, el trajín cotidiano no dejaba resquicio para que la vida de antes volviera. Era preciso tener el cuerpo varado, haber encallado entre libros, para que se desentumieran los recuerdos. Uno solo se había tragado al resto, y ahora esa casa con ribetes de estuco blanco en lo alto de las habitaciones se le presentaba nítida, como la luz al fondo de un patio, y lo hacía olvidar su extraña e indigna situación, el dolor del pie, la muñeca oprimida, la mujer ajena que frente a él dormitaba.

El padre era bajo de estatura y un tanto regordete, llevaba el pelo largo, cano y descuidado; la barba tapizaba el rostro donde asomaban unos ojos vivarachos y un tanto desinteresados. Tarareaba piezas mientras bebía whisky, bebida que Efraín no confesó desconocer cuando le ofreció un vaso. Esperó a que Aída entrara al salón para conducirlos a la mesa.

—Es la niña de su garganta —le dijo Victoria después—. Mi padre toca el piano, Aída canta; ella tiene la voz, las ganas de brillar.

Efraín notó que el padre la miró con cierta reverencia cuando apareció con aquel arreglo estridente, tan distinto al de la hija mayor: el pelo rizado y suelto sobre la frente, aretes grandes, falda corta, una blusa con un escote pronunciado, cadenas al cuello, los ojos enmarcados en negro, la boca pintada color fresa; parecía que entraba a un escenario.

—Así que este es el elegido —soltó a mansalva con la voz pastosa y borbotona cuando saludó a Efraín.

Efraín miró a Victoria, que sonrió sin timidez, y al padre, que seguía absorto en la silueta de Aída, bajita como él, redondita y acinturada. Victoria no respondió de manera alguna a la provocación de Aída y sirvió mecánicamente de unos platones que también tenían unas minúsculas garras de león que se apoyaban sobre la mesa de mármol gris. El padre contaba que había escuchado un concierto exquisito en el radio y no les preguntó nada a ellos, ni comentó sobre la comida. Mencionó el nombre del compositor, pero Efraín no lo retuvo: había oído hablar de Mozart, Beethoven, Vivaldi, no más, y no podía reconocer su música. Primero pensó que esa era la manera de hacerlo sentir fuera de esa casa, pero Victoria procuraba todo lo contrario: a ella no le preocupaba la distancia de su padre ni los ojos asombrados de Efraín ante un menú que desconocía.

—Ese pollo confitado —le explicó Victoria— pretende ser pato.

Las dos hermanas se rieron; el padre intentó sonreír a destiempo. Efraín los miró como si asistiera a un deporte desconocido. Aída no dejó de contar de sus compañeros de la escuela, de la fiesta que tendría el viernes y del vestido que necesitaba.

—¿Verdad, papá? —lo miró.

Él asintió con la cabeza, y Victoria añadió:

—Veremos en el clóset de mamá.

Cuando se levantaron de la mesa Efraín dijo:

—Gracias, señor, buen provecho.

Aliviado de que el pato fuera pollo, porque no le hubiera gustado deglutir al animal que disfrutaba ver en Cuemanco. No supo si el poco interés del padre de Victoria le molestaba; por lo menos había evitado tener que explicar que su madre vivía de vender tamales. Victoria lo llevó por un pasillo y él miró hacia el comedor, donde refulgía un candil que iluminaba las figuras empequeñecidas del padre y de Aída, que ni siquiera los notaron. Lo condujo a un cuarto pequeño forrado con una tela desvaída azul pálido; había dos sillones bajitos y uno largo como cama.

—Es el cuarto de costura —dijo Victoria—. Me gusta que sea azul.

—Azul oro —añadió Efraín.

Victoria se recostó en el sillón largo.

—Adoro este *chaise longue*.

Efraín no preguntó por la palabra, la contemplaba hermosa con aquella falda gris debajo de la rodilla y el suéter aperlado, la cabeza recostada en el respaldo, el dije de lapislázuli sobre el pecho.

—Aquí leía mi madre.

Efraín no preguntó, no sabía si había muerto, y Victoria no quiso contar.

—Siéntate. —Señaló un espacio a su lado.

Efraín se acercó, tímido. Del pasillo venía una melodía.

—Es la hora en que practican —explicó Victoria y cerró los ojos.

La voz de Aída se encimaba a las notas. Efraín se sintió en una historia que hubiera leído, en la escenografía de una novela, con la luz y misterio que deparaban las páginas siguientes, y permaneció sentado espiando arrobado a Victoria, que cerraba los ojos. Se oía de nuevo el mismo fragmento de música.

—¿Tú no tocas un instrumento? —preguntó.

—No, y mi voz es terrible.

—¿Tu mamá canta? —aventuró.

—No —respondió ella, tajante.

Victoria se incorporó.

—¿Vas a pintarme?

Efraín la contempló como si fuera a pintarla, y ella también lo miraba: ya le había dicho que le gustaban su boca y barbilla y ahí tenía puestos los ojos, esperando una respuesta. Efraín rodeó su cuello buscando el broche de la cadena y Victoria cedió su nuca. Con el dije en la mano, Efraín pasó el óvalo de lapislázuli por la frente, los pómulos, la nariz larga de Victoria, siguió por el cuello mientras ella colocaba los ojos en él y lo miraba seria, dejando que su mano llegara al borde del cuello, que el lapislázuli marcara el contorno del escote, que pasara entre sus senos menudos hasta llegar al ombligo, que marcara la línea de la cintura, que con cuidado resbalara por la cadera, el muslo, la pantorrilla hasta llegar al pie; Efraín desprendería el zapato de tacón bajo y recorrería el tobillo, el arco y los dedos, y volvería a recorrer el mismo camino hacia arriba por la otra pierna hasta acabar en el escote, en el cuello y en los labios. Victoria abrió la boca y chupó la piedra, la retuvo hasta que el beso de Efraín, delicado, pescó aquel pigmento azul y lo extrajo de su boca tibia.

223

46

Vicente interceptó a Maya en el pasillo; se había adelantado mientras Lucía estacionaba el auto.

—No se puede entrar, el doctor la está revisando.

La condujo a la cafetería tomándola por los hombros, era tan alto como el abuelo Joaquín y podía dar esa protección física que Maya aceptó. No hablaron hasta que Maya le puso azúcar al café y le dio vueltas despacio.

—¿Cómo está?

—La están hidratando, pero es poco a poco. Se descompensó.

Maya bebió del café. Por lo menos la palabra *grave* no había salido de la boca de Vicente.

—¿Te acuerdas de cuando nos llevó en autobús a Morelia? —dijo Maya sin venir a cuento.

—No sabía reclinar el asiento, y se la pasaba haciéndose para atrás y adelante.

—Hasta que la callaron. —Los dos se rieron.

—Hace rato vino Julio —dijo Vicente—, pero no quiso pasar. Te buscaba a ti.

Maya no respondió y su primo, que la conocía, tampoco insistió. Julio era lo que menos le importaba en ese momento. La foto arrugada punzaba dentro de su bolsa, donde la había escondido deprisa. Se le antojó estar anestesiada y conectada al suero, como Irina. No quería entender el desastre. Pensó en un nombre que no pudo pronunciar. Se distrajo con las mesas contiguas, siempre le daban curiosidad quienes se escapaban al café en un hospital. Había doctores y alguna familia, un grupo de muchachos con uniforme de futbol. Tal vez detrás de cada una se podía adivinar la circunstancia, suponer lo que le había ocurrido a algún familiar, muy probablemente mayor que ellos; todos se distraían de algo que los hacía coincidir en aquel raro espacio. Ella había estado hacía poco en un lugar similar con sus suegros y la hermana de Luis. Iban ahí a hablar de otras cosas; eso era lo que hacía la gente atrapada en un hospital. Pensó que a sus suegros les molestaría mucho su decisión y que desde luego no entenderían.

—Si quieres, vamos —le dijo Vicente, que tenía que seguir estudiando para un examen al día siguiente.

Subieron por el elevador hasta el piso cuatro y Maya lo siguió, él parecía conocer el camino a la habitación. A pocos pasos de entrar al cuarto, Vicente estiró la mano y Maya le dio un apretón. Alguien salía en ese momento, los alcanzó la voz de Patricia:

—Tú y tu nostalgia se pueden ir a la mierda, pero mamá no.

Luego un portazo y un rostro descompuesto, lloroso. Maya trató de interceptarla pero Patricia se zafó, agresiva:

—Suéltame.

Siguió de frente, Maya detrás de ella, llamándola:

—Mamá, mamá.

Patricia la ignoró por las escaleras. Maya, con voz más baja, repitió:

—Mamá.

La vio bajar a toda prisa por el claro de la escalera, sin siquiera voltear a mirarla, sin mucho cuidado de asirse del barandal; una cabeza cada vez más pequeña, la de un animal rabioso. Una madre que no conocía.

Respiró antes de retomar el paso para volver a la habitación. Tenía miedo de todo. Vicente ya no estaba a la vista. Tocó como si recién hubiera llegado, para no tener que referirse a lo que acababa de presenciar.

Lo primero que vio fue el perfil de su abuelo, indiferente a su llegada y perdido en la ventana; luego a Irina con los ojos entrecerrados, conectada a un aparato donde los números brillaban. Su tía Lucía estaba a un lado de la cama y le sonrió por bienvenida.

—Está mejor, sobrina.

El cuadro no era nada agradable. Tan distinto a las apacibles tardes de la terraza, donde la abuela estaría colocando cosas, ofreciendo aceitunas; nunca la había visto tan quieta.

—Hola, abuelo —susurró, pero no obtuvo respuesta. Se acercó a Irina y le dio un beso en la mejilla. Estaba fría y muy pálida—. Abuela, hoy no te has maquillado —le dijo muy bajito.

Un gesto apenas de los labios, que se estiraron en una sonrisa incierta, la calmó; tomó otra silla y se sentó al lado, estiró la mano para alcanzar la de Irina, que conectada al suero era imposible acariciar. Se limitó a tocarle un dedo, el cordial. Hacía poco había leído que en las mujeres era más corto que el índice: observó el de su abuela, no lo era. Tenían el mismo tamaño. Cuando estuviera bien le diría que en realidad era un hombre y los había estado engañando; se reirían. Sobre todo, le diría que no se iba a casar. No quiso volver a mirar a su abuelo, porque iba haciendo suya la rabia de Irina. Y a pesar de que había ido en el coche sin poder atar cabos, pensando en llegar a tiempo para ver a su abuela, aquí comprendió el silencio de uno, la gravedad de la otra y su papel en esa historia. Irina había visto esa foto: el drapeado, la manga japonesa, el vuelo asimétrico.

Escuchó la explicación que Lucía daba a su hijo después de que el doctor la revisó: un problema de electrolitos, muy bajo el sodio y la oxigenación. Un poco de anemia. El estrés pudo haber ocasionado el desequilibrio; de la fase grave ya se libraba pues sus pulsaciones se habían elevado, igual que la presión.

Maya no quería despegarse de ahí, se quedó un rato tocando ese dedo cordial que tenía nombre apacible y que estaba ligado al corazón. El cuello drapeado, la manga japonesa, y ella una estúpida encaprichándose con ese vestido. No había pensado que la abuela Irina se podía morir. Sin ella, estarían perdidos.

El abuelo escondía la cara entre las manos como si dormitara o reposara su vergüenza e indignación; también sufría, y de alguna manera no se había ido. La rabia mojó sus pies como cuando la espuma baña la playa. Lo de la abuela era tan fuerte que había borrado a Julio, ahora se daba cuenta que contarle lo suyo también podría hacerle daño. Se odió por pensar que aquel vestido era muy original; se irritó consigo misma por no haber hecho caso de la sabiduría de su abuela, que prefería el tipo madrileño. Carajo, era una egoísta. Egoísta, se repitió ahuyentando el apodo de Julio.

La voz de Irina rasgó el silencio:

—¿Ya nació la criatura?

Lucía la calmó.

—Todo está bien, mamá.

Irina trataba de enfocar y volvía a cerrar los ojos.

—El doctor explicó que podía decir incoherencias —dijo.

Maya la miró como a la joven madre que alguna vez fue y sintió una infinita ternura por ella y el abuelo, que alguna vez comenzaron. Volteó hacia la ventana. El abuelo había levantado la cara y lloraba.

47

Mireles le había retirado a los guaruras, por lo que Eugenia pudo manejar en paz hasta el centro. Debería haber ido en taxi, porque estacionarse en República de Chile o en los alrededores era un problema, y como Celia no contestaba el teléfono, tampoco podía detener el auto frente a la tienda y sólo recoger el vestido.

Estaba llena de energía, como si hubiera ingerido algo que le daba fuerza, cierta compulsión por arreglar deprisa todos los detalles del toque final. Ahora que Mireles tomaba cartas en el asunto, podía concentrarse en la boda. El teléfono sonó y pensó en ignorarlo pero era el fotógrafo. Contestó por el altavoz.

—Yo te pago, es mi regalo a los novios; principalmente fotos de ellos y de la familia.

Cuando salió del auto caminó hacia Brasil, le encantaban esos escaparates con aquellas fantasías de princesas, sobre todo los vestidos de quince años; los de boda eran tan aburridos en su blanco pureza. Las quinceañeras podían salir al mundo en azul turquesa, mamey, rojo y hasta negro o morado: un negocio así sería infinitamente más divertido. Se detuvo frente a uno de los escaparates para contemplar aquella exageración en negro y azul con corsé y encajes; parecía una Blancanieves de cabaret, y lo mejor era la muñeca, vestida exactamente igual de pies a cabeza. Su madre había sido madrina de vestido en los quince años de la hija de la cocinera y fueron al centro para escogerlo: fue como supo que la muñeca era parte del ajuar. Ella tenía catorce y pensó que sería maravilloso tener un vestido así. Quería ir a la fiesta. Su madre la desalentó: «¿Cómo crees?». También quería un festejo similar. Convenció al chofer de que la llevara a la fiesta de la hija de Remi con el pretexto de una reunión con sus amigos; llevaba un abrigo que escondía el vestido de fiesta, así que su madre no lo notó al despedirse. El chofer y ella entraron juntos, y disculpó a sus padres con Remi; luego le aclararía que su madre no sabía que ella iría a saludarlas, que no dijera nada, por favor. Les tenían reservada una mesa con otra familia. Cómo había gozado la bajada de la quinceañera por las escaleras llenas de neblina, y el vals que se convirtió luego en el baile de *Staying alive* con seis muchachos engominados; el vestido iba tan bien con el peinado en capas rizadas a la Farrah Fawcett, podía jurar que había usado un espray con destellos. Qué envidia sentía de sus pestañas postizas y de sus zapatos a juego en color rosa.

Hacía más de treinta años de ello, su madre nunca supo que se había escapado y pudo conversar con Remi sobre la fiesta en la cocina mientras veían las fotos, aunque Eugenia renunció al deseo de tener una fiesta similar. Sus amigas tampoco celebraban así sus quince años: la mayoría viajaban a Europa o a Nueva York. A ella la llevaron a Italia, rematando en París, y le compraron un vestido muy bonito de Courrèges, pero nunca se sintió princesa. La boda era otra oportunidad.

Cuando llegó frente a Novias Ivón contempló el edificio desde afuera. Se dio cuenta de que era el mismo donde Efraín había quedado sepultado entre revistas y libros; pensó que no era real, que esa historia no podía salir de esa tienda en el centro y acabar con un hombre que abraza a una mujer y le lee historias. ¿Y si Celia ya no tenía la tienda? Al final, era de su padrastro. ¿O todo se lo había inventado Germán?

Las vitrinas con vestidos a los costados, por cuyo centro caminó, privilegiaban los tonos soleados de primavera. Los vestidos eran verdes, amarillos y naranjas, y los antifaces que a veces llevaban las quinceañeras eran flores o mariposas. Celia la increpó desde lejos:

—Alicia no está.

—Pero estoy segura de que Celia ya tiene mi vestido. —Reaccionó con cierta ironía; avanzó decidida al mostrador y esperó—. Ya no me has respondido las llamadas —alzó la voz. Celia había desaparecido a un lado y entrecerrado la puerta. Volvió con el vestido colgado en una percha; se lo mostró a Eugenia.

—Aquí está —dijo mientras lo cubría con una funda—. ¿Quién quiere este vejestorio? —añadió complacida de menospreciarlo.

—¿Cuánto te debo?

—No quiero dinero tuyo. Llévatelo. —Se atrevió a tutearla.

Eugenia iba a repelar. Las decisiones siempre habían estado de su lado.

—Toma. —Sacó un billete de quinientos pesos y lo puso sobre el mostrador.

Pero Celia se dio la vuelta ignorándola y acomodó la repisa de chales; Eugenia esperó unos minutos y tomó el billete. Antes de tomar rumbo a la calle, le pareció ver a Germán sentado frente a una mesa tras aquella puerta entreabierta donde había desaparecido Celia. Seguramente fantaseaba.

Al poner un pie en la calle, un viejo con un violín le extendió la mano: Eugenia colocó el billete en sus manos y siguió con el vestido ondeando como la vela de una embarcación.

48

Cuando llegó a casa no había nadie. Maya lo prefirió así: necesitaba el silencio para entender el tumulto. Le daba la impresión de que los naipes colocados con esmero de forma vertical, susceptibles de derrumbarse con cualquier pequeño movimiento, se vencían uno sobre otro en un culebreo de desastres; lo que parecía sólido se hacía añicos. Ella era una de las cartas con las que jugaban en las vacaciones familiares muchos años atrás, cuando su padre le enseñó lo que era el póker y el filo tenue entre la verdad y la mentira, entre la suerte y cómo fingirla. Se tiró sobre el sillón, sin prever que alguien conocía lo que hacía con su cuerpo ante las decepciones: lo abandonaba en espacios mullidos, lo desprendía de su cabeza y le daba un respiro, porque si no aquello derivaría en la colitis que la había llevado al hospital confundida con una apendicitis aguda. Un bulto duro interrumpió el desplome de Maya en el sillón de plumas: tendría que encender la luz para ver de qué se trataba. Estiró la mano hacia la lámpara pensando primero en los descuidos de su madre, que cuando salía deprisa de casa abandonaba cosas sin devolverlas a su sitio, y en ese estado de cuerpo y mente por caminos separados se le ocurrió que esa era una buena idea, devolver las cosas a su sitio. Pensó en llamar a Fer, dejarle claro que no podía lastimar a su padre, levantarle la mano como le había contado que hacía con su exmarido. ¿Por qué le contaba semejante cosa? ¿Por qué se había quedado ella con esa información incómoda? Sus caderas resintieron el bulto que colocó bajo la lámpara: un libro de su madre, seguro. Pero distinguió la foto en blanco y negro en medio de un fondo negro; lo había tenido entre las manos porque Stef se lo había prestado, pero no era el de su amiga porque este tenía pasta dura. Le había gustado mucho aquel recuento de Patti Smith y el fotógrafo Mapplethorpe; sabía quién era ella, aunque no oía sus canciones. Bajó algunas después de *Just Kids*, como rezaba el título de esa edición en inglés. «La amistad después de la amistad», le había dicho Stef, y ella había precisado, cuando lo acabó de leer, «el amor después del amor». Mapplethorpe y Patti se habían conocido muy jóvenes en Manhattan, los dos buscando un lugar en esa ciudad en los años setenta, los dos jóvenes, bellos, pobres y amantes; luego él enfermó de sida y murió en el 89. Ella estuvo a su lado, aunque ya no eran pareja desde hacía tiempo y él había tenido varias parejas hombres. No sólo eso, ella escribió el libro en memoria de esa relación. Recordó esa melancolía que se le quedó en el pecho cuando acabó de leerlo, ese acto de amor vía la escritura; ese amor después del amor. Y lloró, como entonces. Eso era grandeza, lo demás tonterías, nimiedades. Puros naipes regados las relaciones a su alrededor, igual que la suya con Julio. Había que estar a la altura de Patti Smith. Entonces abrió la portada y encontró la respuesta. Julio había garabateado una dedicatoria, era muy simple: *Con amor, Julio.* Abrazó el libro contra el pecho y dejó que la ternura de esa pareja, de ese sentimiento que saltó todos los obstáculos, hasta el de la muerte misma, la arrullara. Su cuerpo y su mente reposaron juntos. La voz de su padre al final del sueño la sobrecogió: «Siempre querré a tu madre». Era como si todas las melancolías se hubieran confabulado, o emanaran del peso de las trescientas páginas de aquella edición que seguía reposando sobre su corazón. Muchos años había jugado con la idea de que, al abrir la puerta un día, encontraría a su padre esperando en la mesa para comer todos juntos; que subirían al coche los cuatro y tomarían la carretera; que él apagaría la luz de la habitación, que se reirían de las distracciones de mamá. Había sido un deseo muy cansado, porque se prolongó más de lo debido. Luego los abuelos fueron el remanso.

—Vine a ver a la abuela Irina. —La voz no venía del telón de su duermevela, sino del sillón de al lado. Cuando abrió los ojos se encontró con los de su padre.

—Parece que va mejor. —La voz de Maya salía con dificultad.

Cuando se incorporó, su padre le acercó una baraja suelta que recogió del suelo.

—Olvidaron guardarla.

—Hace mucho que no jugamos. —Sonrió Maya.

El derrumbe
Las pantorrillas

Un revuelo a su alrededor lo despertó. Efraín levantó la cabeza de la almohada donde había reposado. Alicia se desperezó alarmada. Hubiera querido preguntarle si había dormido bien, pero no tuvo tiempo siquiera de reflexionar que había dormido al lado de una mujer. Vio cómo Alicia se incorporaba y ruborizada se acomodaba el pelo. Efraín no podía voltear hacia la puerta pero los pasos eran decididos, una voz más fuerte que las otras.

—Pasen. —Escuchó que Alicia los recibía un tanto cohibida. Uno de los hombres se acercó a ayudarla a descender—. Yo puedo —se defendió—. Mis zapatos, por favor.

Pensó en Cuemanco de nuevo, en el trote infinito alrededor del agua, en la voz que gritaba «Somos fuertes». Uno de los hombres se acomodó frente a él y preguntó si estaba bien. Efraín miró las botas y no le contestó. Su quietud había sido rota; los hombres levantaban el tiradero como si palearan tierra.

—Mis libros —protestó.

—Lo tienen aplastado, viejo —dijo el mismo que preguntó si estaba bien.

La voz de Alicia ya no estaba por ningún lado y se sintió desprotegido. Lo demás no lo recordaba con precisión, alguien lo tomó de las axilas mientras otros metían una tabla entre su cuerpo y los libros. Hacía cuatro días que no se miraba el cuerpo y sólo tenía conciencia de su cabeza y el cuello, porque Alicia le había pasado las manos por él. ¿Cosía? Le dolía el cuello, sin duda dormir de esa manera no había sido bueno. Tenía conciencia de su boca porque ella le había dado de comer y lo había limpiado con una servilleta, y de sus ojos porque podía mirar lo que tenía alrededor. Y de que oía, porque escuchaba las órdenes como si no fuera él objeto de ellas: «arriba, abajo, más despacio», pero nada que pudiera decirle qué ocurría de los hombros para abajo. Alcanzaba a escuchar también cómo caían los libros, conocía el sonido del cartón y el papel, los grosores y pesos se delataban por el golpe, por el abaniqueo. No había clemencia para ellos, los estaban condenando a ser basura. Le hubiera gustado taparse los oídos, protegerlos del atentado a su mundo. Antes de desmayarse insistió:

—Mis libros.

Y cuando despertó estaba en su cama, recostado. Alguien le tomaba el pulso, su vista borrosa descifró que no eran Alicia ni los hombres que habían entrado con cascos y botas y voces recias y esa energía masculina que él detestaba. El que le tomaba el pulso le hablaba con suavidad, pedía que le dijera si sentía, lo iba a tocar con una pequeña aguja en cada uno de los dedos de las manos y los pies; tenía que identificarlos por número del uno al cinco, el pulgar era el cinco. Estaba mareado, la boca seca. Pidió agua antes. Le hicieron doblar las piernas, mover las muñecas, doblar los codos, empinar los pies. Luego la voz dijo:

—Muy bien, señor…

—Efraín —completó él.

—Necesita descanso. Ya lo aseamos, le pusimos la ropa que encontramos entre los libros. Necesita cuidados y tomar este analgésico cada ocho horas. ¿Un familiar?, ¿alguna amistad? —Efraín negó con la cabeza—. Un vecino. Alguien que le dé de comer. —Y el de la voz, después de una pausa y seguramente de sondear el lugar, añadió—: Y que le lea.

Cuando se quedó solo, contempló el estropicio. Libros abiertos, deslomados, revistas sin hojas, un desorden lastimoso. Le dieron náuseas. El pie le dolía, levantó la sábana para observar su cuerpo liberado.

—Moretones —había dicho el de la voz—, raspaduras; tuvo suerte. Le vendamos un pie, un leve esguince.

Hacía mucho que no miraba su cuerpo, en la casa no había espejos completos, y cuando se vestía apenas ponía atención al vello del vientre, a sus costillas marcadas. Alzó la sábana como cuando Victoria le insistió en que se quedara en su cuarto y alguien tocó, y él se metió bajo las sábanas con el corazón tenso y allá abajo su cabeza quedó empalmada con las pantorrillas de Victoria, suaves, muy suaves. Estiró la mano y las tentó. Se habían desnudado en la oscuridad del cuarto mientras Aída tocaba el chelo y el padre la corregía. Victoria había dicho que lo acompañaría a la puerta, pero a medio pasillo lo tomó de la mano y lo llevó al cuarto; no podía ver nada, así que dejó que ella lo guiara a la cama. Lado a lado intuyeron sus pieles y sus cuerpos, y Efraín escuchaba su respiración. Sumergido en el fondo de las sábanas con las pantorrillas suaves de Victoria junto a su boca, escuchó las buenas noches del padre y se atrevió a besar ese pedazo de Victoria tan a la mano, luego sintió el aire de la sábana que se alzaba y escuchó una voz llamándolo:

—Efraín. —Era Alicia—. Esto es un desorden —dijo mirando el tiradero, como si la montaña donde habían estado, atrapado él y dormida ella, hubiera tenido cierto acomodo. Luego le dijo que era una suerte que no estuviera también desencuadernado, ya le había explicado cómo lo veía el que lo atendió, y se rio.

A Efraín le gustó que no le preguntara nada, que se moviera por el espacio breve de su recámara sorteando los montículos de libros, encontrando senderos para sentarse a un lado de la cama y acercarle la cena. Le acomodó la almohada en el respaldo y destapó el plástico con el caldo aún tibio. Con la cuchara que también llevaba en aquel envoltorio le llevó la sopa a la boca; Efraín no protestó. Él podía tomar la cuchara y comer, sus dedos, su mano, sus brazos estaban bien. Alicia le limpió la boca con una servilleta de papel y dijo que al día siguiente empezaría a acomodar. Cuando se alejó de la cama para husmear entre los libros, Efraín se fijó en sus pantorrillas carnosas. Victoria se había mudado de ciudad al terminar la secundaria, lo supo porque en aquellas vacaciones tocó a la puerta con un ramo de flores; estaba dispuesto a sortear el desdén de su padre y el polvo de las cosas, el arreglo de los cubiertos en la mesa y las palabras en francés. Al cabo de un rato se sentó en el escalón, decidido a esperar, y fue cuando se fijó que la correspondencia atestaba la rendija bajo el portón. Las flores tenían el color del lapislázuli y no encontró mejor lugar para dejarlas que el escalón.

Alicia volvió con un libro en la mano. Le había llamado la atención el título: *Mujercitas.* ¿No le importaba que le leyera de ahí? Efraín entrecerró los ojos y escuchó, aunque era un libro para jovencitas lo había leído. Recordaba que una de las hermanas se caía al agua helada bajo la costra de hielo y luego moría. No se dio cuenta de cuándo se fue Alicia, aunque la había visto limpiarse los ojos con un pañuelo; no sabía si era de día o de noche, sólo sintió el hueco de la voz y el dolor en el cuello. Entonces descubrió la revista en el suelo: como si hubiera resbalado por el centro de la montaña de libros hasta el costado de su cama, ahí estaba el *Selecciones* abierto en el anuncio de Osterizer.

Su madre ya no sería esa joven acinturada de la página en la revista pero así la recordaba, así quería recordarla y no empinada en el escritorio del capitán, asida de la orilla mientras él arremetía contra sus nalgas. Fue un impulso, un presagio, pero abrió la puerta sin permiso y el capitán uniformado apenas volteó incrédulo, atornillado al trasero de su madre. Enrojecida de placer y vergüenza, ella se volvió también a mirarlo mientras comprendía por qué el capitán había dejado de moverse.

49

Sonó el timbre, pero Maya no respondió. Hacía rato que estaba enfrascada en aquella tarea. Luego escuchó que tocaban con los nudillos en la puerta. El departamento era lo suficientemente pequeño para que el sonido lo abarcara y ella estaba cerca, en el comedor, pero él no la podía ver. La voz de Julio había dicho su nombre con claridad, sin miedo; sabía que estaba ahí por el auto, seguramente le había preguntado al conserje. Lo bueno era que estaba sola: Patricia no había regresado del trabajo, o de las clases de natación a las que se metió para estar menos gorda para la no boda.

Maya deslizó la tijera por la tela. El chasquido confirmó el corte. Eran las tijeras de costura y no había que batallar como con las de papel; tardó en encontrar el costurero, nunca lo usaba. Tris, otra tira de la falda. Julio insistió por la ventana de la cocina:

—Maya, necesito hablar contigo.

Sin despegar los ojos de aquel blanco nacarado, la tijera pasaba ahora por la cintura, un corte más dramático. Imposible juntar las dos partes. El toquido de nuevo.

—Maya, ahí estás.

La manga japonesa, tan de una época, a la mierda con ella y aquel tiempo. Cuando llegara Patricia le podría ayudar con la otra; le diría que siguiera con sus clases de natación, de cualquier manera le hacían bien. Puras tiritas. «Hazlo cachitos, mamá». La noche anterior, Patricia se dejó abrazar por su hija y habían dormido juntas en la misma cama; no hablaron de la boda ni del abuelo ni de nada. Las dos estaban contentas por que Irina estuviera ya en casa y fuera de peligro.

Una vez más oyó:

—Maya, te quiero.

Volteó la prenda e hizo trizas la espalda, quedó una telaraña donde estuvieron esos botones forrados que bajaban por ella. La pedacería empezó a llenar la mesa del comedor: la seda clara resaltaba sobre la madera.

El cuerpo de Julio recargado en la puerta se deslizó para acabar sentándose en el escalón de entrada.

La caja larga había llegado esa tarde, el vestido colocado en una cama de papel muy fino y protegido por otra; Maya lo recibió y firmó con furia. Luego miró el mensaje que acompañaba la caja: «Espero que te quede perfecto».

Sin firma, como la otra nota para que acudiera a la cita, nada más que era claro quién la mandaba. Lo sacó con rabia del paquete y primero lo aventó sobre el sillón como si fuera un demonio; luego supo que su presencia estaba maldita y que no bastaba con tirarlo a la basura. Fue por las tijeras.

Antes de cortar el mensaje y hacer añicos la palabra *perfecto*, se le ocurrió compararlo. Buscó en el fondo de su bolsa la nota de la cita a ciegas pero no estaba, la debía haber tirado. Corrió al bote de basura de su cuarto, y nada. La encontró en el baño y las puso juntas: no era la misma letra.

Había dejado de escuchar a Julio.

Tasajeó *perfecto* y *espero* y el *te quede* y aquel otro recado que había sacado del basurero, y luego volvió al vestido para clavarle una daga. Justo cuando lo había extendido sobre la mesa como cadáver para la autopsia, Julio tocó el timbre.

Ahora sólo faltaba el frente, aquel escote drapeado que era casi lo único que le quitaba simpleza al diseño y le daba coquetería. Mientras abría la tela desde la curva arriba de los senos hasta el ombligo, sentía la sangre salpicarla. Los drapeados tan bien hechos seguían siendo visibles. Había que cortar de la misma manera varias veces para que el torso no se sostuviera más, para que dejara de latir ese horrible corazón que el pasado le había legado.

Cuando cayó rendida y llorosa sobre la tela, Julio la llamó de nuevo:

—Maya, Maya, por favor.

Escuchó alarmada el ruido del vidrio en la cocina: después se alegró de ver a Julio de pie frente a ella con el pantalón rasgado, pero se quedó impávida.

—No hay nada de lo que imaginas. Iba por mi traje.

—Lo sé —aseguró Maya—. Llévatelo.

La conversación con Vicente la había llenado de claridad; Julio lo buscó para desahogarse, para contarle los excesos de esa mujer de los vestidos, y no comprendía por qué Maya lo espiaba si los dos se habían tenido confianza siempre. Vicente había confortado a su prima, le dijo que Julio era de una pieza. Maya se resistió, esa frase le parecía hueca ahora, pero era verdad que no creía que Julio arriesgara lo que quería construir. «Te tardaste en decidir, prima, eso sí», le dijo Vicente, «pero Julio no quiere otra cosa que estar contigo, y no anda haciendo tonterías».

Había llenado la caja con aquel despedazadero que interpuso entre ambos.

—Que te devuelvan el dinero.

50

Eugenia miró por la cámara de seguridad. Era Germán, le gustó el saco de pana que llevaba y esa manera en que se frotaba la nuca cuando estaba nervioso. Por un momento sonrió: lo recordó desnudo en el vestidor, temerario, jugueteando con ella, saliendo y entrando de las cortinas para escenificar el matrimonio de Victoria y Albert de Inglaterra, parodia de lo que ella le había contado: que el vestido blanco se impuso desde esa boda en 1840 y que, aunque era un enlace pactado, se amaron mucho: tuvieron nueve hijos. Entonces Germán insistía: «Vamos por el décimo, Victoria». Se reían irresponsables, nada había atizado todavía la amargura de sus corazones. Eugenia confiaba en que la boda de Maya sería la estocada final, el marbete del mal sabor que había cargado por años, el destazamiento de las ilusiones. No pensaba abrirle, porque ya no abriría la tienda: había tomado esa decisión después de que Mireles y ella hablaron a la salida del juzgado. Disfrutó el placer de exhibir la carta de Paolo a su hijo en sus declaraciones, la cara desencajada de Aurora mientras Mireles leía en voz alta el contenido y presentaba también la carta de cesión en adopción que había conseguido firmada por los dos hermanos. Se había quitado el yugo y la culpa, aunque la imagen de los hermanos copulando en su propia cama le revolvía el estómago. Mireles le recomendó irse, llenar de distancia la relación con su cuñada. Aurora había perdido, era verdad, pero tenía nuevos motivos para odiarla.

—¿Bajo qué nombre habrán registrado a la criatura? —ignoró a Mireles.

—No querrás que lo busquemos.

Le parecía atroz el abandono de una criatura y, por otro lado, era la descendencia de quien en vida fuera su marido. Mireles la vio dudar.

—Pero si no soportabas a Paolo.

—Es su hijo. —Se defendió.

Hizo caso de lo que le recomendaba el abogado. Cuando recibiera las fotos de la boda tomaría el avión: ya no necesitaba la tienda para ello, ni arriesgarse a que Aurora la mandara a golpear otra vez. Sin duda la odiaría más porque ahora sabía la verdad: ya no le parecía mal que hubiese tenido un hijo —ella lo había evitado a toda costa— sino que lo hubiera abandonado. ¿Sería un muchacho normal? ¿Tendría malformaciones?

Pidió a Mireles que hiciera lo procedente para el cierre del negocio, le dejaría una carta para que la representara legalmente, y también le encargó que localizara a la criatura. No quería saber nada, pero cuando tuviera nombre, apellido y dirección, lo dejaría como único heredero en su testamento.

Faltaba una semana para la boda y ya había escogido un nuevo destino. Siguió observando a Germán y al paquete que traía, que delataba que tenía algo más que mostrarle. ¿Había estado hablando con el supuesto Efraín en el edificio de Celia, y por eso le pareció verlo en Novias Ivón? Sin duda Celia se veía más segura, incluso le notó un cierto arreglo aquel día que recogió el vestido: los labios pintados de rosa, una pulsera que tintineó cuando le entregó la prenda. ¿Cómo seguía la historia? ¿Efraín moría, Alicia era descubierta, o qué sucedía con esas vidas deslucidas?

Se concentró en aquella extraña despedida, pues sabía que no volvería a ver a Germán. Por el interfón susurró un adiós que pareció llegar a sus oídos.

—¿Eugenia?

Pero ella no habló más, dejó que él se desconcertara. En realidad le caía bien. Era ingenioso y buen amante. Se parecía a ella hasta cierto punto: no quería más que pasarla bien, sin raspones. La diferencia era que Germán dejaba las decisiones a sus personajes. No era un hombre para estar con él, leerlo era más cómodo.

—Aquí lo dejo —respondió antes de alejarse, sin saber que salía para siempre de su encuadre.

Eugenia no pensaba volver a poner un pie en Tu Día. Accionó el mecanismo del cortejo y bajó la rampa hacia la puerta; como si saliera del altar de la no boda. Les endilgó a los maniquíes su desprecio.

51

Irina la esperaba en el estudio. El café estaba listo, ella sentada en el espacio que siempre ocupaba. Sonó la campanita para llamar a la chica del servicio.

—Ya nos traen los cuernitos.

El abuelo pasó hacia su estudio.

—Ya va a empezar el juego.

—¿Quién juega, abuelo?

—El Real Madrid, ya sabes que no se lo pierde por nada —contestó Irina por él.

—Que gane, abuelo.

Maya se sorprendió de la naturalidad con que había dicho esas palabras y del cariño entre los dos; el hospital parecía un pasaje ajeno y antiguo. Tal vez era la costumbre de la familia, barrer la mugre debajo del tapete.

—Me alegro de que estés bien, abuela. Prometiste que nunca te ibas a morir.

—Habrá sido tu madre la que prometió eso —dijo Irina.

—Mamá no lo tiene que prometer, no tiene otra opción.

Las dos se rieron como siempre, y Maya vio cómo la abuela mojaba el cuerno en el café y un pedazo se desmoronaba adentro.

—Abuela, qué asco.

Siempre se lo decía y la abuela volvía a contar que desde niña le encantaba sopear el pan dulce.

—¿Sabes que estuviste grave?

Irina la miró a los ojos como si quisiera salvar a su nieta del dolor que aquello había sido:

—Sí, y sé que sabes las razones.

—Pues justo a tiempo, abuela, porque ahora lo tengo claro: no me voy a casar.

Irina siguió mojando aquel trozo de pan.

—Después de todo, ha valido la pena estar con tu abuelo, te lo digo yo.

—Abuela, si casi te mueres.

—Ha valido la pena querer a alguien tanto.

Maya se molestó con sus palabras; iba a repelar, la había visto grave en el hospital, a su madre perder la cabeza.

—El amor es un viaje sin garantías, Maya. Uno se puede ahogar —prosiguió la abuela.

Maya pensó en aquella noticia del *ferry* hundido en Corea del Sur: la había impresionado cuando la leyó y ahora, absurdamente tal vez, le venía a la cabeza. En él viajaban trescientos veinticinco estudiantes que habían ido a pasar unos días a una isla con sus maestros; cuando iban de regreso ocurrió el naufragio. Por medio de mensajes en el celular se despedían, hablaban del *Titanic*, les decían a sus padres que los querían, que aún tenían ganas de ver varias películas, que no deseaban morir. Fueron obedientes y esperaron, como les dijeron, del lado del barco del que fue imposible salir.

Maya le vio el pelo cano acomodado con esa naturalidad altiva que la distinguía, y los labios pintados de suave marrón que iba dejando en la orilla de la taza. No parecía un náufrago. El capitán de aquel *ferry* había abandonado el barco. Los dejó morir, y aunque se hubiera quedado, tal vez nada habría cambiado más que su dignidad.

—El capitán no deja su barco —concluyó la abuela—. Lo lleva a puerto.

¿Quién era el capitán? ¿Ella, el abuelo, o se refería a Maya y su boda?

Antes de partir, Maya gritó desde el estudio que se iba; el abuelo le devolvió ese adiós optimista y agregó:

—Las croquetas serán de jamón.

Maya sólo meneó la cabeza. Cuando se acercó a darle un beso a la abuela, Irina se atrevió:

—Puedes llevar otro vestido.

A punto de bajar la escalera, se dio la vuelta:

—Abuela, en el hospital noté que tus manos son de hombre.

Buscó en la mesilla donde estaba la libreta en la que la abuela llevaba el control de las compras y los pendientes, y arrancó una hoja para que pusiera la mano; una vez que la extendió, dibujó su silueta.

—Mira, el dedo cordial y el índice son iguales.

Arrancó otra hoja para dibujar la suya, que por el contrario mostraba la diferencia.

—Las mujeres tenemos el cordial más corto que el índice. Pero tú no, abuela.

Del otro lado de la hoja, de cabeza, había algo escrito en letra de imprenta; al darle la vuelta descubrió la palabra *jueves*. Reconoció la letra de la nota anónima y miró desconcertada a su abuela. Irina le retuvo la mirada.

—Vi la foto en el secreter de tu abuelo. Le pedí al chofer que vigilara el lugar. Era necesario.

52

Cuando Eugenia entró a trabajar al despacho de arquitectos estaba emocionada de poder llevar a la práctica lo estudiado. Una compañera de la universidad conocía a algunos de los socios y así fue como tocaron puertas y las dos fueron aceptadas. Le gustaba que el despacho mirara al Parque Hundido, y que entrara tanta luz: la descansaba pasar la vista del papel en el restirador a lo verde allá afuera. A veces era preciso quedarse entrada la noche para acabar los planos. El boquete oscuro de la ventana no permitía que se distrajera, pero no le daba miedo salir tarde pues estacionaba el coche en el edificio. Casi nadie joven tenía auto: su padre le había regalado el Jetta cuando acabó la universidad. Del Pedregal al Parque Hundido se llegaba rápido y Eugenia gozaba ese ambiente de trabajo. Salir de casa, donde la depresión de su madre era un lastre, había sido un alivio. Llevaba sólo dos meses imaginando su futuro, aunque su padre ya había hablado con alguien en el gobierno y había una oportunidad en el diseño de viviendas populares. Pero Eugenia se resistió, su sueño era estar en un despacho como Inclán Osorio; disfrutaba el orden, el gusto que acompañaba al espacio, desde los sillones de la entrada hasta el arreglo de los restiradores y los bancos, las pizarras enmarcadas en amarillo, los papeles ordenados en anaqueles transparentes. El baño, al que no le habían metido mano, desentonaba con el resto, la ventana de aluminio anodizado era insufrible. Odiaba ese color que pretendía ser dorado. A veces se tardaba más de la cuenta allá dentro, ideando los cambios que se podían hacer.

Cuando Joaquín le habló por primera vez en particular fue una de esas noches en que intentaba concentrarse en los detalles del plano para una escuela que le habían asignado. Ella aún no era de las que proyectaban, como le hubiera gustado: le tocaba la talacha: completar los planos, detallar las áreas ajardinadas, incluir las escalas, los acercamientos. Hasta ahora lo más importante en sus manos había sido la acuarela de una fachada. Se distraía con una proyección del baño del despacho cuando el arquitecto Inclán la interrumpió.

—Interesante —le dijo.

Eugenia se turbó al principio y luego se dio cuenta de que sólo quedaba ella en el salón grande.

—Es el baño, necesita cambios.

Inclán vio aquella distribución y le preguntó sobre colores y materiales.

Eugenia no tuvo reparo en soñar ese espacio que ocupaba todos los días.

—No puede desentonar con el resto —se defendió con un poco de pudor.

—Haga el presupuesto, pero después; vámonos ya. Parece que somos los últimos.

Aquella noche Eugenia no pudo dormir. Hizo la lista de materiales, llamaría a los proveedores por la mañana; antes de llegar al despacho pasaría por las marmolerías de División del Norte. Pediría muestras. En la tarde tenía ya un presupuesto respetable que había dado a la secretaria del arquitecto Inclán. Se volvería a quedar después de horas de oficina para acabar los detalles del plano postergado. Parecía que Joaquín Inclán y ella cojeaban del mismo mal, el gusto por trabajar de noche, porque la volvió a sorprender cuando ella recogía sus cosas, satisfecha de haber concluido el encargo.

—Usted y yo somos un poco búhos.

Tomaron el elevador juntos y Eugenia lo miró deseosa de saber qué le había parecido el presupuesto. Él alabó su mascada:

—Hermès, ¿verdad?

Eugenia se ruborizó. Su padre le regalaba siempre una mascada el día de su santo; una buena mascada.

—Quien la pretende tiene buen gusto —agregó mientras el elevador se abría.

Eugenia no quiso aclarar. La encaminó a su auto, y cuando ella dijo «Gracias» y cerraba la portezuela, se asomó por la ventanilla:

—Puede empezar la remodelación la semana que entra. Daré instrucciones.

Así había sido todo, pocas palabras, el baño bajo su cargo, su amiga mirándola con envidia porque durante dos semanas no le asignaron plano alguno. Joaquín Inclán regresó de algún viaje y sorprendió a Eugenia cuando se fumaba un cigarro en el baño: se ruborizó cuando él asomó por la puerta entreabierta.

—Es el baño de mujeres, arquitecto Inclán.

—Joaquín, por favor —dijo sin hacer caso—. Siempre he pensado que si se puede fumar en un baño es porque el espacio invita.

Pasó la mano por la superficie de travertino del mueble del lavabo, dio vuelta a la perilla del agua, vio los escusados tras las puertas de abanico, se fijó en la luz del espejo, en el marco blanco de la ventana.

—Me gusta. Veré que te den tareas más importantes.

No bajaron juntos en el elevador porque una llamada detuvo a Joaquín y a Eugenia le pareció una obviedad hacer tiempo para esperarlo, pero él la alcanzó en el estacionamiento.

—Te adelantaste. Ese novio que te espera me da envidia.

Eugenia sonrió, intentando descifrar la edad del arquitecto. Su vestimenta clásica engañaba: el suéter verde botella, el *blazer* azul marino. ¿Cuarenta y cinco?, ¿cincuenta?

Joaquín cerró la puerta del auto con gentileza.

Eso fue lo que la ganó, no su dinero ni su profesión que los emparentaba, tampoco su apostura que le fue descubriendo cada día: su esbeltez y altura, la melancolía de sus ojos, la nariz aguileña, el tono apiñonado de su piel. Fueron su elegancia y sus maneras; cuando pidió que lo acompañara a un viaje con otros dos de los jóvenes arquitectos, cada vez que ella se levantaba de la mesa de trabajo o del comedor él se ponía de pie, lo mismo cuando ella regresaba. Su padre, que la había consentido tanto, que le regalaba perfumes, joyas, bolsas y mascadas, no era un hombre refinado, más bien ostentoso y ordinario. Pero Eugenia no había aquilatado eso hasta que Joaquín, con discretos detalles —libros, postales de algún edificio o casa magnífica de sus viajes, flores después de algún acierto profesional—, fue ocupando todo su mundo. Cuando quiso mirar atrás, tener ganas de ir a las reuniones que organizaban sus compañeros de universidad, sus primos, los del trabajo, ya estaba metida hasta las cachas. El viaje a Chicago donde él daría una ponencia y ella aprendería mucho de la arquitectura de esa ciudad, conocería el estudio y casa de Frank Lloyd Wright en Oak Park para comprender cómo relacionó el interior con el exterior y cambió la forma de concebir los espacios y su diseño, también trastornó el interior de Eugenia. Sólo esperaba el próximo viaje de Joaquín para estar a su vera, bajo su manera de mirar el mundo, de gozar los vinos, la caminata, de reírse, de acariciar su piel. Se había enamorado de un hombre casado, padre de tres adolescentes, que no confesó su debilidad por ella hasta dos años después, cuando entró a trabajar otro joven arquitecto, apuesto y simpático. Ya no sólo Joaquín y Eugenia se quedaban hasta tarde en el despacho, el joven también. Sin notar la relación entre el jefe y ella, empezó a invitarla a cenar, o al cine: Joaquín lo supo cuando lo vio subirse al Jetta con ella, cuando tuvo que quedarse sin ese beso clandestino en el estacionamiento del edificio y sin palabras para reclamar. Para Eugenia era un alivio tener una compañía que la distrajera los fines de semana, que la hiciera reír en el trabajo, que la obligara a pensar en la realidad de que no había una vida con Joaquín Inclán. Él tenía una familia a la que amaba, a la que no iba a herir. En cada viaje había visto cómo compraba algo para cada uno de los hijos y, suponía, otra cosa para su mujer cuando ella se quedaba hasta tarde en la cama del hotel mientras él se levantaba y decía que lo esperara, que no tardaría.

Entonces Joaquín la invitó a un viaje que nada tenía que ver con el trabajo, quiso amarla en el mar y se fueron a Careyes, a una casa que estaba por entregar decorada, como habían pedido los dueños. La probarían: un espacio sobre una roca proyectándose hacia el mar, casi una casa colgante. Eugenia le inventó algo al chico del despacho, que la quería llevar a una discoteca; no quería herirlo pero tampoco le interesaba demasiado. Incluso tendría que agradecerle su manera de procurarla: Joaquín estaba nervioso, las cosas se le salían de control. Se quedaba lo más tarde posible pero acababa por irse antes que los dos jóvenes, que seguían trabajando. No quería hacer nada evidente hasta esa noche antes del viaje a Careyes, cuando la llamó a su despacho, la besó y la encerró para hacerle el amor en el baño que ella había decorado, sin saber si el chico se enteraba o con deseos de que lo hiciera, pensó Eugenia excitada e inquieta. Su relación con Inclán era un secreto que había cuidado lo más posible aunque sus compañeros la molestaban pues notaban la preferencia en sus trabajos y en los repetidos viajes, pero no había nada obvio que quitara honorabilidad al hombre de familia que era Inclán y que Osorio respaldaba. Hacía meses que Osorio se había mudado a Guadalajara para abrir una filial, e Inclán se sentía más libre para amar a Eugenia. Cuando se acomodaba la falda y el pelo en aquel baño, le dio el boleto de avión y le dijo que la esperaba en el *lounge* de American Express en el aeropuerto.

Eugenia volvió por sus cosas y el chico ya se había ido. No vio ninguna nota, aunque habían quedado de verse el fin de semana. El mar de celos desató a Joaquín en aquel viaje: le regaló un collar de perlas, la hizo usarlo en la alberca privada de la casa, donde nadaron desnudos de noche, bebieron champán y besó cada centímetro de su cuerpo, mordió su cuello hasta sangrarlo mientras la poseía, y le dijo que sólo la quería para él. Entonces se atrevió:

—Casémonos.

Eugenia sentía que su corazón bombeaba como si fuera a fugarse de su cuerpo. Nada deseaba más que la vida con Joaquín, que todo con Joaquín.

—No podrá ser por la iglesia, como quizás te gustaría: vestida de blanco.

Arguyó que las cosas estaban mal con su mujer, que se mudaría fuera de casa y pediría el divorcio, que le proveería todo para que tuviera la vida que había disfrutado hasta ahora, que en un año podrían casarse. Cuando regresaron, la propuesta de Joaquín puso a Eugenia en alerta. Temió que se diluyera. Por eso apresuró la ceremonia: un acto simbólico, un compromiso inmediato, una boda que sólo ellos dos conocerían mientras esperaban los trámites del divorcio, y a la semana le mandó la foto del vestido.

Había escogido un modelo de vestido de novia que no era el clásico largo ni llevaba velo, pero era aperlado y sutil, elegante. Si esa iba a ser su única boda, tendría que verse magnífica.

—Sólo lo veré yo. —Se rio Joaquín cuando aceptó sellar el compromiso en ceremonia privada.

—¿Te gusta?

—Me encanta, pero ¿no se supone que no debo verlo antes de la boda?

—Nada de lo nuestro es como debería ser —le dijo Eugenia.

Dos meses después habían escogido el lugar, un hotel apartado del mundo, una exhacienda en los Altos de Jalisco donde estaría la cámara nupcial; el dueño, un francés que había transformado el lugar y que ofrecería un menú excepcional, haría la ceremonia en el jardín. Lo planearon juntos pero Eugenia se encargó de los detalles, temiendo que Joaquín lo postergara, como él insistía, para cuando todo estuviera en orden.

Los días que mediaron entre el mar y la ceremonia Eugenia se desentendió del muchacho de la oficina, y buscó departamentos donde esperaría a que él mudara sus cosas una vez divorciado; no lo presentaría en casa hasta que las cosas ya fueran de otra manera pero se iría a vivir sola, eso diría, y él la visitaría mientras concluía su compromiso anterior como debía ser. A última hora, Joaquín le pidió que se adelantara a la exhacienda y le alquiló un chofer para que la llevara. Sabía que ella había previsto tiempo en el *spa* para el día previo; le dijo que llegaría por la noche cuando acabara la reunión con sus clientes. Luego llamó y dijo que prefería no manejar de noche, que saldría temprano. Eugenia bromeó y respondió que lo esperaría con un amante en la cama, que era servicio de la hacienda, así estaría en forma para su noche de bodas. Notó el silencio de Joaquín.

—Es broma —se disculpó—. Te espero con el vestido puesto. No llegues tarde, no es de caballeros.

Esa fue la última conversación que tuvo con él. El lunes se presentó en la oficina con los ojos rojos; tenía ganas de estrellarle cualquier cosa en la cabeza. La recepcionista la saludó pero le atajó el paso.

—El arquitecto Inclán pidió que le entregara esto.

Eugenia observó el cheque.

—Si me firma aquí. —Le extendió el papel de su liquidación.

Los sillones rojos de la antesala eran coágulos en sus ojos. Rompió el cheque frente a la chica y dejó que cayeran los pedazos sobre el papel que esperaba su firma. Trazó una X y salió para siempre del despacho.

53

Los cuatro entraron a la cantina, la misma de los caracoles, pero no era jueves; faltaban unos días para la boda y Maya los convocó. Su padre ya se había instalado en casa de los tíos y Fer llegaría el viernes, así que el *timing* era preciso. *Y precioso*, pensó Maya mientras contemplaba a los tres hombres. El abuelo tomó la delantera y le preguntó qué quería, al tiempo que añadía al tequila reposado de su nieta otro para él:

—Blanco, por favor.

Su padre le hacía coro al suegro sumando una cerveza y Julio se quedaba sólo con la cerveza. Le había dicho a Maya que no era el mejor día para ir a la cantina, aún tenía que comprarse un traje en algún lado. «Oscuro, nada de frac», suplicó Maya cuando Julio llegó encandilado con el deseo de estar a la altura del vestido que ella estrenaría. Le había costado calmarla y asegurarle que de eso se trataban las reuniones con Eugenia, pura asesoría para vestir al novio; Maya lo molestaba con aquello de «Más bien desvestir al novio». Era una burla forzada pues la brizna de la duda seguía enlodando su comodidad. Quería creer, quería confiar. Aunque Julio no lo entendiera, por eso insistió en ofrecer esa prueba de tranquilidad ahora que el rumbo había sido retomado, por eso citó en la cantina a los tres hombres. Dijeron salud mientras picoteaban trozos de jícama con limón, y no hablaron hasta que un poco de líquido aflojó sus gargantas.

—Allá no vas a encontrar lugares como este —se burló el padre de Maya, queriendo arrancar una sonrisa a Julio. Parecía más callado que de costumbre—. Y vas a tener a Maya para ti solo.

Julio levantó las cejas y ladeó la cabeza como si no estuviera convencido; Maya tomó su mano por debajo de la mesa, la apretó fuerte como si un barco zarpara. Tenía ganas de decirle «Salud, casi esposo», pero se tragó su brindis cuando el abuelo sacó un sobre y se lo entregó a Julio. «De hombre a hombre», pensó Maya desconcertada, pues ella era la nieta.

—Para el comienzo de la vida juntos, y para que te encargues de mi nieta.

Julio miró a Maya. Desde luego, no esperaba aquello.

—Quedan pocos días para que se vayan —explicó el abuelo.

Maya contempló ese pelo blanco y delgado cuyo brillo contrastaba con las manchas que le crecían en la cara, y esa compostura caballeresca que le funcionaba como un andamiaje, como un traje en el escenario. Luego se fijó en su padre frente a ella: tenía alegría en los ojos. Su hermano Ro la había heredado, ella no. Le hubiera gustado porque podía capotear los vendavales con esa mirada de luz. Pensó que su padre y su abuelo eran boyas a las que asirse, pensó en Irina aceptando esa ancla que era el abuelo, después de todo. Dio un trago más largo. Julio, en cambio, parecía nervioso: su manera de adelantarse con respuestas, miradas, gestos para allanar cualquier inconveniente no aparecía esa tarde, los ojos que habían descorchado amor estaban distraídos. Como si estuviera replegado en sí mismo, un caracol tenaz y asustado. Ella había ido a buscar la red de protección a pocos días de que su vida tomara otro rumbo, y la boda había sido un asunto tan de mujeres que estaba fastidiada: flores, listas, menú, ropa. Los hombres quedaban al margen. Qué tontería tan grande. Eran carteras, como en otra época, y ella, Maya

Suárez, se había prestado a esas formas que criticaba. ¿Qué había sido el episodio del pago del vestido sino eso? Una trampa.

—¿Qué detalle recuerdan del día de su boda? —lanzó.

—Pides picar piedra en la memoria —se defendió el abuelo.

Julio aceptó un tequila cuando Maya pidió el segundo.

—Aprovecha, que allá no habrá —insistió el padre de Maya—. Y si hay, no estaremos nosotros.

Debió reírse, porque el padre de Maya le parecía divertido, muy distinto al suyo. El desparpajo de Carlos Suárez al principio lo había destanteado, como le explicó a Maya, pero luego le dio un respiro. No todo tenía que ser como los otros esperaban. «Llamé a tu padre», le confesó a Maya días atrás. «No sabía qué hacer». Maya comprendió por qué cuando despertó en el sillón de la sala su padre estaba ahí, con puntualidad para aliviar su quebradura. «Había ayudado a pegar el barro rasgado», pensó, y miró a Julio. El agua parecía aclararse, como si los cuatros juntos pudieran vencer las imperfecciones del amor, pero Julio no respondía al reclamo de sus ojos. Maya lamentaba su dureza para con él. El abuelo se adelantó:

—Aquella mañana de abril me desperté antes que mi madre, estaba inquieto. Me asomé al corredor pues quería una taza de café, pero no sabía prepararlo: ella siempre lo hacía. Y de pronto supe que se quedaría sola en la casa que habíamos compartido después de que mis hermanos se casaran. Me sentí mal por no estar exultante pensando en Irina, sino apesadumbrado pensando en mi viejita, así que tomé los plumones del restirador y dibujé en la pared de mi recámara una extensión de la cama, con la misma colcha de cuadros grises y una silueta bajo la cobija; del bulto que era yo, sobresalía la nuca y el pelo revuelto sobre la almohada. La perspectiva era tal que parecía un trampantojo. Dibujarlo me calmó, así que cuando mi madre tocó a la puerta fingí que había sido necesario que me despertara y aparecí enseguida en la cocina para tomar el café.

»Dos días después me llamó muy de mañana al hotel de Acapulco donde pasábamos la luna de miel. Con la voz alterada, me dijo que creía que me había regresado, que el matrimonio no había funcionado y que dormía en mi cuarto; se había asustado mucho. Aunque cuando corrió las cortinas comprobó que yo era un dibujo en la pared, necesitaba saber que estaba bien. ¿O quería hablarme? El primer domingo después de que regresamos Irina y yo, entré a mi viejo cuarto y cubrí de pintura blanca el pedazo de muro.

Un extraño silencio se apoderó de los cuatro. Maya hubiera querido que contara algún detalle chusco, distracciones, olvidos, tal vez alguna complicidad entre Irina y él. No esperaba la congoja.

—Qué susto se habrá llevado —dijo Maya.

Julio salió al quite, y a Maya le complació que entrara en acción a su lado.

—¿Y usted, señor?

Su padre pareció desenterrar un muerto. Tardó mientras miraba sobre las cabezas de los parroquianos, como si lo que quería contar estuviese por ahí suspendido.

—El día de la boda fui a jugar futbol. Había partido. Patricia insistió en que no fuera esa mañana, qué tal si me pasaba algo. No quiso recordarme lo de la pierna hacía unos años, pero yo sabía que en su advertencia escondía ese temor. No di mi brazo a torcer y recién bañado, con la cara quemada por el sol, llegué con aquel traje mal hecho media hora antes de la boda. Patricia corrió hacia mí y me abrazó muy fuerte; a nadie le dijo que había ido a jugar futbol, sospechaba los comentarios que azuzarían su preocupación. «Perdimos», le susurré al oído. «Pero aquí vas a ganar», me dijo. «No quiero que te pase nunca nada». Toda la boda disimulé el esguince de muñeca. ¿Por qué creen que la tengo un poco torcida?

Maya lo miró sorprendida de no haber advertido ese defecto de su padre. En lugar de enfrascarse en el despropósito de los matrimonios, aquella prueba de amor entre los dos la cobijó. Por eso no entendió cuando Julio se puso en pie y dio una disculpa torpe:

—Me tengo que ir.

Ella, a punto de seguirlo, dejó que su padre la contuviera y él mismo fue a alcanzarlo; el abuelo apenas si se movió.

—Son momentos tensos.

Maya miró hacia la puerta por donde los dos habían desaparecido. Temió por primera vez haber arruinado todo entre Julio y ella; no haber mostrado amor cuando él se lo había puesto a la puerta de la casa. Pensó en esa mirada suya que la traspasaba. Pensó que sus temores no le habían permitido recibirla sin defensas y devolverla igual de limpia y poderosa.

—¿Sigues queriendo a la abuela? —preguntó.

—Más que nunca.

—¿Y lo que pasó entonces?

El abuelo dio el último trago a su copa.

—Tu madre y tu tía eran adolescentes, Irina estaba pendiente de ellas, de la casa, y nos desatendimos. Esa línea es muy frágil. Necesitamos ser mirados, ser queridos. Lastimé a la mujer que amaba y a una joven que no lo merecía. ¿Sabes? Cuesta mucho que te miren como antes, con el mismo amor decidido.

—No hay nadie como la abuela Irina —aseguró Maya—. Ni como tú, abuelo.

Y mientras él alzaba la mano pidiendo la cuenta, lo imaginó joven dibujando en la pared de su cuarto, que dejaría de serlo ese mismo día. *Ser mirados, ser queridos*, reverberaba en su cabeza. Debían irse ya sin esperar a los otros. Tomarían un taxi, pues Julio había traído el coche en el que llegaron, se iría a casa y esperaría a que Julio o su padre la llamaran, que uno de los dos le explicara lo ocurrido. Se quedaría quieta, sentada en el borde de su cama, sin saber si se iría para siempre, sin dejar rastros en un dibujo, o deshacía la maleta y devolvía la ropa a su sitio.

El derrumbe
Insomnio

Cuando Alicia lo veía descansar, desde la silla que había elegido para estar a su lado, le sorprendía la paz con que cerraba los ojos. El día que lo sacaron tuvo que irse a la tienda mientras los bomberos y los hombres del edificio, Manuel, su marido y otros cuyos nombres no conocía, asistían o miraban cómo los uniformados caminaban por las montañas de libros. «Tiene las piernas moradas», le explicó Andrés cuando entró a la tienda agotado, «cuajadas de llagas por la humedad, salió un olor espantoso entre aquella masa de hojas podridas. Lo limpiaron como pudieron, los paramédicos lo revisaron, no había nada roto, ninguna cortada, sólo apachurramientos, posibles infecciones; les costó trabajo desprender los pedazos de páginas untados a sus nalgas y en las rodillas». Él le pidió que se quedara a cuidarlo, los paramédicos habían dicho que era necesario, y Alicia lo vio quejarse aquella noche, despertar con dolor. Le habían dejado un analgésico para tomar cada ocho horas y si se agravaba debía llamar a la Cruz Roja; el hombre no tenía Seguro Social. En los días que siguieron, repartía su tiempo entre la tienda y la atención a Efraín. A veces, con indicaciones de Efraín, ella había ido colocando en los estantes los libros que no estaban dañados; los espacios altos que requerían escalera seguían vacíos. Efraín supo que algunos se habían ido a la basura y que los mismos bomberos dispusieron de ellos cuando lo sacaron: eran inflamables, pesaban mucho así húmedos y unos eran amasijos inútiles y peligrosos. «Qué ganas de llenarse de mugre», habían dicho. Alicia comprendió, después de la tercera noche que subió con la cena, que no eran mugre. Manuel había ayudado a rehacer los libreros vencidos y Alicia por ratos atendía las instrucciones que Efraín le daba desde la cama para colocar unos y otros. Cuando acomodó las revistas *Selecciones*, Efraín le pidió que incluyera la que tenía en su buró aunque luego, tajante, le dijo que mejor la tirara a la basura. Las *Técnica Pesquera* irían más abajo, no quería que Alicia se subiera a la escalera. Había avanzado mucho en unos cuantos días.

Después de darle de comer lo que había traído de su casa y esperar a que Efraín se bañara, él estiró la mano hacia la cómoda y empezó a leerle de un libro: se llamaba *Rebeca* y era sobre una señora muy rica en una gran mansión. Alicia se maravillaba con lo que la voz podía hacer, pintarle paisajes, enojos, tristezas. Cuando Efraín se cansaba, ella leía un poco más en voz alta.

A veces él prefería leerle cuentos. Le había leído uno de un tal Borges que se llamaba «La intrusa». Al principio se preguntó si quería decirle algo con eso, pero cuando lo leyó se puso muy triste de que los dos hermanos optaran por un final tan trágico para no pelearse por el amor de una mujer. Efraín no protestaba por su presencia ni preguntaba nada sobre su vida. Al cabo de la primera semana el marido reclamó que, si tenía que quedarse hasta tan tarde, las composturas no se estaban entregando a tiempo.

Alicia le dio de cenar a Efraín y se fue pronto para cerrar la tienda y volver con su marido a casa, pero no pudo pegar ojo; en cambio, su padrastro y marido se quedó dormido de inmediato y empezó a roncar. Ella se levantó, lavó los trastes de la cena, preparó la comida del día siguiente y pensó en Efraín; en esa luz tenue de la noche, cuando ella subía los pies a la cama mientras escuchaba y él se atrevía a acariciar sus empeines. Ya pronto podría empezar de nuevo la compraventa de libros y revistas, le había dicho Efraín animado, entregarle a Longoria, y ella insistió en que no había prisa: sabía que cuando su marido lo viera entrar por el carrito de súper no podría volver a subirle la cena.

Al día siguiente Alicia se adelantó para abrir la tienda, mintió diciendo que había quedado en entregar un vestido antes de las diez. Su marido miró su arreglo y la jaló hacia sí, insinuando su antojo. Ella se escabulló pretextando que se le hacía tarde.

Cuando entró al departamento, Efraín ya no estaba en la cama, lo vio en la escalera y se alarmó:

—No, no hagas eso.

—Tú no vas a estar toda la vida —le dijo bajando con el libro que quería en las manos.

Alicia puso la mesa y sacó el desayuno que le traía, frijoles refritos que calentó y unos huevos que preparó ahí mismo.

—¿Y tú? —le preguntó Efraín.

—Ya desayuné —dijo apenada, como si lo hubiera traicionado.

Esa noche le subió la cena y, cuando se despedía, Efraín tomó un libro y la condujo de la mano a la cama. Los dos se recargaron en la almohada, él pasó un brazo por sus hombros y comenzó a leer. La voz de Efraín había recuperado fuerza, igual que sus brazos que podían cargar aquel tomo grueso; sus ojos tenían un brillo desconocido. Alicia notó que llevaba la camisa con el cuello que ella había reparado. Le dijo que leerían una aventura del Quijote cada noche, le iba a divertir.

54

Julio colocó su maleta cerca de la puerta. Sus padres los llevarían al aeropuerto con todo y la mamá de Maya; su padre llegaría de Veracruz directo al mostrador aéreo. Maya contempló sus movimientos como si fuera un espectáculo ajeno, como si ella no formara parte de ese acomodo de piezas que los extraía lentamente del entorno de muchos años, de los meses recientes y de los últimos días juntos en casa de Maya después de la boda. Su madre les había cedido la recámara, pues la luna de miel había sido planeada como un intermedio entre instalarse en Filadelfia y comenzar a estudiar. Habían aceptado ir a Nueva York por cuenta de los padres de Julio, cinco días por todo lo alto: verían a Ro y a Mike y les darían el regalo que mandaba Patricia para los dos. Maya no había podido abandonarse a gusto a las caricias de Julio. Debieron haber ido solos a cualquier lugar: Puerto Escondido, Huatulco, algún remanso de sol. La respiración de su madre pesaba en el cuarto de al lado, que era el de Maya, y su olor en las plumas de las almohadas, por eso una noche se estacionaron en una callecita oscura y se arriesgaron a ser vistos o increpados por la policía. Se besaron frenéticos, nuevos el uno para el otro, y Maya, con la ropa desacomodada y el pelo revuelto, lloró como una niña, como si toda su rabia y

su desconfianza hacia Julio salieran en aquellos apretones y pu-
ñetazos a la espalda mientras hacían el amor. Julio no se asustó
por aquel llanto; Maya miró sus ojos dulces, sus ojos intensos
clavados en los de ella, amándola. Maya lo supo más cercano
que nunca. Había dejado de decirle Egoísta, el mote tenía sus
aristas.

Tomaba café y seguía mirando la sala un tanto desordenada
por esos días en que la boda y la partida habían tenido ese escenario como paréntesis. Julio le preguntó si su maleta estaba lista;
asintió. Maya no sabía si ella estaba lista. Ni siquiera se asomó
a la recámara para cerrarla, Julio lo hizo. Los pasos de su madre
con tacones en el pasillo llegaban claros, como un anuncio del
silencio que luego quedaría en esa casa. El silencio para Maya,
el silencio para Patricia. No debía pensar.

Se escuchó el timbre y los dos supusieron que eran los padres
de Julio, pero era una voz desconocida.

—¿Diga? —preguntó Julio frente a un joven con un sobre
grande.

—Traigo las fotos de su boda. —Reconoció al novio, ahora
esposo.

Maya, intrigada, se acercó a la puerta.

—Pase —le dijo.

—¿Quién me las va a pagar? —preguntó directo y sin soltar
el sobre.

Julio miró a Maya para saber de qué se trataba.

—Yo no las encargué, Larga.

—Tal vez tus padres, o los abuelos. —Maya extendía la mano, ansiosa por ver aquellas imágenes.

—Nunca dijeron nada.

El chico no se desprendía del sobre.

—A mí me las pidieron. Las puedo tirar. En la tienda de los
vestidos de novia me dieron su dirección.

Maya se desconcertó.

—¿Cuánto es? —preguntó abruptamente.

—Veinte mil.

—Imposible —dijo Julio—, ¿qué no ve que nos vamos a vivir a otro lado?

El fotógrafo se sintió acorralado, era mejor recuperar algo; lo delató su súbito descenso.

—Cinco mil.

—Quiero verlas —pidió Maya.

Una a una, Maya vio a los padres de Julio sonriendo. A su abuelo abrazándola. Ellos dos alzando sus copas. El saco de Rodrigo un poco chueco, su madre con un chongo que la hacía ver más delgada. La tía Lucía y Patricia llorosas, su padre sentado con el abuelo, su padre sin saco platicando con Vicente. Vicente riendo con Fer. Su madre bailando con su padre. El tío bailando con una nueva novia. Su suegra bailando con su padre. Ella aventando las flores de su mesa como ramo. Ella bailando tango con su abuelo. Su abuela abrazándola. Otra vez su abuela abrazándola. Su abuela disimulando las lágrimas. Julio abrazando a la abuela. Su madre y Julio bailando. Stef y ella en un abrazo apretado. Los abuelos bailando tango. Rodrigo y Mike abrazados. Ella con aquel vestido azul oro, pegado al cuerpo y con la espalda abierta, inapropiado, sensual, riéndose. Ella viendo a los abuelos bailando tango. Ella entre sus padres con los hombros al aire, el azul real pegado al torso, una abertura del lado derecho. La tía Lucía bailando con Ro, Vicente con Stef. Hilda con el ramo y Jimena arrebatándoselo. Su padre viéndola. Ella y su padre bailando. Julio cargándola, una pierna de fuera; ella, borracha y despeinada. Ella con los brazos sueltos, como volando hacia una vida desde otra. Luego todos en la foto. Su madre mirando a su padre. Fer fingiendo dar una nalgada a su padre y guiñando el ojo a Maya. En otra, su padre mirando a su madre. Los dos riéndose. El abuelo y la abuela de la mano, solitarios en la mesa.

El color del vestido la favorecía, contrastaba con su blancura. Ella y Julio habían ido a elegirlo juntos, contraviniendo la creencia, después de que Maya fue por él a su casa e insistió en su decisión. Con un manojo de atuendos, se metió al vestidor del almacén y modeló cada uno a Julio. Cuando se enfundó en el azul y salió al pasillo para pedir su aprobación, Julio la empujó de regreso al vestidor: bajo la luz intensa y frente a los espejos, mordisqueó sus hombros, besó su espalda y subió por la abertura del vestido para encontrar el borde del muslo sin saber si alguna cámara registraba sus acciones.

Cuando pagaron el vestido, otra clienta que esperaba turno dijo que el lapislázuli era un color afortunado, que la roca tenía la cualidad de dar claridad, de deshacer el caos. Julio y Maya se miraron cómplices, con los ojos aún arrebatados de deseo.

No se dio cuenta del momento en que Julio pagó las fotos y el chico se fue. Cuando acabó de verlas lloraba. Las metió deprisa en el sobre; ya se acercaba su madre lista para salir y la abrazó. Julio explicó que era por las fotos.

—¿Es regalo tuyo? —preguntó Maya con el sobre de fotos apretado contra el pecho.

—¿Cuáles fotos? —dijo Patricia, creyendo que era una manera de no decir la verdadera razón del llanto de Maya.

55

La mañana en que regresó del viaje a Turquía, Eugenia decidió pasar frente a Tu Día. Desde el auto recorrió con parsimonia esa calle de San Ángel que había dejado de ser residencial para llenarse de tiendas; aún no eran horas de comercio y podía andarse despacio recordando su lenta transformación. Su padre había insistido en que no la pusiera en Polanco, donde ya había varias firmas de novias. No es que la gente quisiera gastar menos en sus ceremonias, o dejar de viajar a Houston: necesitaban vestidos de novia, y sobre todo querían gozar la compra. Fue él quien invirtió en la casa que luego Eugenia remodeló y aderezó conforme al diseño de uno de los mejores decoradores. Sin muchas preguntas, Eugenia aceptó como un buque de salvación ese destino de acercar ilusiones a otras, era una embaucadora. Tu Día destacaba por los escaparates altos y la puerta de entrada. El decorador había tenido la feliz idea de que los autos quedaran abajo y la atención al cliente empezara en lo elevado; así lo había puntualizado: «Que sientan ascender a otro estado mientras suben la rampa hacia el imperio del tul y el organdí, del velo y la seda, lo vaporoso, lo etéreo, lo efímero». Eugenia se burló de él, le preguntó si era poeta o interiorista. «¿No es lo mismo?», dijo él. Se habían divertido. Desde el auto sentía que ese mundo pertenecía a un pasado remoto, como cuando iba al Pedregal y desconocía los comercios, el aspecto de las calles y la casa de sus padres, donde había crecido, ahora convertida en una escuela. Desconocerse era una buena cosa, pensó, ahora que volvía de ese viaje para partir de nuevo. Necesitaba otra vida en otro lado. Tal vez cerca de su hermano, en San Diego. El dinero no era un problema.

Estacionó el auto entre las columnas donde crecía la hierba salvaje y se bajó. Esquivó las hojas secas acumuladas en la entrada y el estacionamiento, el descuido siempre lastimaba la vista. Temió que, al abrir, pájaros, ratas o mariposas negras salieran volando. Sólo habían pasado unos meses pero ya el grafiti en el fondo del garaje delataba el abandono del lugar, el permiso que se tomaba esa parvada invisible de jóvenes para hacer suya la ciudad en la noche. Lo que no tenía vida era recobrado en signos y colores que poseían el muro como una enredadera de pigmentos.

Abrió primero la reja verde que franqueaba la puerta de madera; luego, con trabajo, la de madera. Tuvo la precaución de voltear a los lados antes de dar el empujón y penetrar en el vientre oscuro de lo que fue suyo. Le quedaban antiguos temores, asechanzas que la podían alcanzar. La imagen viva de aquel día en que Julio esperó a que ella abriera a esa hora de la comida que no había concluido, pasada la época de los guardaespaldas, y apareció de pronto para detener la puerta con fuerza y entrar tras ella. Le tapó la boca y, una vez que la puerta se cerró, la volvió hacia él. Eugenia le temió a la rabia seca en los ojos antes candorosos frente a ella, y permaneció muda. Allí mismo, Julio abrió la caja grande, y jirón a jirón el vestido de novia le llovió encima: retuvo un grito de horror que reverberó en su pecho. Bañada con el cascajo de su venganza y el último vestigio de la ilusión joven, lo vio salir y cerrar la puerta.

No era prudente entrar, lo sabía, mirar desde afuera era suficiente. Pero venía por algo que le había seguido inquietando en el viaje: el final de la historia. En el piso, la correspondencia se había acumulado caótica entre propaganda, cuentas y cartas que no tenían destinatario. Sonrió cuando descubrió el sobre grande rotulado con *El derrumbe*; «Germán Grajales» en el remitente. Quitó un retazo nacarado que se le había quedado adherido y salió con el paquete como escudo. Escuchó la puerta cerrarse tras ella. Cuando quiso echar llave a la reja, notó que había dejado las llaves adentro.

El derrumbe
Carta a Dulcinea

Los toquidos en la puerta eran de Andrés.

—Vámonos —ordenó cuando Alicia abrió.

Ni siquiera saludó a Efraín ni se adelantó para que Alicia lo alcanzara: esperó de pie en el dintel a que ella recogiera la bolsa de mandado con los envases de la comida y le dijera buenas noches a Efraín. Cerró con fuerza detrás de sí.

Esa noche, Andrés no esperó a que ella le sirviera de cenar y que la casa estuviera sosegada; la metió al baño y la volteó hacia el lavabo, se bajó los pantalones y entró en ella con fuerza. Frente al espejo roído, Alicia miró indiferente el gesto de díscolo placer de su padrastro.

Cuando Alicia llegó al Zócalo, sintió el silencio oscuro de las calles; sabía que era peligroso caminar por ahí de noche. La cortina de metal escondía los escaparates coloridos de Novias Ivón, empujó la portezuela contigua y echó a andar por la escalera mohosa hacia el departamento de Efraín. Temió despertar a alguien con el ruido del maletón que arrastraba. Manuel asomó por una rendija de la puerta:

—Yo no vi nada —susurró antes de cerrar.

Efraín no se podía alarmar con el forcejeo de la puerta: sabía quién era la única persona que tenía llave. Alicia caminó sigilosa hasta su lado.

—No puedo dormir sin que me leas —le confesó.

Efraín la recostó en la almohada, pasó un brazo por su espalda y con el pie frotó su empeine mientras retomaba la lectura en el punto donde la habían dejado.

El derrumbe
Epílogo

El Quijote le había escrito a Dulcinea y Sancho había perdido la carta; Alicia se reía de la torpeza del escudero y las maromas que había hecho el falso hidalgo para que Sancho le contara a su amada, la tabernera medio bizca, cuánto la amaba el Caballero de la Triste Figura. Ahora que se había desprendido de sus brazos para mirarlo dormir, comprendía que cualquier día tendría que salir, que tal vez viniera la policía, que su marido podía enloquecer y matarlo a él o a ella, o a los dos. Que se podía terminar. Pero nunca había respirado esa condición del amor, esa sencilla operación de dar y recibir. Y aunque sólo disfrutara unas horas más de ello, nadie le podría quitar la dicha y la pena de perderlas.